Dörte I

Die Insel

Dörte Frerksen

Die Inselpolizistin
Blutdiamanten von Juist

Schatzsuche auf Juist. Wie in jedem Jahr hat ein Diamanten-händler eine kleine Kiste mit Edelsteinen vergraben. Mit Schaufeln und Spaten ziehen die Insulaner und ihre Gäste zu hunderten an den Strand. Doch Hauptkommissarin Maike Hansen, die Inselpolizistin, hat ganz andere Sorgen. Am Schiffsanleger ist ein Koffer mit einem männlichen Torso entdeckt worden. Wenig später tauchen die anderen Körper-teile auf. Der eingeflogene Leiter der Mordkommission, Jan Lommert, hat schnell einen Bekannten des Toten im Visier. Zwei Tage später sitzt der Mann in U-Haft. Für Maike Han-sen beginnt erst jetzt die eigentliche Arbeit. Sie soll die Hin-tergründe der Tat ermitteln, denn die liegen im Dunkeln. Da-bei stößt sie auf viele Merkwürdigkeiten und noch mehr po-tenzielle Täter. Schnell wird klar - der Mörder läuft noch frei herum.

Hinweis

1

»Du siehst aus, als hättest du bereits lange gearbeitet«, sagte Maike Hansen und setzte sich an ihren Schreibtisch in der Polizeistation Juist. Es war kurz nach acht und sie war gerade zum Dienstantritt erschienen. Die 39-jährige Polizeihauptkommissarin warf dem vier Jahre jüngeren Kollegen ein aufmunterndes Lächeln zu, das ihre Wangengrübchen sichtbar werden ließ. Ihr schulterlanges, dunkelblondes Haar hatte sie heute zu einem Pferdeschwanz gebunden. »Erzähl, womit hast du dir die Nacht um die Ohren geschlagen?«

Ole Meyer rollte auf dem Stuhl hinter seinem Schreibtisch hervor. Man sah dem Polizeioberkommissar an, dass er ein Freund von Pizza und Fastfood war. Als er mit Maike noch regelmäßig am Strand joggte, war sie immer die fittere gewesen. Mit irgendeiner Begründung gab er das Laufen auf, denn seiner Chefin japsend hinterherzurennen, gefiel ihm nicht. Was war die Folge? Er legte noch ein paar Kilo zu.

»Kai-Uwe hat mal wieder randaliert. Um vier Uhr musste ich los. Ein Nachbar hatte angerufen«, sagte Ole.

»Und?«

»Eine Schaufensterscheibe war zu Bruch gegangen.«

»Wessen Laden war das?«

»Der Teeladen in der Mittelstraße. Kai-Uwe hat gleich noch zwei Packungen Ostfriesentee mitgehen lassen.«

»Oh, Oh.«

»Habe ich ihm auch gesagt. Aber er konnte sich nicht mehr daran erinnern.«

»Wie viel Alkohol hatte er im Blut?«

»2,4 Promille.«

»Und du konntest noch mit ihm reden?«

Ole lachte.

»Na klar, er hat doch eine trainierte Leber.«

»Hast du ihn nach Hause geschickt?«

»Nein, er schläft seinen Rausch bei uns aus.«

»Er ist noch da?«

Ole nickte und meinte: »Seit dem Tod seiner Frau, geht es mit ihm bergab. An manchen Tagen gibt es für ihn kein Halten mehr, da trinkt er, als gäbe es kein Morgen. Jetzt im Sommer kann er natürlich nachts lange draußen bleiben …«

Es klingelte, Maike griff zum Telefon.

»Polizeistation Juist, Hansen … Wo genau? … Ich werde bei der Stadt anrufen. Wir werden uns darum kümmern … Da können Sie völlig unbesorgt sein … Natürlich ist das eine Unverschämtheit. Das ist doch keine Frage … Trotzdem wünsche ich Ihnen noch einen schönen Tag.«

Maike nahm ihren Schreibblock und machte sich Notizen. Ole war aufgestanden und hatte sich vor ihren Schreibtisch gesetzt. Er war wirklich müde; seine Augenlider waren schwer wie Blei.

»Da hat vermutlich ein Hund ein Blumenbeet verwüstet.«

»Und wo?«

»In der Otto-Leege-Straße.«

»Das ist ja bei mir um die Ecke.«

»Dann kannst du gleich vorbeigehen und die Stelle fotografieren.«

»Wirklich?«

»Warum nicht? Wenn du sowieso vorbeikommst?«

»Wieso komme ich da vorbei?«

»Du willst doch wohl nicht den Rest des Tages im Halbschlaf vor dich hindämmern?«

»Ich habe um vierzehn Uhr einen Termin mit der Stadt-verwaltung. Es geht um die letzten Absprachen für die Schatzsuche.«

»Dann passt das doch. Du legst dich für fünf Stunden ins Bett und gehst dann direkt zu deinem Termin. Wo ist das Problem?«

»Meinst du?«

»Natürlich. Hast du schon mit dem Teeladen-Besitzer ge-sprochen?«

Ole nickte müde.

»Will er Anzeige erstatten?«

»Dazu hat er nichts gesagt. Er will sich erst mit seiner Ver-sicherung unterhalten. Wusstest du eigentlich, dass er vor ziemlich genau einem Jahr schon mal einen Glasschaden hat-te? Damals war ein Fahrrad umgekippt. Seine größte Angst ist, dass er künftig mehr zahlen muss … Na gut, wenn du willst, dann gehe ich jetzt. Aber vorher schicke ich Kai-Uwe nach Hause. Ich weiß nicht, wie lange das in der Gemeinde-verwaltung dauert. Aber spätestens gegen sechzehn Uhr wer-de ich wieder zurück sein.«

Nachdem erst der Randalierer und wenig später Ole das Haus verlassen hatten, zog Maike ein leeres Blatt Papier aus einem Ablagekörbchen, legte einen Kugelschreiber daneben und lehnte sich mit gestreckten Beinen gegen die Stuhllehne. Sie musste an Anna, ihre sechzehnjährige Tochter denken, die dieses Wochenende auf Langeoog bei einer Freundin verbrin-gen und am Montag direkt wieder nach Esens zur Internats-schule fahren würde. Ja, ihre Tochter wurde immer selbst-ständiger. Aber solange es nur eine Freundin war … Ben, ihr achtjähriger Sohn, besuchte die Inselschule. Zum Glück war er erst in der dritten Klasse. Ob er überhaupt aufs Gymnasium in Esens gehen würde, stand noch nicht fest.

Was musste heute auf jeden Fall erledigt werden? Es lagen noch zwei Anzeigen auf ihrem Tisch. Eine wegen Ruhestörung, bei der anderen ging es um Sachbeschädigung. Dann klingelte wieder das Telefon.

»Maike, du musst mal kommen.«

»Mit wem spreche ich?«

»Hannes Lorensen.«

»Moin, Hannes.«

»Moin …«.

Was hatte er bloß? Er klang, als würde er bis zum Hals im Schlick stecken.

»Jetzt mal ganz ruhig. Was ist los? Eins nach dem anderen.«

»Ich bin am Anleger. Wir stehen vor einem Gepäckcontainer, der soll aufs Festland … Also, jetzt natürlich nicht mehr, weil … das ist schon zu spät. Da ist jetzt nur noch ein Koffer drauf, die anderen haben wir umgeladen. Und bei dem ist dem Klaus, also unserem Fahrer, also dem ist aufgefallen, dass aus dem Koffer so komische Flüssigkeit tropft. Er dachte erst, dass das irgendwie Saft oder so was ist. Das kommt ja schon mal vor, dass da was kaputt geht … Dann hat Klaus daran gerochen, das hat er wirklich gemacht. Maike, das ist kein Saft. Der ganze Koffer riecht komisch. Der fühlt sich auch so weich an. Ich habe nämlich mal gegen die Kofferwand gedrückt, das ist nämlich so einer aus Stoff … ganz merkwürdig, sag ich dir. Willst du dir das nicht mal ansehen? So können wir den nicht aufs Schiff bringen. Damit versauen wir uns alles. Du bist doch in drei Minuten mit dem Rad da.«

Sie zögerte einen Moment.

»Gut, ich komme.«

Sie kannte Hannes schon seit Ewigkeiten. Sie waren gleich alt und hatten zusammen die Grundschule auf der Insel besucht, bevor sie – wie ihre Tochter – auf die Internatsschule wechselte. Eigentlich war Hannes kein ängstlicher Typ … Sie würde es ja gleich sehen. Sie setzte die Dienstmütze auf, holte das Rad aus dem Schuppen und trat kräftig in die Pedalen. Auf der Zufahrtsstraße zur Anlegestelle sah sie schon von Weitem den abseitsstehenden Gepäckcontainer.

Maike lehnte ihr Rad gegen einen Laternenmast.

2

»Hier, sieh dir die Sauerei an. Das ist doch nicht normal«, legte Hannes gleich los.

»Dann geh mal zur Seite.«

Maike streifte sich Einweghandschuhe über. Währenddessen sah sie immer wieder zu dem rötlichen Rinnsal, das, dünn wie ein Faden, aus dem Koffer lief, der auf dem oberen Metallregal stand. Ja, es war schon gut, dass sie gekommen war. Denn sie hatte auf einmal ein merkwürdiges Grummeln im Bauch.

»Was hast du vor?«, fragte Hannes.

»Jetzt sind wir neugierig und sehen nach, was drin ist.«

»Jo, mach mal«, sagte er und trat zwei Schritte zurück.

Maike streckte sich und versuchte, den Koffer etwas nach vorne zu ziehen.

»Pass auf. Nicht, dass du von der Soße noch was abkriegst«, rief Hannes ihr mit besorgter Miene zu.

»Der ist zu schwer; so bekomme ich den nicht von der Ladefläche. Ich will ihn auch nicht unnötig hin und her bewegen. Habt ihr eine Leiter? Dann könnte ich an den Griff kommen und den Koffer vorsichtig nach unten lassen.«

»Warte, ich hole eine«, sagte Hannes und lief weg.

In der Zwischenzeit hatten sich Schaulustige in gebührendem Abstand eingefunden. Sie tuschelten und waren gespannt, was als Nächstes passieren würde.

»Was hältst du von der?«

Hannes stellte eine Aluleiter neben den Container und Maike erklomm ein paar Stufen. So sah das schon viel besser aus. Sie nahm den Griff, hob den Koffer, ächzte und stellte ihn

12

wieder ab.

»Das sind mit Sicherheit mehr als zwanzig Kilo.« Erst jetzt fiel ihr auf, dass die Seitenwände ausgebeult waren. Alleine kam sie nicht weiter. »Hannes, du musst mir helfen.«

»Wie? Was soll ich?« Rote Flecken machten sich auf seinem Gesicht breit. Früher war er nicht so ängstlich. »Ich pack den Koffer nicht an, nicht ums Verrecken.«

»Stell dich nicht so mädchenhaft an. Ich hebe ihn hoch und schiebe ihn über die Kante. Dann lasse ich ihn, so weit es geht, nach unten und du nimmst ihn mir ab.«

»Das kann ich nicht, ich habe keine Gummihandschuhe.«

»Du wirst doch wohl irgendwo Arbeitshandschuhe herumliegen haben. Hannes, du hilfst mir jetzt …«

»Nö.«

Ein dienstlicher Tonfall legte sich auf ihre Stimme.

»Das ist ein Notfall und da musst du mir helfen, hast du das verstanden? Jetzt hol endlich deine verdammten Handschuhe. Ich will nicht ewig auf der Leiter stehen.«

Er warf Maike einen giftigen Blick zu und stapfte los. Es dauert zwar, aber als er mit dicken Lederhandschuhen wieder neben ihr stand und zur Ladefläche blickte, sagte er keinen Mucks mehr.

»Dann los.«

Maike hob den Koffer, zog ihn über die Ladekante und wollte ihn nach unten lassen. Dann passierte etwas, womit sie nicht gerechnet hatte. Eine Seite des Griffs löste sich und ehe sie etwas sagen konnte, klatschte der Koffer Hannes vor die Füße. Er sprang zur Seite und stieß einen Fluch aus.

»Spinnst du? Willst du mich erschlagen?«

Doch eine Antwort bekam er nicht, denn beide starrten auf den Koffer. Der war durch die Wucht des Aufpralls aufgesprungen. Ein dunkler Müllsack kam zum Vorschein. Die Öffnung war zugebunden, aber aus einem Loch quoll die hellrote Flüssigkeit.

Hannes' Gesicht war wieder voller roter Flecken.

»Das wird ein totes Tier sein … Ich hab es doch geahnt. Vielleicht ein Reh oder ein großer Hund. Wer macht denn so was? Maike, sag doch auch mal was.«

Doch sie sagte nichts. Sie war von der Leiter gestiegen und hatte sich wortlos vor den Koffer gehockt. Sie griff zur Öffnung des Müllsacks, lockerte das Plastikband, mit dem er verschlossen war und zog die Öffnung auseinander. Sie hielt den Atem an und sah mit blinzelnden Augen hinein. Sekunden später wandte sie sich erschrocken ab. Mehrmals atmete sie tief durch. Dann drehte sie sich wieder um und verschloss mit angehaltener Luft die Öffnung. Sie klappte den Koffer zu, zog ihre Handschuhe aus und ging ein paar Meter zur Seite, um zu telefonieren.

»Maike Hansen hier.«

»Meine liebe Maike, schön, mal wieder was von dir zu hören …«

»Helga, ich muss dich leider unterbrechen. Ist Lommert in der Nähe?«

»Der ist kurz mal raus. Wir sind gerade an einem Cold Case Fall dran.«

»Ihr habt also nichts Aktuelles auf dem Tisch; das wird sich gleich ändern.«

»Willst du uns etwa eine Wasserleiche anbieten?«

»Diesmal ist es ein bisschen anspruchsvoller.«

»Jan ist gerade ins Zimmer gekommen. Ich reiche dich mal weiter … Kriminalhauptkommissar Lommert, Mordkommission Aurich.«

3

»Moin, Maike Hansen hier, Juist. Wir haben in der Nähe der Anlegestelle eine Leiche gefunden, einen Torso. Der liegt in einem Koffer. Ob Mann oder Frau wissen wir nicht …«

Weiter kam sie nicht.

»Was? Unglaublich. Haben Sie alles Notwendige veranlasst? Haben Sie die Fundstelle abgesperrt? Wer hat die Meldung gemacht? Ich weiß nicht, wie schnell wir vor Ort sein können. Das hängt auch davon ab, ob wir einen Hubschrauber zur Verfügung haben. Wie weit ist die Verwesung fortgeschritten? Bringen Sie ihn am besten in eine Kühlkammer …«

Maike schüttelte den Kopf. Was erzählte der denn für einen Blödsinn?

»Herr Lommert, Entschuldigung, dass ich Sie unterbreche. Aber wir haben den Koffer gerade aufgemacht, mehr ist noch nicht passiert. Und mit einer Kühlkammer können wir nicht dienen. Wir haben in der Wache nur einen Kühlschrank. Da hatten wir mal über Nacht eine tote Katze drin; aber ein menschlicher Torso passt nicht rein. Obendrein funktioniert der Kühlschrank nicht mehr. Der gehört eigentlich auf den Sperrmüll.«

»Sie haben keine Kühlkammer? Wie sind Sie denn ausgestattet?«

»Also Kühlkammern werden hier in der Regel nicht gebraucht. Ich habe gehört, dass Sie sich vor Kurzem von Hannover nach Aurich haben versetzen lassen. Die Ausstattung der Polizeistationen auf den Inseln ist nun mal nicht ganz so großstädtisch.«

»Gut, ist ja auch egal. Es ist so, wie es ist. Dann wollen wir sehen, dass wir möglichst schnell bei Ihnen sind. Der Torso ist am Hafen, sagten Sie. Kann dort ein Hubschrauber landen?«

»In der Nähe ist eine große Wiese, das geht.«

»Reichen drei Kollegen von der Technik?«

»Sicher … Aber Sie nehmen doch den Torso auf dem Rückflug mit, oder?«

»Natürlich.«

»Ist dann überhaupt noch genügend Platz in der Maschine?«

»Stimmt … Das könnte eng werden. Die Kriminaltechniker haben ja noch ihre ganzen Gerätschaften. Gut, dann kommen nur zwei mit.«

»Und denken Sie an einen Leichensack.«

»Nicht mal einen Leichensack haben Sie?«

»Den letzten haben die Kollegen von der Spurensicherung vor einem Jahr mitgenommen, da hatten wir eine Wasserleiche. Seitdem haben wir keinen neuen bekommen.«

»Okay, mache ich. Noch was anderes … Haben Sie eine Ahnung, wo die restlichen Körperteile sein könnten?«

»Herr Lommert, woher sollen wir das wissen? Wir haben den Torso gerade erst gefunden.«

»War ja nur so eine Frage. Ich werde jetzt alles in die Wege leiten. Ich melde mich, wenn ich weiß, wann wir kommen.«

Maike steckte ihr Handy ein und ging wieder zum Koffer. Hannes stand etwas abseits und unterhielt sich mit einem Kollegen. Sie sah auf die Uhr. Ole schlief vermutlich tief und fest. Ihn konnte sie also nicht informieren. Ob er es nun jetzt erfahren würde oder in ein paar Stunden, war auch egal. Hoffentlich beeilten sich die Kollegen. Sie warf einen Blick auf den Koffer. War das nun ein Tourist oder ein Einheimischer?

Bei einem von der Insel würden sie sicherlich schnell herausbekommen, um wen es sich handelte. Wenn jemand von heute auf morgen nicht mehr da war, würde das schnell die Runde machen. Aber wo waren die restlichen Körperteile? Und warum hatte man versucht, den Torso von der Insel zu bekommen? Wartete etwa jemand in Norddeich? Natürlich, das würde es sein. Dass der Koffer auf der Insel hängen geblieben war, konnte ja niemand ahnen. Damit hatte keiner gerechnet.

Maike ging einige Schritte zur Seite und rief wieder Lommert an. Den Koffer ließ sie nicht aus den Augen.

»Mir ist gerade etwas eingefallen. Ich bin mir ziemlich sicher, dass der Täter oder irgendein Beteiligter auf dem Schiff sein könnte, das gleich in Norddeich ankommt. Irgendjemand wird mit Sicherheit den Koffer in Empfang nehmen wollen. Alles andere macht für mich keinen Sinn. Warum sollte man sonst diesen Aufwand betreiben? Ich würde Ihnen raten, ein paar Kollegen nach Norddeich zum Anleger zu schicken. Vielleicht entdecken die jemanden, der ein bisschen zu lange nach einem Koffer sucht.«

Maike wartete gespannt auf seine Reaktion. Doch da kam nichts.

»Herr Lommert, sind Sie noch in der Leitung?«

»Natürlich. Ich überlege … Wenn es wirklich so ist, wie Sie sich das vorstellen, dann wird der Täter doch gesehen haben, dass sein Koffer auf der Insel geblieben ist. Der wird vermutlich gar nicht auf dem Schiff sein.«

»Herr Kriminalhauptkommissar, trotzdem sollten wir es versuchen, wir können es doch nicht ausschließen. Sie müssen sich nur beeilen. In ungefähr einer Stunde kommt das Schiff in Norddeich an. Ein Anruf von Ihnen in Norden und zehn Minuten später sind die Kollegen am Anleger. So, das ist alles, was ich Ihnen sagen wollte. Entscheiden müssen Sie. Bis nachher.«

Kopfschüttelnd steckte Maike ihr Handy ein. So ein Bedenkenträger. Sie war gespannt, wie er sich entscheiden würde. Langsam ging sie wieder zum Leichenkoffer. Hannes unterhielt sich immer noch. Die meisten Schaulustigen hatten sich wieder verzogen. Warum sollte man auch einen Koffer anstarren, wo man doch nicht einmal wusste, um was es überhaupt ging?

Maikes Handy klingelte; es war Lommert.

»Ich habe mich mit dem Polizeipräsidenten unterhalten; ich werde erst morgen auf die Insel kommen. Es gibt hier einfach noch so viel zu organisieren. Heute können wir sowieso nicht mehr viel machen. Jetzt sind erst einmal die Kollegen von der Spurensicherung am Zug. Die sind vor zehn Minuten losgeflogen. Sie werden also gleich bei Ihnen landen … Was wollte ich noch sagen? Ach, ja. Ich habe in Norden angerufen. Zwei Kollegen sind unterwegs zum Anleger in Norddeich. Die werden die Augen aufhalten, wenn die Passagiere von Bord gehen und ihr Gepäck abholen. Ich halte das zwar für reinen Aktionismus, aber dann kann man uns zumindest nicht vorwerfen, wir hätten es nicht versucht. Insofern war ihr Vorschlag schon ganz okay. Halten Sie mich auf dem Laufenden. Wann ich morgen komme, erfahren Sie noch rechtzeitig.«

Maike steckte ihr Handy ein. Bis jetzt lief alles zur vollsten Zufriedenheit. Der Torso kam heute noch von der Insel; damit war das größte Problem gelöst. Sie hätte gar nicht gewusst, wohin mit dem Koffer … Maike sah in den Himmel; der Polizeihubschrauber war im Anflug.

4

Schon eine halbe Stunde nach der Landung des Helikopters auf einer Wiese neben dem Leuchtturm, war der Koffer unter einem weißen Zelt verschwunden und der Fundort mit rotweißem Flatterband abgesperrt worden. Kriminalhauptkommissarin Gerda Pohlstrasser, Leiterin der Kriminaltechnik, war mit einem jüngeren Kollegen gekommen. Sie hatten sogar einen Leichensack auftreiben können, der vorher in einer Kühlkammer lag und Kälte gut speichern konnte, was bei den sommerlichen Temperaturen sehr sinnvoll war.

Maike stand am Zelteingang.

»Und, wie sieht es aus?«

Die Kriminaltechnikerin kam von den Knien und trat vors Zelt.

»Sie werden es nicht glauben, aber ich habe schon ein paar Erkenntnisse für Sie. Erstens, es handelt sich um einen Mann.« Sie lächelte ein wenig. »Das primäre Geschlechtsteil haben sie nämlich noch drangelassen. Zweitens, das wird Sie vermutlich besonders interessieren, ist er mit ziemlicher Sicherheit vor seinem Tod gefoltert worden, und zwar mit Zigaretten. Die Verletzungen sind lehrbuchtypisch. Wir haben fünf Stellen auf dem Bauch entdeckt. Er muss also nackt gewesen sein. Das sehen sich die Kollegen in der Gerichtsmedizin natürlich noch genauer an. Wer weiß, was auf den Armen und Beinen los ist. Aber die müssen Sie ja erst einmal finden.«

»Tja, das ist die große Frage, wo ist der Kopf und wo sind die restlichen Gliedmaßen?« Maike, die einen Schreibblock aus ihrer Hosentasche gezogen hatte, machte sich Notizen.

»Auch wenn wir sie noch nicht gefunden haben, wie sind sie denn abgetrennt worden?«

»Die Schnittflächen sehen aus, als hätte man mit einer elektrischen Säge gearbeitet.«

»Wie lange werden Sie noch brauchen?«

»Mit dem Torso vielleicht eine halbe Stunde. Danach sehen wir uns den Koffer und den Container an. Gegen Mittag werden wir mit unserem Programm durch sein. Dann geht es mit dem Heli wieder aufs Festland. Vermutlich werden Sie bis dahin nicht den Tatort ausfindig gemacht haben. Wir werden also mit Sicherheit noch einmal auf die Insel kommen.«

»Da haben Sie recht, so schnell sind wir nun doch nicht«, sagte Maike lachend. »Wenn Sie noch bis Mittag hier sind, dann kann ich Sie ja für ein Stündchen alleine lassen. Ich muss nämlich unbedingt ins Büro.«

Doch kaum saß sie auf dem Rad, musste sie schon wieder anhalten. Es war Ole, ihr Kollege.

»Du bist munter?«, fragte sie.

»Aber sicher. Ich bin gleich im Büro. Tagsüber kann ich schlecht schlafen. Immerhin sind es fast zwei Stunden geworden. Wo bist du?«

»Am Schiffsanleger.«

Und dann erzählte sie ihm, was sich seit heute Morgen ereignet hatte.

»Das ist ja ein echter Hammer. Kommt jemand von der Mordkommission?«

»Der Lommert macht sich morgen auf den Weg. Er bringt auch einen Kollegen mit.«

»Und wobei wollen die uns unterstützen? So, wie ich dich verstanden habe, wissen wir doch so gut wie nichts.«

»Er hofft vermutlich, dass uns die Kriminaltechniker dann

schon mehr sagen können. Ich lasse mich auch überraschen. Bis gleich.«

Sie legte auf und schwang sich wieder aufs Rad. Doch nach wenigen Metern meldete sich der nächste Anrufer. Sie hielt an; es war ihre Mutter.

»Sag mal, ich hab gerade gehört, dass Anna dieses Wochenende nicht kommt. Stimmt das?«

»Sie ist auf Langeoog bei einer Freundin.«

»Freundin? Bist du dir da ganz sicher?«

»Ich wüsste nicht, warum sie mich anlügen sollte. Ich kenne die Freundin. Ich weiß nicht mehr, wie sie heißt, aber sie war vor einem halben Jahr für ein Wochenende bei uns.«

»Davon wusste ich gar nichts.«

»Da ward ihr im Urlaub. Mutter, ich muss jetzt auflegen. Bis heute Abend.«

Das war eben der große Nachteil, wenn man zusammen in einem Haus lebte. Edda wollte über alles informiert werden. Ihre Eltern waren vor einigen Jahren, als Maike geheiratet hatte, aus dem Haupthaus in ein Nebengebäude gezogen. Der Flachbau war in den Siebzigerjahren als Ferienwohnung genutzt worden, stand aber seit Jahren leer. Nach ihrer Scheidung wurde wieder umgeräumt, die Eltern zogen zurück ins Haupthaus. Sie wohnten unten, Maike und ihre beiden Kinder belegten die obere Etage. Trotzdem war es fast ein Haushalt, sie lebten seitdem wie eine Großfamilie. Für Maike war das nicht immer leicht. Einerseits war da ihre neugierige Mutter. Andererseits war sie natürlich dankbar, wenn ihre Eltern sich um Ben kümmerten. Insbesondere nach der Scheidung vor vier Jahren war sie auf die Unterstützung angewiesen, denn damals war er erst vier Jahre alt. Was auch einer der Gründe war, das große Haus gemeinsam zu nutzen. Ihre Tochter war damals zwölf und bereits sehr selbstständig. Aber um ihren Bruder hätte sie sich trotzdem nicht kümmern können, denn sie besuchte die Internatsschule auf dem Festland. Maike hätte auf eine Halbtagsstelle gehen müssen, das wäre möglich gewesen. Aber dann wäre es finanziell eng geworden. Sehr praktisch war, dass es unter der Woche mittags etwas Warmes zu essen gab. Ihr Sohn war versorgt und sie selbst saß auch häufig in der Küche. Ihre Mutter kochte immer so viel, dass alle satt wurden. Sie machte es gerne, auch wenn sie es nicht zugab. Im Großen und Ganzen überwogen die Vorteile.

Maike stellte ihr Rad vor der Polizeistation ab. Der rote Klinkerbau lag an der Biegung einer Straße ganz in der Nähe des Hafens. Ole erwartete sie schon. Er war immer noch aufgewühlt vom Leichenfund.

»Der lag wirklich einfach so in einem Müllbeutel? Ich will das gar nicht glauben. Und dann sind alle Gliedmaßen ab und der Kopf ist auch weg … Da will einer nicht, dass wir herausfinden, um wen es sich handelt.«

Maike stellte sich neben seinen Schreibtisch.

»Mag sein, dass das auch eine Rolle gespielt hat. Aber ich glaube eher, der Körper wurde zerteilt, weil ein ganz praktisches Problem gelöst werden musste. Die waren gezwungen, es so zu machen. Wie willst du eine Leiche sonst von der Insel bekommen?«

»Man hätte sie mit einer Karre zum Yachthafen bringen können. Dann rauf auf ein Boot und nach ein paar Seemeilen wäre die Leiche über Bord gegangen. Das wäre doch viel praktischer und sauberer gewesen. Stattdessen dieses mühsame Zersägen. Und wie du gesehen hast, irgendwelche Körperflüssigkeiten laufen immer aus. Deshalb ist doch der Plan auch nicht aufgegangen.«

»Du musst erst einmal ein Boot haben. Und nicht jeder traut sich, eine Leiche in einem Handwagen durch den Ort zu ziehen. Mit einem Auto wäre das kein Problem, aber die gibt es hier nun mal nicht.«

Kaum hatte sie ihren Satz beendet, klingelte das Telefon. Sie ging zu ihrem Schreibtisch.

»Polizeistation Juist, Hansen.«

»Lommert hier. Also, das war natürlich wirklich eine dumme Idee, das habe ich Ihnen von Anfang an gesagt. Die Kollegen haben niemanden angetroffen, der sich merkwürdig benommen hätte. Das hätten wir uns wirklich schenken können. Wissen Sie schon mehr?«

Maike verdrehte die Augen.

»Nein, wir wissen nicht mehr als vor einer Stunde.«

Er grummelte noch etwas durch die Leitung; dann war das Telefonat beendet. Maike ließ sich auf ihren Stuhl fallen.

»Hoffentlich können die Gerichtsmediziner uns ein paar Hinweise geben … Alter, Körpergröße, Nationalität.«

»Aber dass er vor seinem Tod gefoltert wurde, steht schon mal fest, damit kann man etwas anfangen«, gab Ole zu bedenken.

»Und was?«

»Er muss gegen seinen Willen irgendwo auf der Insel festgehalten worden sein. Und er sollte etwas preisgeben. Vielleicht sollte er Namen nennen oder eine Zahlenkombination für einen Safe, so etwas in der Preisklasse.«

Maike nickte bedächtig.

»Bei solchen Taten geht es immer irgendwie um Geld … Aber noch stochern wir im dicksten Seenebel herum.« Sie sah auf die Uhr. »Ich werde zu den Kriminaltechnikern fahren. Mal sehen, wie weit die sind. Danach gehe ich in die Mittagspause. Die gönne ich mir nämlich trotzdem. Ruf mich an, wenn es was Neues gibt.«

5

»Mama, Mama, wir durften heute eine Stunde früher nach Hause gehen. Frau Clausen ist krank.«

Maike hatte die Haustür aufgemacht, da kam Ben schon angelaufen. Sie nahm ihn in den Arm und ging mit ihm in die Küche. Dort saß Eiko, ihr Vater, und las auf einem Tablet die aktuelle Zeitung. Anfangs fremdelte er mit der Technik. Aber gleich morgens die Tageszeitung lesen zu können, ohne lange auf die Post warten zu müssen, überzeugte ihn dann doch.

»Du kommst heute so früh. Habt ihr nichts zu tun?«

Ein schiefes Lächeln huschte über ihr Gesicht.

»Wir haben genug zu tun«, sagte sie und war froh, dass keine Nachfragen folgten. Noch wollte sie nichts erzählen.

»Hast du schon gelesen?«, fragte ihr Vater und zeigte aufs Tablet. »Morgen kann wieder gebuddelt werden.«

»Wie, gebuddelt werden?«

»Morgen ist doch der *Finde den Schatz*-Tag. Sontberg, dieser Millionär, hat wieder Edelsteine vergraben. Ganz Juist wird auf den Beinen sein. Der weiß halt nicht, wohin mit seinem Geld. Also macht er sich diesen Spaß. Das ist ja auch ein bisschen Werbung für die Insel.«

»Wenn ich mich richtig entsinne, hat es doch im letzten Jahr mächtig Ärger gegeben. Da sind Hunderte durch die Dünen getrampelt …«

»Weil Sontberg die Stelle nur vage eingegrenzt hatte. Deshalb hat die Gemeinde diesmal strenge Auflagen gemacht. In den Dünen darf der Schatz nicht versteckt werden. Sie haben ausdrücklich festgelegt, dass Schutzgebiete ausgenommen sind«, sagte Eiko.

»Und wo liegt er nun?«

»Das steht morgen früh ab sechs Uhr auf der Internetseite der Juister Wochenillustrierten, die die Suche veranstaltet.« Er tippte auf die Internetadresse. »Sonst würden sich doch jetzt schon die Schatzsucher gegenseitig auf die Füße treten. Und gesucht werden kann nur bis achtzehn Uhr. Wenn der Schatz bis dahin nicht gefunden wurde, gräbt Sontberg ihn wieder aus.«

»Dann ist das also auf zwölf Stunden begrenzt. Weiß man, was er diesmal vergräbt?«

»Es wird wieder ein Kästchen mit Diamanten sein. Im letzten Jahr hatten sie einen Wert von dreitausend Euro. Diesmal soll der Schatz noch wertvoller sein. Aber dazu wollte er weiter nichts sagen, das soll eine Überraschung sein.«

»Der scheint wirklich im Geld zu schwimmen.«

»Er sagt, er hätte in den letzten Monaten gut verdient, jetzt wolle er einen Teil seines Reichtums abgeben.«

»Der Mann ist echt nobel. Dann wollen wir mal hoffen, dass das auch echte Diamanten sind«, sagte Maike und klopfte ihrem Vater lachend auf die Schulter.

»Opa, das sind doch echte, wertvolle Diamanten, oder? Wir wollen doch Oma einen schenken.«

»Aber klar, Ben. Die werden schon echt sein. Er muss ja auf seinen guten Ruf achten. Wenn das nur so'n Plünn ist, dann lachen alle über ihn. Aber erst einmal müssen wir das Kästchen finden. Und das wird nicht leicht sein. Wir sind nicht die einzigen, die morgen suchen.«

Nach dem Mittagessen, es gab leckere Krabbensuppe, fuhr Maike wieder zur Polizeistation. Sie hatte ihr Rad noch nicht richtig abgestellt, da riss Ole die Haustür auf und kam ihr mit hochrotem Kopf entgegen.

»Ich wollte dich gerade anrufen. Die Müllabfuhr hat sich gemeldet. Du glaubst nicht, was die gefunden haben.«

6

»Dann erzähl mal«, sagte Maike, nachdem sie sich an ihren Schreibtisch gesetzt hatte.

»Ein Helmut hat angerufen, vor drei Minuten vielleicht, der war ganz aufgeregt ... Also, der bedient am Hafen die Papierpresse ... Ich weiß noch nicht mal seinen Nachnamen. Der hat ...«, Ole machte eine Pause und wischte sich mit dem Handrücken den Schweiß von der Stirn. »Der hat beim Befüllen einen Arm gefunden, der war in einem Karton. Und der ist aufgeplatzt. Er steht jetzt da und weiß nicht weiter.«

Maike stand auf.

»Dann nichts wie hin. Wir nehmen das Auto.«

Fünf Minuten später hielten sie neben dem Anhänger mit dem eingesammelten Altpapier und stiegen aus ihrem kleinen, blauen Elektro-Quad. Der Mann stand da und zeigte wortlos mit bleichem Gesicht auf die Ladefläche, wo ein Armstumpf aus einem Karton ragte.

Maike kratzte sich nachdenklich hinterm Ohr.

»Damit haben wir Körperteil Numero zwei gefunden.«

»Jo, das glaube ich auch«, meinte Ole.

»Das restliche Papier auf dem Anhänger, muss das auch noch mit?«, fragte Maike den immer noch bleichgesichtigen Mann von der Müllabfuhr.

»Natürlich. Spätestens in einer halben Stunde muss das alles auf der Güterfähre sein. Das muss heute noch nach Norddeich.«

»Das wird nicht klappen.« Maike schüttelte den Kopf. »Das Papier, das noch nicht auf dem Schiff ist, das bleibt hier. Das sehen wir uns gleich genauer an. Was schon drauf ist, kann aufs Festland. Darum kümmern sich die Kollegen.«

»Das geht nicht, nein, wirklich nicht … Sie bringen den ganzen Zeitplan durcheinander. Mein Chef reißt mir den Kopf ab.«

»Geben Sie mir seine Telefonnummer; ich werde ihm das erklären. Ihnen wird niemand den Kopf abreißen. Noch einen abgetrennten Körperteil brauchen wir wirklich nicht.«

Zwei Minuten dauerte das Gespräch. Dann war der Chef informiert und Helmut beruhigt. Ole stand vor den beiden geduldig wartenden Pferden, die den Altpapieranhänger durch den Ort gezogen hatten, und tätschelte sie an der Schnauze. Währenddessen führte Maike das nächste Telefonat, diesmal wieder mit Kriminalhauptkommissar Jan Lommert.

»Geben Sie den Arm doch den Kriminaltechnikern mit …«, war sein Vorschlag.

»Das geht nicht, die haben vor einer Stunde ihre Zelte abgebrochen, die sind schon längst wieder auf dem Festland.«

»Aha …Und was soll ich nun machen?«, fragte er. »Ich kann nicht schon wieder einen Hubschrauber schicken. Der Polizeipräsident zeigt mir doch einen Vogel.«

»Solange er Ihnen nicht den Kopf abreißt …«

»Wie …?«

»Egal.«

»Ich meine, können Sie den Arm nicht in eine Kühlkammer legen? Ich komme doch morgen und dann nimmt der Kollege ihn auf dem Rückflug mit.«

Maike verdrehte die Augen.

»Herr Kriminalhauptkommissar, wir haben immer noch keine Kühlkammer.«

»Stimmt, das hatten Sie gesagt.«

»Richtig.«

29

»Wie sieht es mit einem Krankenhaus aus? Die haben Kühlkammern, das weiß ich.«

»Herr Lommert, auf Juist gibt es kein Krankenhaus.«

»Wirklich? Was machen wir denn da? Aber es gibt doch Hotels, die haben Kühlkammern.«

»Ich glaube nicht, dass die uns erlauben, einen verwesenden Arm zu deponieren. Ich sage nur das Stichwort Lebensmittelrecht.«

»Wieso denn nicht? Der wird gut eingewickelt und kommt in einen Karton. Dann sieht man doch nicht, was drin ist.«

Meinte der das jetzt wirklich ernst? Maike war sich nicht sicher.

»Und was soll ich denen erzählen? Dass da ein Baguette drin ist?«

»Was weiß ich … Sie kennen sich doch in dem Ort aus, Sie haben Kontakte. Meinen Sie nicht, dass sich irgendein Hotelier dazu bereit erklären wird? Es geht doch nur um ein paar Stunden.«

Nein, so ging das nicht weiter; der Lommert hatte schlichtweg keine Ahnung. Sie musste einen konstruktiven Vorschlag machen.

»Mir ist etwas anderes eingefallen. Wir legen den Arm in eine Wanne mit Kühlpads. Ich habe einige in meinem Kühlschrank und ich kann noch weitere besorgen, sollten die nicht reichen. Die Wanne kommt dann in den Keller der Polizeistation.«

Sie hörte einen Seufzer der Erleichterung.

»Das ist doch ein guter Vorschlag. Obwohl, wenn Sie einen Kühlschrank haben …«

»Ich werde den Arm nicht in meinen Kühlschrank legen«, sagte sie mit lauter werdender Stimme.

»Na, dann eben nicht. War ja nur so eine Idee.«

»Aber eine verdammt schlechte.«

Darauf ging Lommert nicht ein.

»Okay, machen Sie das mit den Kühlpads. Und morgen früh kommt der Arm erst in die Kriminaltechnik und danach in die Gerichtsmedizin. Schön, dann haben wir das Problem gelöst. Sie wühlen sich jetzt noch durch die restlichen Papierberge?«

»Nein, ich kümmere mich um den Arm. Danach geht es mit dem Papier weiter. Da liegt noch einiges auf dem Anhänger. Und Sie nehmen das schon gepresste Papier in Norddeich in Empfang.«

»Äh … wie meinen Sie das? Warum sollen wir das machen?«

»Weil es sein könnte, dass in dem Altpapier ebenfalls Körperteile stecken.«

»Da haben Sie recht. Das kann natürlich sein. Gut, ich kümmere mich darum. Wann kommt das Schiff an?«

»Die legen gleich ab. In ungefähr zwei Stunden sind sie in Norddeich.«

Nach dem Telefonat holte Maike tief Luft. Die Zusammenarbeit mit Lommert konnte noch heiter werden.

»Ich habe einen Plastikbeutel aufgetrieben. Was hältst du von dem hier?«

Ole schwenkte den Beutel eines Discounters hin und her.

»Was war vorher drin?«

Er steckte seine Nase hinein.

»Der riecht neutral. Den habe ich aus dem Restaurant von da vorne.«

»Das ist zwar nicht ideal; aber egal, den nehmen wir. Hauptsache, der Arm kommt endlich aus der Sonne.«

Maike zog sich Gummihandschuhe an, nahm den Plastikbeutel und stieg auf den Anhänger. Eines der Pferde wieherte. Sie riss den Karton ganz auf. Erst jetzt sah sie, dass es sich um einen vollständigen Arm inklusive Hand handelte.

»Ole, komm hoch, du musst mir helfen.« Wortlos stieg ihr Kollege auf den Anhänger. »Halt mal den Beutel auf.«

»Aber der Arm passt doch gar nicht rein.«

»Red nicht so viel, halt ihn auf.«

Maike umfasste den Arm mit beiden Händen am Handgelenk und hob ihn in den Beutel. Ole hatte natürlich recht, der war viel zu klein. Hand und Unterarm schauten heraus.

»Den nehmen wir trotzdem jetzt so mit. Nimm die große Pappe da vorne und leg sie auf die Ladefläche. Dann fahren wir zu mir und holen die Kühlpads.« Lächelnd meinte sie noch: »Was haben wir Glück, dass uns die Kollegen von der Spurensicherung nicht zusehen. Die würden einen Schreikrampf kriegen.«

Sie nahm den Beutel und stieg damit von der Ladefläche. Auf einmal waren mehrere lang gezogene Schreie zu hören. Drei junge Frauen, die neugierig stehen geblieben waren, liefen davon. Auch ein älterer Herr war unangenehm berührt. Er hielt sich die Hand vor den Mund und drehte sich um. Natürlich war das kein schöner Anblick, das wusste Maike auch. Aber eigentlich hatte sie in dieser Ecke des Hafens auch nicht mit Zuschauern gerechnet. Bei jedem Schritt schaukelte die Hand hin und her, was aussah wie ein letzter makaberer Gruß von der Insel. Hoffentlich hatten die Frauen keine bleibenden Schäden erlitten.

»Wir können losfahren«, sagte Maike und Ole beschleunigte das Fahrzeug. Bis zu vierzig Stundenkilometer konnte es schnell sein. Doch zumindest in der Stadt erreichten sie die

Geschwindigkeit nur selten. Auch diesmal wurden sie von einem gemächlich Richtung Innenstadt fahrenden Pferdefuhrwerk ausgebremst. Weil auf der Straße die Fußgänger kreuz und quer herumliefen, konnte auch nicht überholt werden. Und mit Blaulicht und Signalhorn wollten sie nicht fahren; schneller wären sie nämlich trotzdem nicht vorangekommen.

Maike wohnte an der Billstraße, die zum Ortsteil Loog führte, gut hundert Meter hinter der Bäckerei Remmers. Ohne Hindernisse war man vom Hafen kommend in ungefähr fünf Minuten mit dem Fahrzeug da. Heute wurden daraus zehn Minuten.

»Warte hier und pass auf den Arm auf«, sagte sie. »Ich hole einen Waschkorb und möglichst viele Kühlpads.«

Sie eilte zum Eingang in der Hoffnung, von ihrer Mutter nicht gesehen zu werden. Wenn sie in der Küche stand, konnte sie immer sehen, wer ins Haus wollte. Natürlich, wie konnte es anders sein, stand Edda an ihrem Arbeitsplatz und klopfte gegen die Scheibe, als sie ihre Tochter sah. Maike winkte kurz und verschwand im Haus. Sie huschte die Treppe hoch und ging in ihre kleine Küche. Sie öffnete den Kühlschrank. Im Gefrierfach lagen einige Pads, sie hatte sich nicht geirrt. Aber vier Stück waren natürlich nicht die Welt. Aus dem Bad holte sie einen Wäschekorb und legte die Kühlpads hinein. Dann musste sie eben, was sie eigentlich nicht wollte, doch noch zu ihrer Mutter. Hoffentlich stellte sie keine Fragen …

Maike ließ den Waschkorb im Hauseingang stehen und ging in die Küche.

»Moin. Ich habe es eilig …«

»Ich merk das schon, du bist so richtig durch den Wind. Was ist denn?«

»Ich brauche ein paar Kühlpads. Hast du welche im Gefrierfach?«

Edda wischte sich die Hände an ihrer Schürze ab und ging zum Kühlschrank.

»Warte mal … hier, vier Stück kann ich dir geben. Wofür brauchst du die denn?«

»Wir müssen was kühlen.«

»Was denn?«

»Das wissen wir selbst noch nicht so genau.«

Sie hatte es geahnt. Aber wenn sie es ihr jetzt sagen würde, wüsste es in einer Stunde der halbe Ort. In dem Punkt konnte sie ihrer Mutter nicht vertrauen. Ihr Mitteilungsbedürfnis war einfach zu groß.

»Du willst es mir also nicht sagen. Na gut. Ich nehme dir das nicht übel, das weißt du.«

Sie drehte sich um und legte weiter Himbeeren auf einen Tortenboden.

»Bis nachher«, sagte Maike.

Immerhin, Edda hatte akzeptiert, dass sie nichts sagen wollte. Sie legte die Kühlpads in den Waschkorb und ging zum Fahrzeug. Ole hatte den grausigen Fund mit einer Plane zugedeckt. Maike stellte den Waschkorb daneben, kletterte auf die Ladefläche und hob den Arm hinein. Immerhin, das war geschafft.

»Jetzt ab ins Büro und dann bringen wir diese unsägliche Geschichte endlich zu Ende. Und morgen sind wir ihn hoffentlich los.«

»Und wenn wir noch mehr Teile finden?«

Maike blickte in den blauen Himmel.

»Ole, mal nicht den Teufel an die Wand. Andererseits würde sich ein Hubschrauberflug heute dann doch noch lohnen.«

7

Eine halbe Stunde später waren Maike und Ole wieder am Hafen. Helmut, der Müllwerker, und sein Kollege standen neben dem Anhänger.

»Wir dachten schon, Sie würden gar nicht mehr wieder-kommen.«

»Nun sind wir ja da«, sagte Maike und kletterte mit Ole auf den Anhänger. Jetzt mussten sie das restliche Altpapier durch-sehen.

»Sollen wir Ihnen helfen? Dann geht es schneller«, rief ihr einer der Männer zu.

»Gerne.« Sie kletterten ebenfalls auf den Anhänger. »Wir sehen uns die Papierbündel und Kartons an und Sie stapeln sie wieder«, sagte Maike. »Sonst endet das noch im Chaos.«

Schon nach wenigen Minuten waren die beiden Beamten und ihre zwei Helfer ein eingespieltes Team. Insbesondere die Kartons sah sich Maike kritisch an. Anfangs öffnete sie jeden, was recht mühsam war, denn fast alle waren mit Klebeband verschlossen. Mit einem Taschenmesser durchtrennte sie die Bänder und sah hinein. Bei den ersten Kartons ging ihr Atem noch schneller, nach dem fünften war es Routine. Irgendwie rechnete sie nicht mehr damit, auf weitere Körperteile zu sto-ßen. Obwohl das natürlich ein ziemlich leichtsinniger Gedan-ke war, das wusste sie.

»Maike, guck dir den mal an«, sagte Ole auf einmal und schob ihr einen quadratischen Karton vor die Füße.

»Was ist damit?«

»Die eine Bodenkante ist feucht.«

Sie presste die Lippen zusammen und sah sich die Stelle an.

Ihr Herz schlug schneller. Der Karton war dermaßen zugeklebt, als sollte man bloß nicht auf die Idee kommen, ihn zu öffnen. Aber das musste sie. Sie atmete tief durch und durchtrennte das braune Klebeband an mehreren Stellen. Dann legte sie das Messer hin und klappte vorsichtig den Karton auf. Sie blickte auf eine Schicht Füllmaterial. Behutsam schob sie die Styroporflocken beiseite und stieß auf einen blauen Plastikbeutel, in dem etwas Rundes steckte. Nein, nicht das noch, dachte sie. Vorsichtig schob sie die Hände an den Innenwänden des Kartons nach unten und hob den Gegenstand heraus. Aus der unten liegenden Öffnung des Beutels rieselte Sand. Es musste sich um Strandsand handeln, denn kleine Muschelstücke waren darunter. Vorsichtig legte sie den merkwürdigen Gegenstand auf die Ladefläche. Ole und die beiden Helfer machten einen Schritt nach hinten. Maike zog den Plastikbeutel hoch und alle mussten lachen. Vor ihnen lag eine mit Sand gefüllte Blumenvase in Form eines Fußballs. Die Vase war zwar heile, aber sie sah ziemlich ramponiert aus. Was, so vermutete Maike, der Grund war, warum man sie loswerden wollte.

»Eindeutig ein Fehlläufer«, sagte Helmut und wischte sich erleichtert den Angstschweiß von der Stirn. »Was meinen Sie, wie oft das vorkommt. Das sollte in den Müll und ist aus Versehen ins Altpapier gewandert. Man sieht ja dem Karton von außen nicht an, was drin ist. Und ich dachte schon, in dem Beutel würde ein Kopf stecken.«

Maike sah zum restlichen Haufen.

»Das ist nur noch gebündeltes Papier, das können wir uns schenken. Wenn weitere Körperteile in der Fuhre waren, dann sind die bereits auf dem Weg nach Norddeich. Damit haben wir glücklicherweise nichts mehr zu tun.«

Ole grinste.

»Dann könnte es also sein, dass auf den lieben Kollegen Lommert heute noch richtig viel Arbeit zukommt.«

»Wäre möglich«, sagte Maike trocken und blickte auf ihr Handy.

»Wir brechen jetzt die Zelte ab. Ich werde gleich einen Bericht schreiben und du solltest deinen fehlenden Schlaf nachholen. Ich befürchte, die nächsten Tage werden noch sehr anstrengend sein.«

8

»Was ist denn mit euch los? Es ist sieben Uhr und ihr seid schon auf den Beinen?«

Maike stand im Schlafanzug in der Küche ihrer Eltern. Der kleine Ben und ihr Vater saßen am Tisch und frühstückten. Ihr Sohn löffelte Cornflakes mit Milch aus einem tiefen Teller und Eiko stippte Schwarzbrotstückchen in ein Schälchen mit Rübensirup.

»Wir gehen gleich an den Strand und suchen wertvolle Diamanten«, sagte Ben ganz aufgeregt und löffelte hastig weiter. »Wir müssen uns beeilen. Sonst finden die anderen den Schatz.«

Eiko nickte zustimmend und meinte:

»Ben hat recht.«

Maike setzte sich an den Tisch.

»Stimmt, das ist ja heute. Wo genau dürft ihr nun suchen? Steht das jetzt fest?«

»Auf der Internetseite habe ich gelesen, dass der Schatz vor den Dünen zwischen Hauptbadestrand und dem Loogbad vergraben wurde«, sagte Eiko und goss sich etwas kalten Schwarztee ein.

Im Sommer trank er nichts anderes, für ihn war das der beste Durstlöscher. Wenn Sahne in der Nähe war, gab er einen Schuss dazu. Aber er trank den Tee auch pur. Kluntjes, egal ob weiß oder braun, waren ebenfalls nicht notwendig. Hauptsache, der Tee schmeckte kräftig. Drei bis vier Minuten Ziehzeit waren für ihn genau richtig.

»Fertig. Wir können los«, sagte Ben und rutschte vom Stuhl.

»Wie wollt ihr vorgehen?«, fragte Maike. »Ihr könnt doch nicht den ganzen Strand umgraben.«

»Wir nehmen eine dünne Metallstange mit, die stechen wir in den Sand. Wenn die auf etwas Hartes stößt, dann graben wir. Nicht wahr, Opa?«

»Jo, so machen wir das«, sagte er lächelnd zu seinem Enkel.

»Aber wenn der Schatz nun in einem halben Meter Tiefe liegt, dann findet ihr den mit eurer Methode nie. So tief kommt ihr mit der Stange überhaupt nicht.«

»Der Schatz liegt in zwanzig Zentimetern Tiefe; das wird schon klappen«, war sich Eiko sicher.

»Aber gegen Schatzsucher mit einer Sonde kommt ihr doch nicht an. Ich sehe die ab und zu am Strand, das sind halbe Profis.«

»Nein, Mama, das geht nicht. Die Kiste ist aus Kunststoff und Diamanten sind nicht aus Metall. Das haben die extra so gemacht, damit alle die gleiche Chance haben.«

Er sah zu seinem Opa. Der nickte und nahm einen Schluck aus seinem Becher.

»Musst du arbeiten?«, fragte er seine Tochter.

»Ja, leider. Ich muss mich jetzt auch fertig machen.«

»Ist ja nicht schön, was die da gestern am Anleger gefunden haben.«

Maike sah ihn entgeistert an.

»Woher weißt du denn das? Ich habe dir doch nichts erzählt?«

Ihr Vater rückte zu ihr und legte seinen Arm gutmütig lächelnd um ihre Schulter.

»Min Deern, wenn so etwas gefunden wird, dann spricht sich das rum, in null Komma nix, das weißt du doch. Und seit es diese tollen Telefone mit Fernseher gibt, geht das noch schneller.«

»Opa, die heißen Smartphones. Das sind keine Fernseher.«

»Aber so etwas in der Art schon«, sagte er schmunzelnd.

»Dann seid ihr also heute Morgen beschäftigt«, stellte Maike fest.

Auch wenn es sie schon interessieren würde, woher ihr Vater das mit den Leichenteilen wusste, wollte sie ihn nicht fragen.

»Das wird den ganzen Tag dauern, wir wollen ganz, ganz gründlich suchen«, meinte ihr Sohn. »Und wir essen heute Mittag Pizza, nicht wahr, Opa?«

»Weiß Mutter das?«, fragte Maike.

Ben blickte mit großen Augen zu seinem Opa.

»Gut, dass du das erwähnst«, sagte er. »Ich schreib ihr einen Zettel. Sonst kocht sie und keiner ist da.«

»Dann viel Spaß und viel Erfolg. Ich mache mich jetzt fertig und dann bin ich auch weg.«

Eine Stunde später stellte Maike ihr Fahrrad vor der Polizeiwache ab und wurde schon an der Eingangstür von Ole aufgeregt empfangen.

»Lommert hat gerade angerufen. Die haben Körperteile gefunden. Einen Arm, zwei Beine und einen Kopf.«

»Das ist doch eine gute Nachricht; dann ist er also jetzt komplett.«

»Wenn die Körperteile alle zu unserem Torso gehören.«

»Alles andere wäre nun wirklich mehr als Zufall. Hat Lommert gesagt, wo sie die gefunden haben?«

»Im Papier, das auf dem Frachtschiff war.«

»Und wann kommt er?«

»Um neun Uhr wollen sie losfliegen. Er will sich vorher melden. Und wir sollen bloß nicht den Arm vergessen. Wie geht es dem eigentlich?«

»Komm mit, wir sehen mal nach.«

Der Wäschekorb stand am Fuß der Kellertreppe. Maike sah sich die Pads an, das Eis war natürlich aufgetaut. Sie hielt ihre Hand über den Arm und nickte zufrieden.

»Im Waschkorb ist es merklich kühler. Das war schon gut, dass wir das so gemacht haben.«

»Dann hat sich der Aufwand wenigstens gelohnt.«

Sie gingen wieder nach oben. Maike setzte sich an ihren Schreibtisch und blickte nachdenklich zu ihrem Kollegen.

»Weiß du, was ich mich frage? Was will Lommert eigentlich hier machen? Außer den Leichenteilen haben wir nichts. Und solange die Spurensicherung oder die Gerichtsmedizin keine Ergebnisse liefern, stehen wir ziemlich hilflos da.«

Sie griff zum klingenden Handy und blickte auf das Display. Sie musste lachen.

»Das ist Lommert.«

Sie erfuhr von ihm, dass er und ein Kollege in wenigen Minuten losfliegen würden.

»Dann wollen wir ihnen mal einen gebührenden Empfang bereiten. Und als Begrüßungsgeschenk gibt es den Arm.«

Eine viertel Stunde später standen sie mit ihrem Elektrofahrzeug am Hafen und blickten in den blauen Himmel. Wenige Minuten später kam der Helikopter heruntergeschwebt und landete auf der Wiese. Die Rotorblätter drehten sich immer langsamer. Erst als sie stillstanden, ging die Tür auf und zwei Männer mit Reisetaschen kletterten heraus.

Maike hatte Lommerts Foto im Intranet gesehen. Er war sicherlich einen halben Kopf größer als der Kollege neben ihm, hatte igelkurzes Haar und machte einen durchtrainierten Eindruck. Sie schätzte ihn auf Anfang vierzig. Dann standen

41

die beiden vor ihr. Lommerts Kollege hieß Sebastian Kulle. Das warmherzige Lächeln des Oberkommissars gefiel ihr sofort. Und dann diese blauen Augen … Nur sein komischer Seemannsbart, nein, der passte überhaupt nicht zu ihm.

»Wo haben Sie den Arm?«, fragte Lommert und machte einen etwas verwirrten Eindruck.

»Auf der Ladefläche; kommen Sie mit.«

Maike führte die Männer zum Fahrzeug und alle warfen einen Blick in den Waschkorb. Lommert hob die Plane hoch, die Maike vor der Abfahrt über den Fund gelegt hatte. Er verzog als einziger das Gesicht. Hatte er noch nie einen abgetrennten Arm gesehen?

»Frisch sieht der wirklich nicht mehr aus. Der muss so schnell wie möglich auf Spuren untersucht werden. Stellen Sie den Waschkorb in den Helikopter, dann kann der Kollege wieder rüberfliegen.«

9

Kurz vor zehn saßen die vier Beamten an einem Tisch, den sie in die Mitte des Büros geschoben hatten. Maike fasste zusammen, was sich bisher ereignet hatte. Doch Lommert war mit seinen Gedanken ganz wo anders. Als sie mit ihrem kleinen Vortrag fertig war, meinte er:

»Wo übernachten wir überhaupt? Haben Sie uns etwas besorgt?«

Maike legte ihren Stichwortzettel zur Seite. Sie wusste im ersten Moment nicht so richtig, was sie antworten sollte.

»Wir haben hier im Haus Übernachtungsmöglichkeiten. Die mögen zwar nicht sehr komfortabel sein, aber Sie können sich duschen und es gibt eine Kochplatte, auf der Sie sich etwas warm machen können.«

»Dann bin ich beruhigt.« Er lachte. »Solange jeder sein eigenes Bett hat, ist alles in Ordnung.«

»Bett? Das ist sicherlich übertrieben. Es ist eine halbwegs komfortable Liege, die wir Ihnen anbieten können.«

»Für solche Notfälle muss es doch richtige Betten geben.«

»Gibt es auch. In den nächsten Tagen werden uns zwei Inseldienstler aus Düsseldorf für vier Wochen unterstützen. Wir haben Hauptsaison, Juist ist voller Touristen, die Hilfe brauchen wir. Und die Kollegen erwarten natürlich einen gewissen Standard, sonst kommt doch keiner.«

»Eine Liege, ich fass es nicht …«, grummelte er kopfschüttelnd vor sich hin. »Okay, zurück zu unserem Fall.« Er schien sich beruhigt zu haben. »Gibt es am Hafen, also dort, wo die Touristenschiffe ankommen, eine Kamera, ich meine eine Webcam?«

»Gibt es. Aber es wird nichts aufgezeichnet und die Entfernung ist zu groß. Da könnte man sowieso nichts erkennen«, sagte Maike.

»Dann habe ich einen anderen Vorschlag. Dieser Torso ist ja ziemlich schwer. Der Koffer wird also sicherlich auf einer Handkarre durch den Ort gezogen worden sein. Wer ist denn morgens auf den Beinen? In der Regel sind das doch immer wieder die gleichen Leute. Lieferanten, Geschäftsleute, Jogger. Wenn wir morgen früh mit einem Foto des Koffers durch den Ort gehen und die Aufnahme auch im Internet veröffentlichen, warum sollte sich nicht jemand daran erinnern?«

Doch auch mit diesem Vorschlag konnte Lommert niemanden begeistern.

»Ich glaube nicht, dass der Koffer für jeden sichtbar durch den Ort gezogen wurde. Mit Sicherheit hatte der Täter eine Plane oder Decke darüber gelegt«, meinte Ole.

Maike nickte.

»Das glaube ich auch. Deshalb sollten wir uns nicht auf den Koffer konzentrieren, sondern besser der Frage nachgehen, ob der Täter von der Insel stammt. Wenn es ein Einheimischer ist, dann hat der eine oder andere Frühaufsteher ihn vielleicht erkannt und wird sich gefragt haben, warum derjenige so früh unterwegs ist. Möglicherweise hat es sogar ein kurzes Gespräch gegeben.«

Ole und Sebastian nickten; Lommert blieb starr sitzen.

»So kann man das natürlich auch machen«, sagte er nur, vermutlich, weil ihm auf die Schnelle kein besseres Argument einfiel.

»Einen Moment.« Maike nahm ihr vibrierendes Handy und drehte sich zur Seite. »Mutter, ich kann jetzt nicht, wir haben gerade eine Besprechung.« Sie wollte auflegen, doch Edda redete weiter. Und je länger sie sprach, desto größer wurden Maikes Augen. Mit einem »Danke, dass du angerufen hast«, beendete sie das Telefonat.

»Das war meine Mutter. Bei ihr hat gerade jemand angerufen. In einer Wohnung in Strandnähe brennt seit zwei Tagen das Licht. Und der Eigentümer ist seitdem nicht gesehen worden. Das wäre ja noch nicht so interessant für uns. Aber bei dem Mann handelt es sich um Rudolf Sontberg. Er sponsert die Aktion *Finde den Schatz*.«

Maike erläuterte den Kollegen vom Festland, was es mit der Schatzsuche auf sich hatte. Lommert strich über sein Kinn und meinte:

»Wollen Sie damit andeuten, dass es sich bei dem Toten um diesen Sontberg handeln könnte?«

Maike nickte.

»Ich habe mich mit ihm mal vor längerer Zeit unterhalten. Er machte einen fitten Eindruck und war nicht auffällig übergewichtig. Seine körperliche Konstitution passt zu dem Torso.«

»Haben Sie die Telefonnummer von ihm?«, fragte Lommert. »Bevor wir herumwirbeln, sollten wir dort anrufen.«

Maike durchsuchte das Telefonbuch ihres Handys.

»Ich habe sogar zwei Nummern, Festnetz und Handy.«

Nach zwei Minuten stand fest, dass Sontberg telefonisch nicht zu erreichen war.

»Gut, Frau Hansen, dann gehen wir jetzt zu seiner Wohnung«. Lommert stand auf. »Es reicht, wenn wir beide uns auf den Weg machen. Sie«, er sah zu Ole und dem blauäugigen Oberkommissar, »halten hier die Stellung. Die Spurensicherung wird uns hoffentlich in Kürze ein paar Infos übermitteln. Dann melden Sie sich sofort bei mir.«

10

Der Weg zu Sontbergs Appartement am Ende der Strandstraße, kurz vorm Übergang zum Hauptbadestrand, führte quer durchs Zentrum. Sie hatten sich entschieden, zu Fuß zu gehen. Auf dem Weg dorthin wollte Maike Lommert ein paar Infos über den Ort mitgeben. Am Kurplatz blieben sie stehen.

»Hier finden abends Konzerte statt. Entweder mit unserem Kurorchester oder anderen Künstlern. Das große Wasserbecken daneben wird normalerweise von Kindern umlagert. Die lassen ihre Spielzeugboote fahren. Heutzutage sind die natürlich ferngesteuert.«

»Warum ist sowenig los?«

»Vermutlich suchen die Kids mit ihren Eltern am Strand den Schatz.«

»Ja, natürlich«, sagte Lommert. Er sah einem Pferdefuhrwerk hinterher, das vom Hafen kam und mit Kisten und Kartons beladen war. »Wird hier wirklich alles mit Pferden transportiert?«

»Alles«, sagte Maike. »Auf der Insel gibt es keine Fahrzeuge mit Verbrennungsmotor, von Rettungswagen und Feuerwehrfahrzeugen abgesehen. Wir mit unserem Elektrofahrzeug sind auch eine Ausnahme. Es wird zwar immer wieder diskutiert, die Pferde durch E-Autos zu ersetzen, aber bis jetzt haben sich die Pferdefreunde durchsetzen können. Und natürlich finden das auch die Touristen toll. Aber uns sitzen die Tierschützer im Nacken ... Mal sehen, wie sich das entwickelt. Ich würde mich nicht wundern, wenn in fünf Jahren Elektrofahrzeuge durch den Ort fahren.«

»Wie lange sind Sie schon auf Juist?«

»Schon ziemlich lange, um genau zu sein, seit meiner Geburt.«

»Ach, wirklich? Aber haben Sie nicht auch schon auf Norderney gearbeitet? Ein Kollege hat mir das erzählt.«

»Nach der Ausbildung war ich dort, das stimmt. Später habe ich einige Monate auf Langeoog ausgeholfen. Und die meisten anderen Inseln kenne ich von kurzen Einsätzen oder weil dort Bekannte oder Freunde wohnen. Und was hat Sie von Hannover in den hohen Norden verschlagen?«

»Ich bin zu meiner Freundin gezogen. Sie wohnt in der Nähe von Aurich, in Moorland, das ist ein Ortsteil von Südbrookmerland.«

»Kenne ich, da wohnt eine Schulfreundin von mir.«

»Das ist ja ein Zufall … Ich hatte jedenfalls keine Lust mehr auf diese ewige Fahrerei an den Wochenenden. Der Wechsel ging erstaunlich glatt. Solange man nicht in ein anderes Bundesland will, ist das meist kein Problem.«

»Und wie sind die Ostfriesen so?«, fragte sie schmunzelnd.

»Meine Freundin hat einen großen Bekannten- und Verwandtenkreis … Viele kommen auch aus anderen Bundesländern. Mir ist da noch nichts aufgefallen. Vielleicht redet man ein bisschen weniger, aber das muss ja kein Nachteil sein.«

»So, wir sind da.«

Maike stand vor der Eingangstür; sie tippte auf das Namensschild und klingelte.

»Dann wollen wir mal sehen, ob jemand da ist«, sagte Lommert.

Als es auch nach dem dritten Versuch ruhig blieb, meinte Maike: »Lassen Sie uns hinters Haus gehen, vielleicht kommen wir dann weiter.«

Sie hatte recht. Zur Wohnung gehörte eine große Terrasse,

die von einem hüfthohen Zaun umgeben war. Im Wohnzimmer brannte die Deckenbeleuchtung. Was die Zeugin gesagt hatte, stimmte also.

»Sollen wir rein?«, fragte Maike.

Lommert umfasste sein Kinn und fuhr mit Daumen und Zeigefinger mehrmals auf und ab. Trotzdem wusste er nicht weiter. Sehr entscheidungsfreudig war er nicht, dachte Maike und meinte:

»Ich kenne einen Rentner, der auch Schlosserarbeiten macht und Türen öffnet, den könnte ich anrufen. Der wohnt in der Nähe der Polizeistation, seine Dienste haben wir schon häufiger in Anspruch genommen. Der freut sich, wenn er etwas für uns tun kann.«

»Machen Sie das. Wir haben gute Gründe, die Wohnungstür zu öffnen. Das kann ich vertreten.«

Eine halbe Stunde später hockte Raimund Karl mit seinem Werkzeug vor Sontbergs Wohnungstür.

»Das haben wir gleich, die ist nur zugezogen.«

Er drückte die Tür auf und strahlte Maike an.

»Das war's?«, fragte er.

Sie nickte.

»Schicken Sie die Rechnung an uns, nicht nach Aurich. Die können damit nichts anfangen.«

Lommert war schon in der Wohnung verschwunden; Maike machte die Tür zu. Und während sie sich Gummihandschuhe überstreifte, kam ihr Kollege mit bleichem Gesicht auf sie zu.

»Sehen Sie sich das Bad an …«

Mehr sagte er nicht. Er setzte sich auf einen Hocker, der neben der Garderobe stand. Die Tür zum Bad war offen, das Licht brannte. Maike blieb wie angewurzelt stehen. Sie ließ ihren Blick durch den mit bunten Kacheln gefliesten Raum schweifen. Wohin sie auch blickte, alles war mit Blut verschmiert. Lommert hatte sich wieder gefasst und war zu ihr gekommen.

»So etwas habe ich noch nicht gesehen«, sagte er und sah immer noch mitgenommen aus. »Da komme ich aus einer Großstadt und muss mir auf einer eigentlich friedlichen Insel so etwas ansehen. Vermutlich ist er hier auch zerlegt worden. Aber wo ist das Werkzeug?«

Maikes Handy klingelte. Sie ging ein paar Schritte zur Seite.

»Mama, wir haben die Schatzkiste immer noch nicht gefunden. Willst du nicht kommen und uns beim Suchen helfen?«

»Ich würde gerne kommen, aber ich muss arbeiten. Gib mir mal Opa.«

Im Hintergrund war viel Lärm zu hören. Kinder riefen und Erwachsene unterhielten sich.

»Sag mal, was ist denn bei euch los? Man könnte meinen, ihr seid auf einem Jahrmarkt.«

Eiko lachte.

»Das ist nicht ganz falsch, hier ist die Hölle los. Du erkennst den Strand nicht wieder.«

»Hat Ben überhaupt noch Lust?«

»Nicht mehr so richtig.«

»Bleibt so lange, wie er will. Und vergiss die Pizza nicht, die du ihm versprochen hast. Dann wird er schon zufrieden sein«, sagte sie. »Es wird heute spät werden. Wir haben gut zu tun.«

»Na dann …«

Maike steckte ihr Handy ein. Im Unterschied zu ihrer Mutter bohrte ihr Vater nicht mit Fragen weiter und wollte mehr wissen. Wenn sie nichts von alleine preisgab, dann nahm er das so hin. Er hatte es mit den Jahren akzeptiert, dass es zum Beruf seiner Tochter gehörte, auch ihm gegenüber gelegentlich schweigsam zu sein.

Lommert hatte in der Zwischenzeit ebenfalls telefoniert.

»Die Pohlstrasser kommt, diesmal mit zwei Kollegen. Sie hofft, in einer Stunde am Hafen zu landen. Wie sieht es eigentlich mit einem Wohnungsschlüssel aus? Wir können doch nicht jedes Mal den Schlosser rufen.«

Maike ging zur Tür, denn neben dem Eingang hatte sie ein Schlüsselbrett gesehen.

»Probieren wir es mal mit dem hier.« Sie steckte einen Schlüssel ins Schloss und drehte ihn um. »Der passt. Das Problem haben wir gelöst.«

Sie steckte den Schlüssel ein. Und wieder klingelte ihr Handy; es war die Nummer der Polizeiwache.

»Ole, was gibt's?«

»Ja … also … eine Frau Danuta Nowack sitzt bei mir. Sie ist mit ihrer Freundin bei uns erschienen, Lena Jeschke heißt sie. Frau Nowack ist die Lebensgefährtin von Herrn Sontberg. Sie hatte sich mit ihm gestritten …«

»Wir kommen«, unterbrach sie ihn. »In spätestens zehn Minuten sind wir da.«

11

»Sie ist seine Freundin und die beiden haben sich gestritten? Mehr hat sie nicht gesagt?«, fragte Lommert.

»Das weiß ich nicht. Ich wollte mir jetzt nicht alles anhören«, sagte Maike, während sie die Tür von Sontbergs Wohnung zuschloss.

Auf dem Weg zur Wache war Lommert nicht mehr zu bremsen.

»Wenn wir Glück haben, ist der Fall schneller aufgeklärt, als wir dachten. Bei Tötungsdelikten kommen die Mörder in der Regel aus dem sozialen Umfeld. So ein Fall wird das sein. Die Nowack wollte sich nicht alleine stellen. Vermutlich hat sie ihrer Freundin die Tat gebeichtet und hat sich dann überreden lassen, zur Polizei zu gehen. Aber noch will sie die Tat nicht zugeben. Passen Sie auf, das kommt noch.«

»Sie sind aber schnell mit Ihren Vermutungen.«

»Frau Hansen, man wird ja noch laut spekulieren dürfen. Natürlich müssen wir abwarten, was die Kollegen an Spuren finden. Das ist doch selbstverständlich. Aber so ganz …«

Er machte einen Sprung zur Seite und wäre beinahe gestolpert. Von hinten kommend war ein Lastenfahrrad klingelnd dicht an ihm vorbeigesaust.

»Wir haben wunderschöne Gehwege«, rief ihm der junge Mann zu.

»Ja, spinnt der denn?«, meinte Lommert aufgebracht.

»Na ja, ganz unrecht hat er nicht. Wir laufen auf der Straße.«

»Trotzdem muss der doch nicht wie ein Idiot hier lang sausen. Wie viele Unfälle gibt es so im Monat?«

»Das hält sich in Grenzen. Aber die eine oder andere Beinahekollision gibt es häufiger. Dass an den Kreuzungen rechts vor links gilt, wird oft übersehen. Viele meinen, nur weil hier Pferdekutschen unterwegs sind, gelten keine Verkehrsregeln. Was wollten Sie sagen?«

»Was wollte ich sagen? … Was ich vermute, ist ja nicht ganz unwahrscheinlich. Was meinen Sie, wie oft ich diese Konstellation schon hatte, dass ein Freund oder Ehemann die Lebensgefährtin umgebracht hat.«

»Diesmal ist aber ein Mann getötet worden. Und das ziemlich brutal.«

»Ich weiß. Vielleicht hat sie sich helfen lassen. Warten wir ab. Ich meine, ich trete Ihnen sicherlich nicht zu nahe, wenn ich sage, dass Ihnen nun mal die Erfahrung mit solchen Delikten fehlt. Das will ich Ihnen nicht zum Vorwurf machen, überhaupt nicht. Es ist doch schön, wenn man sein Geld auf ruhige Art und Weise verdienen kann.«

Sie zog es vor, nichts zu sagen. Sie freute sich jetzt schon auf den Tag, an dem dieser Mensch die Insel wieder verlassen würde. Die restlichen Meter legten sie schweigend zurück.

In der Polizeistation wurden sie schon auf dem Flur von Ole empfangen.

»Frau Nowack hat bis eben geweint. Schlimm, wirklich schlimm. Ihre Freundin konnte sie auch nicht beruhigen.«

Die beiden Frauen saßen am Besprechungstisch. Maike und Lommert stellten sich vor und setzten sich dazu. Ole und Oberkommissar Sebastian Kulle blieben mit etwas Abstand stehen.

»Jetzt erzählen Sie uns, was in der Wohnung von Herrn Sontberg passiert ist«, sagte Lommert.

Danuta Nowack sah ihn mit zusammengekniffenen Augen

an.

»Das weiß ich nicht.«

Maike schätzte die Frau auf Mitte dreißig. Sie war auffallend schlank, hatte lange, braune Haare und ein markantes Gesicht mit hohen, hervorstehenden Wangenknochen. Ihre nicht ganz so schlanke Freundin war vermutlich ähnlich alt, wirkte mit ihren kurzen, blonden Haaren aber jünger.

»Wie, das wissen Sie nicht? Sie wissen nicht, was mit Herrn Sontberg passiert ist?«

Wieder liefen ihr Tränen an den Wangen entlang. Musste der Lommert die Frau auch so hart anfassen? Jetzt ergriff die Freundin das Wort.

»Sie war heute Morgen in der Wohnung, sie wollte etwas holen und hat das blutverschmierte Badezimmer gesehen. Dann ist sie aus dem Haus gestürmt und zu mir gelaufen. Seitdem sind wir zusammen. Mehr weiß sie auch nicht.«

»Warum kann sie uns das nicht selbst sagen?« Lommert wandte sich Frau Nowack zu. »Stimmt das, was Ihre Freundin gesagt hat?« Sie nickte. »Wohnen Sie auch in der Wohnung?«

Doch auch diesmal kam die Antwort von ihrer Freundin.

»Ja, dort wohnt sie.«

Jetzt wurde Lommert laut.

»Könnten Sie sich bitte zurückhalten. Ich möchte die Antworten von Frau Nowack hören.«

Lena Jeschke machte einen Schmollmund und lehnte sich demonstrativ gegen die Stuhllehne. Maike atmete tief durch; sie verspürte große Lust, Lommert das Wort zu entziehen. Wie konnte er nur so unsensibel mit einer Zeugin umgehen? Aber er war nun mal der Leiter der Mordkommission, also musste sie sich zurückhalten.

»Wann haben Sie Herrn Sontberg das letzte Mal gesehen?«,

fragte Lommert.

»Am Dienstag.«

»Wo waren Sie seitdem?«

»Bei meiner Freundin.«

Sie deutete mit dem Kopf zu Lena.

»Und wo wohnen Sie?«

»In Loog.«

»Nicht auf Juist?«

»Loog ist ein Ort auf Juist«, erläuterte Maike. »Der liegt in westlicher Richtung.«

»Ach so, das kann ich doch nicht wissen.«

Er hätte natürlich vorher auch mal einen Blick auf eine Landkarte werfen können, dachte Maike.

»Und Frau Nowack war bis heute bei Ihnen?«

Lena nickte.

Lommert kratzte sich auffällig lange an der Wange. Was ging ihm denn jetzt durch den Kopf? Dann schob er die nächste Frage hinterher.

»Und warum haben Sie bei Ihrer Freundin gewohnt?«

Danuta sah Lena hilfesuchend an, weshalb sie wieder die Antwort gab.

»Sie hatte sich mit Rudolf gestritten.«

»Worum ging es?«

Danuta sagte nichts. Sie starrte auf den Boden. Ein merkwürdiges Grinsen legte sich auf Lommerts Gesicht. Maike knetete ihre Hände. Sie dachte an das, was Lommert auf dem Weg zur Polizeistation erzählt hatte. Mit Sicherheit fühlte er sich bestätigt. Vor ihm saß die Mörderin.

»Ich frage Sie noch einmal; worum ging es bei dem Streit? Was war der Anlass?«

Diesmal kam eine Reaktion.

»Dazu sage ich nichts.«

»Wie Sie wollen.« Wieder grinste Lommert komisch. »Eine letzte Frage. Könnten Sie sich vorstellen, wer Ihren Freund umgebracht hat?«

Die Antwort kam ohne Zögern.

»Nein.«

»Die Frage haben wir uns seit heute Morgen immer wieder gestellt. Aber uns ist niemand eingefallen«, ergänzte ihre Freundin.

Lommert nahm die Bemerkung kommentarlos zur Kenntnis und stand auf.

»Sie sind jetzt entlassen. In Ihre Wohnung können Sie heute und die nächsten Tage nicht zurückkehren. Sie wird von der Kriminaltechnik auf den Kopf gestellt.«

»Und wo soll ich wohnen?«

Er zuckte mit den Schultern.

»Das ist ein Tatort. Sie können da nicht hinein. Tut mir leid.«

»Dann bleibst du weiter bei mir. Das ist doch selbstverständlich«, sagte Lena.

Sie legte ihrer Freundin den Arm um die Schulter und zog sie zu sich. Danuta nickte ihr stumm zu. Dann standen die beiden Frauen auf.

»Können wir wieder gehen?«, fragte Lena.

»Ja, können Sie«, sagte Lommert und meinte zu Danuta: »Ich empfehle Ihnen dringend, einen Rechtsanwalt Ihres Vertrauens aufzusuchen.«

12

»Das sieht doch schon mal gar nicht schlecht aus«, sagte Lommert, nachdem die beiden Frauen gegangen waren. Er hatte sich an einen Tisch gesetzt und machte sich Notizen.

»Glauben Sie wirklich, dass Frau Nowack ihren Freund umgebracht und eigenhändig zerlegt hat?«, fragte Maike.

»Ach, wissen Sie, mit dem Glauben ist das so eine Sache. Ich halte mich lieber an die Fakten.«

»Aber was für Fakten haben wir denn? Sontberg und seine Freundin haben sich gestritten, das kommt vor. Danach ist sie aus dem Haus zu ihrer Freundin gegangen und mehrere Tage dort geblieben.«

»Richtig«, sagte Lommert. »Und in der Zwischenzeit ist ihr Freund umgebracht worden … Na, so ein Zufall aber auch.« Sein Handy klingelte; er sah auf das Display. »Oh, die haben wir ganz vergessen … Hallo, Frau Pohlstrasser, wir sind schon unterwegs.« Er steckte das Handy ein. »Die Kriminaltechniker sind gelandet. Mir war auch so, als hätte ich einen Helikopter gehört. Wir …«, er deutete mit dem Kopf zu Maike und seinem Kollegen aus Aurich, »fahren jetzt zum Hafen und sammeln die Kollegen ein. Und Sie …«, er wandte sich Ole zu, »bleiben hier und tragen zusammen, was Sie zu Sontberg und seiner Freundin finden können.«

»In unser E-Auto passen aber nur zwei Leute«, stellte Maike fest.

»So klein ist das?«

»Sie haben es doch schon gesehen. Ich kann die Koffer und Gerätschaften der Kollegen transportieren und dann ist noch Platz für eine weitere Person. Da Sie den Weg kennen, kommt eigentlich nur Frau Pohlstrasser infrage. Sie wissen doch, Ladys first.«

Sie lächelte ihn an. Konnte Lommert da noch widersprechen? Natürlich nicht.

»Dann machen wir das eben so«, sagte er und klang wenig begeistert.

Zwanzig Minuten später waren alle außer Ole in der Wohnung von Rudolf Sontberg. Die Chefin der Kriminaltechnik, Gerda Pohlstrasser, hatte sich den Tatort vorgenommen.

»Ich habe übrigens Neuigkeiten aus der Gerichtsmedizin«, sagte sie. »Er ist erstochen worden, habe ich kurz vorm Abflug gehört. Das Messer war sehr spitz und hatte eine auffällig schmale Klinge, die beidseitig scharf geschliffen war.«

»Dann wissen Sie ja mehr als wir«, sagte Lommert.

Er stand mit Maike auf dem Flur und sah Pohlstrasser bei der Arbeit zu.

»Den Bericht werden Sie sicherlich morgen oder Anfang der Woche bekommen.«

»Wie weit sind Sie mit der Auswertung der Spuren? An den Leichenteilen werden Sie doch welche gefunden haben.«

»Wir sind noch nicht soweit. Jetzt bin ich hier und kann nicht im Labor arbeiten. Wir haben auch nur begrenzte Personalkapazitäten. Aber sobald wir etwas Handfestes gefunden haben, bekommen Sie das sofort auf den Tisch, versprochen.«

Maike ging ins Wohnzimmer, wo Oberkommissar Sebastian Kulle persönliche Unterlagen des Toten zusammengetragen hatte. In einem Umzugskarton lagen schon mehrere Ordner.

»Ich habe auch Steuer- und Buchungsunterlagen gefunden«, sagte Sebastian.

Jetzt stand er vor einer Wand mit etlichen Kunstdrucken und schob ein Bild nach dem anderen zur Seite. Maike hatte sich in seine Nähe gestellt. Sie lächelten sich an. Sie musste sich zwingen, es mit dem Lächeln nicht zu übertreiben. Aber der Mann hatte es ihr angetan, das stand fest. So lange konnte er noch nicht in Aurich sein, sonst hätte sie schon etwas von ihm gehört. Er schien nicht verheiratet zu sein, jedenfalls trug er keinen Ring. Aber das bedeutete andererseits auch nicht viel.

»Ich rate mal … Sie glauben, gleich einen Safe zu finden.«

»Warum nicht? Wenn er einen hat, dann wird der fest mit dem Mauerwerk verbunden sein und soll nicht sofort gesehen werden. Warum ihn dann nicht … Was haben wir denn hier?«

Maike nickte ihm anerkennend zu. Hinter dem letzten Bild war tatsächlich ein Safe versteckt. Er war so groß, dass sicherlich eine Handtasche hineinpasste.

»Das wundert mich nun wirklich«, sagte sie und hätte dem Kollegen am liebsten anerkennend auf die Schulter geklopft. »Jetzt müssen wir ihn nur noch aufbekommen.«

Mittlerweile stand auch Lommert vor dem Safe. Er klopfte gegen die Stahltür.

»Sie müssen jetzt sagen, Sesam öffne dich …«, meinte Maike.

Er fand ihre Bemerkung offensichtlich nicht lustig.

»Ich wollte nur mal hören, wie das klingt«, schob er als Erklärung hinterher.

»Ach so. Und was machen wir nun? Ich frage mal unsere Kriminaltechnikerin«, sagte Maike.

Die stand auf dem Flur und blickte aufmerksam ins Badezimmer.

»Was gibt es da so Spannendes zu sehen?«, fragte Maike.

In der Mitte des Raums stand ein brusthohes Stativ mit einer etwas ungewöhnlich aussehenden Kamera.

»Wir arbeiten seit einigen Monaten mit einem 3D-Scanner. Das Gerät erstellt detaillierte 360-Grad Panoramen. Und das in einer superhohen Auflösung. Da können wir nachträglich auch noch die kleinsten Blutspritzer analysieren.«

»So einen Apparat habe ich noch nie gesehen. Worauf warten Sie jetzt?«

»Für eine Aufnahme braucht der Scanner ungefähr sieben Minuten. Ich glaube, mit drei Aufnahmen aus unterschiedlichen Positionen werde ich auskommen. Was gibt es denn?«

»Wir haben einen Safe gefunden. Natürlich verschlossen …«

»Einer der Kollegen kennt sich mit Tresoren aus. Aber wir haben kein Werkzeug mitgebracht, jedenfalls kein Spezialwerkzeug. Warten Sie einen Moment, ich frage ihn, was wir machen können.«

Kurz darauf kam die Kriminaltechnikerin kopfschüttelnd zurück.

»Er sieht sich den Tresor gleich an. Aber ohne Bohrer und Lochkamera wird er nichts machen können.«

Zwei Stunden später saßen Pohlstrasser und ihre Kollegen wieder im Helikopter. Es stand bereits fest, dass das nicht der letzte Besuch der Kriminaltechniker auf der Insel gewesen war. Der Tresorexperte würde morgen auf jeden Fall kommen, dann mit dem richtigen Werkzeug.

13

»Was haben Ihre Recherchen ergeben? Erzählen Sie mal«, sagte Lommert, der zusammen mit Maike und den beiden Oberkommissaren am Besprechungstisch saß.

Ole schlug seine Mappe auf.

»Der Sontberg war seit einigen Jahren groß im Edelsteingeschäft tätig. Deshalb hat er ja auch Diamanten versteckt.«

»Sind die eigentlich schon gefunden worden?«, fragte Lommert.

Maike schüttelte den Kopf.

»Soweit ich weiß noch nicht. Das hätten mir sonst meine beiden Schatzsucher mitgeteilt.«

»Wen haben Sie denn engagiert?«

»Mein Vater und mein Sohn suchen.«

»Ach, so. Wo waren wir stehen geblieben?«

»Beim Diamantengeschäft«, sagte Ole. »Er hat vor Jahren einen ziemlich spektakulären Einstand gegeben. Damit war er in der Branche von einem Tag auf den anderen bekannt geworden. Er hatte bei einer Auktion in Hamburg einen großen Brillanten in hervorragender Qualität ersteigert. Ich habe nämlich eine längere Meldung in einer Hamburger Tageszeitung gefunden. Da stand auch, dass er vorher auf einigen Ostfriesischen Inseln als Immobilienmakler gearbeitet hat und auch im Goldhandel tätig war; ein unternehmerisches Multitalent eben.«

»Der Mann war ja richtig flexibel. Auf welchen Inseln er als Makler gearbeitet hat, stand da nicht?«, fragte Lommert.

»Nein, aber das können wir herausbekommen.«

»Damit wissen wir zumindest, woher er das Startkapital für

seine Karriere als Diamantenhändler hatte«, bemerkte Maike. »Wobei ich mich natürlich schon frage, warum er das Gewerbe gewechselt hat.«

»Vielleicht weiß das seine Freundin«, meinte Maikes Lieblingskommissar.

»Ja, ja, seine Freundin.« Lommert ließ ein breites Grinsen folgen. »Die werden wir uns bei nächster Gelegenheit noch ordentlich zur Brust nehmen. Wer weiß, worüber sich die beiden gestritten haben … Sie spielt mir die Rolle der Trauernden ein bisschen zu perfekt. Wenn uns die Kriminaltechnik doch bloß schon mit Ergebnissen versorgen könnte. Waren das alle Infos zu Sontberg?«

»Soweit ja. Aber ich kann noch etwas zu seiner Freundin sagen.« Ole sah auf seinen Stichwortzettel. »Die Frau ist strafrechtlich gesehen kein unbeschriebenes Blatt. Sie ist vor fünf Jahren wegen Ladendiebstahls verurteilt worden. Sie wurde in Kattowitz geboren und ist Anfang der neunziger Jahre mit ihren Eltern nach Deutschland gekommen. Sie hat mehrere Lehren angefangen und alle abgebrochen. Danach hat sie sich mit Aushilfsjobs finanziell über Wasser gehalten. Wann und wie sie Sontberg kennengelernt hat, habe ich nicht herausbekommen. Aber laut Einwohnermeldeamt ist sie seit drei Jahren auf der Insel gemeldet und hat seitdem mit Sontberg die gleiche Adresse.«

»Seit drei Jahren also zusammen … Das war's?«, fragte Lommert.

Ole nickte und schlug die Mappe zu. Lommert sah auf seine Uhr.

»Auch wenn wir immer noch nicht wissen, wann Sontberg umgebracht wurde, wissen wir zumindest, wo die Tat geschah. Wir müssen auf jeden Fall die Nachbarn befragen. Wer war

Sontberg? Was war er für ein Mensch? Was wissen sie über seine Freundin? Haben sie merkwürdige Geräusche oder Krach gehört? Oder jemanden gesehen, der nicht in das Haus gehörte?« Er blickte zu Ole und dem Oberkommissar aus Aurich. »Das machen Sie. Ich werde mich ans Telefon hängen. Vielleicht bekomme ich auf dem kleinen Dienstweg aus der Gerichtsmedizin noch ein paar Ergebnisse. Und was haben Sie vor?«, fragte er Maike.

»Mein Vater hat mir gerade eine Nachricht geschrieben. Es ist kurz nach achtzehn Uhr, aber der Schatz ist noch nicht gefunden worden.«

»Was heißt das?«, fragte Lommert.

»Eigentlich würde Sontberg jetzt am Strand auf ein kleines Podest steigen und den versammelten Schatzsuchern erzählen, wo das Kästchen mit den Diamanten vergraben war. Das fällt ja nun flach.«

»Aber dann werden die doch noch weitersuchen«, bemerkte Kulle.

»Das vermute ich auch. Deshalb werde ich mich gleich mit dem Organisator unterhalten«, sagte Maike.

»Wer ist das?«, fragte Lommert.

»Der Verleger eines Anzeigenblattes, Willy Bockelsen. Den kenne ich persönlich. Vermutlich hat er mittlerweile auch schon gehört, dass Sontberg nicht mehr lebt.«

»Gut, dann hat jeder von uns etwas zu tun.« Lommert stand auf. »Länger als ein, zwei Stunden arbeiten wir heute aber nicht mehr. Irgendwann ist auch unser Arbeitstag zu Ende. Morgen sehen wir uns spätestens um … sagen wir acht Uhr wieder hier.«

14

Dass Sontberg umgebracht worden war, wusste wirklich schon der halbe Ort. Auf dem Weg zum Verlag der »Juister Wochenillustrierte«, der ganz in der Nähe der Tourismusinformation lag, wurde Maike dreimal angesprochen und mit gedämpfter Stimme gefragt, ob das denn stimmen würde, was man sich so erzählt. Sie zuckte mit den Schultern und meinte nur, dass sie dazu nichts sagen könnte. Dann folgte meist ein »Klar, das kann ich schon verstehen, dass du dazu nichts sagen darfst.« Und damit stand fest, dass das nicht nur ein Gerücht, sondern die Wahrheit war.

Auch Willy Bockelsen, den sie in seinem Büro telefonierend antraf, sprach, nachdem er aufgelegt hatte, erst von dem Gerücht, das er gehört habe. Der Mann, mit dem Maike zur Schule gegangen war, fuhr mit seinen Tischtennisschläger großen Händen über seinen kurz geschorenen Bauernschädel. Aber weil sie gekommen war, um mehr über die Tage und Stunden bis zu Sontbergs Tod in Erfahrung zu bringen, entschloss sie sich, Klartext zu reden.

»Sontberg ist umgebracht worden, das stimmt schon.«

»Wo hat man ihn gefunden?«

Maike schüttelte den Kopf.

»Dazu darf ich nichts sagen.«

Willy nickte verständnisvoll.

»Dann werden wir sicherlich erst in den nächsten Tagen erfahren, ob das mit den Leichenteilen stimmt, die am Hafen in einem Koffer und im Altpapier gelegen haben sollen.«

Maike, die sich vor Willys Schreibtisch gesetzt hatte, schloss für einen Moment die Augen und atmete tief durch. Sollte sie das Versteckspiel weiterspielen? Nein, das konnte sie sich sparen.

»Dass mit den Leichenteilen stimmt schon. Aber mehr erfährst du wirklich nicht. Jetzt erzähl, wann hast du mit Sontberg das letzte Mal Kontakt gehabt?«

Er blies die Wangen auf, griff zu seinem Kalender, der auf seinem Schreibtisch lag, und schlug ihn auf.

»Wann war das? Am Dienstag habe ich das letzte Mal mit ihm telefoniert. Wir sind den Ablauf der Veranstaltung noch einmal durchgegangen. Er sagte mir, dass er am Mittwoch das Kästchen vergraben würde.«

»So früh?«

»Er wollte verhindern, dass man ihn dabei beobachtet. Mitten in der Woche, so hoffte er, würde noch niemand an die Veranstaltung denken.«

»Und? Hat er es gemacht?«

»Davon gehe ich aus. Dass er sich danach nicht mehr gemeldet hat, fand ich zwar komisch. Aber ich wusste, dass er viel zu tun hat. Deshalb fand ich das nicht weiter bemerkenswert. Ich hatte auch keinen Grund, ihn anzurufen. Nur als ich ihn heute Morgen nicht erreicht habe und ich später einen Anruf bekam, dass er umgebracht worden sein soll, wurde mir ganz anders. Trotzdem sah ich keinen Grund, die Veranstaltung abzubrechen. Wie heißt es doch … The show must go on.«

»Noch wissen wir nicht, wann er umgebracht wurde. Aber es kann durchaus sein, dass er die Diamanten gar nicht mehr versteckt hat.«

»Was? Aber dann würden die Schatzsucher den Strand doch umsonst umgraben. Wenn die das mitbekommen … Hilfe, die lynchen mich.«

»Nun hör mal auf, so einen Blödsinn zu erzählen.«

»Was meinst du, was am Strand los ist? Alexander ist dort, er gräbt auch; das ist mein Grafiker. Der hat mich vorhin angerufen. Seit das Gerücht die Runde macht, dass Sontberg tot sein soll, glauben viele natürlich, dass das Schatzkästchen noch irgendwo liegt. Normalerweise hätte er es um achtzehn Uhr wieder ausgegraben.« Willy fuhr mit seinen mächtigen Händen über den Schädel. »Einige wollen so lange suchen, bis sie es gefunden haben.«

»Jetzt werd mal nicht panisch. Vielleicht hat ja Sontberg das Kästchen vergraben. Dann wäre doch alles in Ordnung. Es besteht also durchaus die Chance, dass es noch gefunden wird.«

»Hoffen wir, dass es so ist«, sagte Willy und lächelte Maike erleichtert an.

Nach dem Gespräch ging sie langsam Richtung Polizeistation. Sie hatte sicherlich schon die Hälfte des Weges zurückgelegt, als sie auf dem Absatz kehrtmachte. Sie wollte sich noch am Strand umsehen. Wenn es stimmte, dass weitergesucht wurde, dann konnte das noch die ganze Nacht dauern. War das der Grund, warum ihr auf dem Weg zur Polizeistation zwei Jugendliche mit großen Taschenlampen entgegengekommen waren? Doch bis zum Strand kam sie nicht. Ein Telefonat änderte alles.

15

»Bin ich mit der Polizei verbunden?«

»Sind Sie«, sagte Maike. »Und wer sind Sie?«

»Bernd Decker. Ich hatte mich heute für 14 Uhr mit Herrn Sontberg auf dessen Yacht verabredet. Ich habe mindestens zwei Stunden am Hafen gewartet, aber er kam nicht. Auch telefonisch habe ich ihn nicht erreicht. Ich bin dann in den Ort gegangen, weil ich etwas essen wollte. Danach war ich wieder bei seiner Yacht, aber er war nicht da. Jetzt hat mir der Hafenmeister erzählt, dass Sontberg ermordet wurde. Ich weiß nicht, wer ihn umgebracht hat, woher auch. Ich wollte Ihnen nur sagen, dass der Mann ein übler Betrüger war. Ich bin mit Sicherheit nicht der einzige gewesen, den er über den Tisch gezogen hat.«

»Wo sind Sie?«

»Am Hafen. Ich will mit dem Wassertaxi nach Norddeich. Ein Schiff fährt ja heute nicht mehr.«

»Ich würde mich gerne mit Ihnen unterhalten. Es dauert wirklich nicht lange. Ich bin in zehn Minuten bei Ihnen. Wo finde ich Sie genau?«

»Ich warte am Eingang zum Yachthafen.«

Leicht verschwitzt stand Maike ein paar Minuten später vor einem älteren Herrn mit grauem Haar, Sonnenbrille und einem hellen Sommeranzug.

»Sie sind Herr Decker?«

»Der bin ich. Sie sind die Polizistin, mit der ich gesprochen habe?«

»Richtig. Maike Hansen, Polizeihauptkommissarin. Da vorne ist eine Bank. Zu sitzen ist gemütlicher, als hier zu stehen.«

»Viel Zeit habe ich aber nicht. Das Wassertaxi legt in einer halben Stunde ab.«

»Solange wird es nicht dauern«, sagte Maike, als sie saßen. »Sie meinten, Herr Sontberg sei ein übler Betrüger gewesen.«

»Natürlich, sehen Sie hier …«

Er zog ein weißes, glänzendes Leinensäckchen aus seinem Jackett. Vorsichtig zog er die Öffnung auseinander und stellte es auf seine Hand.

»Wissen Sie, was das sind?«

Sie blickte hinein.

»Diamanten?«

»So ist es, das sind zehn Brillanten mit jeweils ein Karat.« Er wartete auf Maikes Reaktion; aber sie sagte nichts. »Ich merke, Sie haben keine Ahnung. Entschuldigen Sie, dass ich das so direkt sage, Frau … äh …«

»Hansen.«

»Hier liegt ein Vermögen. Der Marktwert eines einzigen Brillanten in dieser Qualität und Reinheit beträgt rund 10.000 Euro, natürlich ohne Mehrwertsteuer. Der Schliff ist exzellent, die Polierung, die Symmetrie, alles ist top. Da geht jedem Experten das Herz auf.«

»Ein einziger Brillant 10.000 Euro?«

»Nun sind Sie beeindruckt, das gefällt mir. Jetzt verstehen Sie besser, was es heißt, in die Hände eines Betrügers zu fallen.«

»Und der Betrüger ist Herr Sontberg gewesen?«

Herr Decker nickte langsam.

»So ist es. In diesem Säckchen sind Brillanten mit einem Marktwert von insgesamt rund 100.000 Euro. Aber jetzt kommt es. Das wäre der Preis, wenn die Diamanten das wert wären, was sie laut Zertifikat wert sein sollen. Nur ist das Zertifikat leider gefälscht. Bei diesen Steinen handelt es sich um behandelte Diamanten. Ich will Sie jetzt nicht mit Fachbegriffen quälen. Nur so viel. Die Diamanten werden in einer speziellen Maschine einem sehr hohen Druck ausgesetzt. Dadurch verändert sich die Kristallstruktur. Mit diesem Verfahren können aus pissgelben oder sogar braunen Diamanten kristallklare Diamanten gemacht werden. Das ist nicht verboten. Aber es muss dem Käufer gesagt werden, dass es behandelte Edelsteine sind. Denn mit bloßem Auge kann das sogar ein Fachmann nicht erkennen. Zum Nachweis brauchen Sie spezielle Geräte, die nicht jeder Händler hat. Sie merken, für einen Laien ist es ein sehr schwierig zu durchschauendes Thema.«

»Das ist natürlich sehr interessant. Vermutlich ist der Preis eines behandelten Diamanten wesentlich niedriger.«

»Natürlich, natürlich«, regte sich der Mann auf und wurde richtig laut. »Das ist doch der Trick. Durch diese Masche bin ich um zigtausend Euro betrogen worden.«

»Sie haben eben vom Marktwert gesprochen. Aber sie haben doch keine 100.000 Euro bezahlt.«

»Nein, habe ich auch nicht. Er hatte mir erzählt, dass die Steine aus einer Erbschaft stammen würden und aus steuerlichen Gründen veräußert werden müssten … irgendwie so etwas. Ich weiß es auch nicht mehr so genau. Jedenfalls könnte er mir die Steine mit einem gewaltigen Preisnachlass verkaufen.«

»Wie viel haben Sie bezahlt?«

Er verdrehte die Augen.

»Was Sie alles wissen wollen … 50.000 Euro. Was aber trotzdem noch ein viel zu hoher Preis ist. Wenn ich Glück

habe, bekomme ich für diesen Schrott noch 10.000 Euro …
dieser Schweinehund.«

»Die 50.000 Euro haben Sie ihm überwiesen?«

»Ist das so wichtig?«

»Ja.«

»Das Geld hat er cash bekommen; er hat auf Bargeld bestanden.«

»Und was wollten Sie heute von Herrn Sontberg?«

Jetzt wurde der betrogene Diamantenkäufer still. Er dachte nach.

»Ich wollte ihn zur Rede stellen und mein Geld zurückhaben, eine Rückabwicklung des Geschäfts eben.«

»Darauf hätte er sich eingelassen? Glauben Sie das wirklich?« Er zuckte mit den Schultern. »Was haben Sie ihm erzählt, als Sie den Termin vereinbart haben? Doch sicherlich nicht, dass Sie den Kauf rückgängig machen wollen.«

Wieder wurde er still und kratzte sich am Hals.

»Natürlich nicht. Ich habe ihm gesagt, dass ich noch weitere Brillanten kaufen will.«

»Wie viele?«

»Sie stellen Fragen …«

»Herr Decker, Sie werden mit Sicherheit eine Zahl genannt haben. Er wäre doch nicht mal eben mit einem Sack voller Brillanten aufgetaucht. Wir werden es sowieso erfahren. Wir sind dabei, seine persönlichen Unterlagen auszuwerten.«

»Zehn.«

»Also noch einmal die gleiche Anzahl?«

Er nickte genervt.

»Können wir das Gespräch jetzt beenden? Das hört sich ja schon wie ein Verhör an …« Er riss die Augen auf. »Jetzt kapiere ich die Fragen erst. Glauben Sie etwa, ich habe ihn umgebracht?«

Maike sagte nichts. Sie zog ihren Notizblock hervor.

»Könnten Sie mir bitte Ihren Personalausweis zeigen?«

»Warum denn das?«

»Sie sind ein Zeuge, Sie haben vermutlich als einer der Letzten mit ihm gesprochen. Deshalb muss ich mir Ihre Daten notieren. Nur für den Fall, dass wir weitere Fragen haben. Wann haben Sie eigentlich den heutigen Termin mit Herrn Sontberg ausgemacht?«

Maike nahm den Personalausweis und Decker überlegte.

»Anfang der Woche war das, Montag oder Dienstag.«

»Sie wohnen in Oldenburg …«

»Was ist daran so ungewöhnlich?«

»Nichts. Ich meine nur, da ist man schnell auf Juist.«

»Ja, und?«

Maike ging auf die Bemerkung nicht ein. Sie notierte sich noch seine Telefonnummer und gab ihm den Ausweis zurück.

»Wissen Sie, welche Yacht Herrn Sontberg gehört?«

»Sehen Sie das knallrote Boot ganz hinten rechts? Das ist sie.«

»Die werde ich mir mal ansehen. Schönen Tag noch.«

Maike ging den Holzbohlenweg entlang. Links und rechts dümpelten kleine und größere Segelboote und Motoryachten im trüben Wasser. Sontbergs Yacht überragte alle. Sie machte einige Aufnahmen mit ihrem Handy und kletterte aufs Deck. Langsam ging sie an der Reling entlang. Ja, das war schon eines der höherpreisigen Boote. Ganz oben war das überdachte Cockpit samt Sonnenterrasse, dann kam das Hauptdeck und unten, sie blickte durch ein Bullauge, waren die Kabinen. Sie drehte sich um. In ein paar Metern Entfernung fuhr ein Wassertaxi langsam an den Booten vorbei. Aber wo war der betrogene Käufer? Sie sah nur eine Familie mit zwei Kindern, die ebenfalls am Einstieg gewartet hatte.

16

»Ihr seid immer noch am Strand?«, fragte Maike auf dem Weg nach Hause.

»Klar, hier suchen sie alle noch«, sagte Eiko. »Es sind sogar noch mehr geworden. Ich vermute, die hat ein Gerücht an den Strand getrieben. Irgendein Scherzkeks hat nämlich auf Facebook oder Twitter erzählt, dass Sontberg kurz vor seinem Tod sein gesamtes Vermögen am Strand vergraben hätte.«

»Das kann doch nicht wahr sein«, sagte Maike lachend.

»Da staunst du, manche glauben das. Dann müsste er zwar gewusst haben, dass man ihn umbringen wird … Es ist schon echt schräg, aber Nachdenken ist eben nicht jedermanns Sache.«

»Wo seid ihr genau?«

»Am Hundestrand, hinter den letzten Strandkörben.«

»Dann werde ich euch jetzt besuchen kommen.«

Sie wollte mit eigenen Augen sehen, was am Strand los war. Als sie oberhalb des Strandübergangs angekommen war, blieb sie stehen. Dicht an dicht standen die Schatzsucher und gruben tiefe Löcher oder stocherten mit Stangen im Sand herum. So ähnlich musste es beim Goldrausch am Klondike in Nordamerika zugegangen sein, dachte sie. Und wo waren nun ihr Vater und Ben? Sie griff wieder zum Handy.

»Winkt mal.«

Und tatsächlich. Zwei große und zwei kleine Arme bewegten sich wild hin und her. Die beiden standen dicht an der Düne.

»Bleibt da, ich komme.«

Fünf Minuten später stand sie vor zwei schwitzenden

Schatzsuchern.

»Warum grabt ihr gerade an dieser Stelle?«

»Weil hier noch keiner war«, sagte Ben, der auf den Knien lag und mit seiner kleinen Schippe ein tiefes Loch gegraben hatte. Eiko lächelte seiner Tochter zu.

»Eigentlich hätte ich schon Schluss gemacht. Aber nachdem wir beim Pizzabäcker waren, wollte Ben wieder zum Strand; seitdem gräbt er.«

»Vielleicht ist es gerade die Stelle, wo er die Diamanten versteckt hat.« Eiko zuckte mit den Schultern. Sein Enkel war immer noch voller Tatendrang. »Wenn wir hier nichts finden, dann graben wir dort hinten, neben dem großen Grasbüschel. Vielleicht liegt da der Schatz.«

Maike sah auf ihr Handy.

»Es ist gleich einundzwanzig Uhr. Wie lange wollt ihr noch bleiben?«

»Ich habe Kinder mit großen Taschenlampen gesehen. Und ein Mann hatte eine Lampe am Kopf; das sah lustig aus. Opa hat gesagt, dass die auch noch graben wollen, wenn es dunkel ist.«

»Das können die gerne machen, aber du musst ins Bett.«

»Ich bin nicht müde … Und dort hinten müssen wir auch noch graben, nicht wahr, Opa?«

»Das machen wir noch. Aber dann gehen wir.«

Ben sagte nichts mehr und widmete sich wieder seinem Loch.

»Dann sehen wir uns also heute noch«, sagte Maike schmunzelnd. »Ich jedenfalls mache jetzt Schluss.«

»Musst du morgen arbeiten?«, fragte Eiko.

»Sicher. Noch stochern wir im Nebel herum. Mal sehen, was die nächsten Tage so bringen.«

17

»Um ehrlich zu sein, ich habe nicht damit gerechnet, dass alle pünktlich sind. Immerhin ist heute Sonntag«, sagte Kriminalhauptkommissar Lommert und schenkte den Kollegen ein anerkennendes Lächeln.

Maike schüttelte unmerklich den Kopf. So ein Idiot. Aber das war nun mal sein Bild von den Inseln. Die Kollegen hier waren für ihn quasi Polizisten im Dauerurlaub. Nein, das konnte sie nicht unkommentiert lassen.

»Wir können durchaus einen Wecker bedienen. Und wenn der klingelt, dann wissen wir sogar, was das bedeutet. Ich wollte das nur mal anmerken.«

Lommert machte eine abwehrende Handbewegung.

»Da haben Sie mich völlig falsch verstanden. Ich meinte nur, dass … äh …«

Er verstummte und schlug seine Mappe auf.

»Dann wollen wir mal beginnen. Ich habe gestern Abend hochinteressante Neuigkeiten von den Kriminaltechnikern und aus der Gerichtsmedizin erfahren. Die haben wir zwar noch nicht schriftlich. Aber mein kriminalistischer Spürsinn sagt mir, dass wir den Fall bald aufgeklärt haben. Die sicherlich wertvollste Information habe ich von der Kriminaltechnik. Frau Pohlstrasser hat mir mitgeteilt, dass auf dem Koffer Fingerabdrücke eines polizeibekannten Mannes sind.« Er blätterte in seinen Unterlagen und zog einen Zettel hervor. »Er heißt Stanislav mit Vornamen und ist, jetzt müsste eigentlich ein kleiner Trommelwirbel folgen, der Bruder von Danuta Nowack, also der Freundin von Rudolf Sontberg. Was sagen Sie nun?«

Ein Gemurmel ging durch die Reihe. Sogar Maike war von der Information überrascht. Damit hatte sie nicht gerechnet.

»Worum ging es bei ihm?«, wollte sie wissen.

»Vor fünf Jahren ist er für mehrere Einbrüche, Hehlerei und Betrug zu drei Jahren Gefängnis verurteilt worden. Wo er sich derzeit aufhält, ist nicht bekannt. Aber vielleicht weiß das seine Schwester. Wenn wir gleich durch sind, sollten wir sie aufsuchen. Wollen Sie das machen?«, fragte er Maike.

»Gerne.«

»Jetzt zu Ihnen«, fuhr Lommert fort und sah zu den beiden Oberkommissaren. »Was haben Sie herausbekommen?«

»Das ist eher mager«, sagte Ole. Sein seebärtiger Kollege nickte. »Das Haus besteht aus vier Eigentumswohnungen. Wir haben lediglich in einer jemanden angetroffen. Das ist eine Ferienwohnung, die über Sontbergs Wohnung liegt. Derzeit macht da eine vierköpfige Familie Urlaub. Die sind aber erst seit zwei Tagen dort. Wer vorher untergebracht war, wissen wir nicht. Wir haben zwar die Telefonnummer des Vermieters, aber wir erreichen ihn nicht. Wir bleiben natürlich am Ball.«

»Also haben wir niemanden, der ungewöhnliche Geräusche, Schreie oder anderen Krach gehört hat?«

»Bis jetzt nicht.«

Lommert atmete demonstrativ tief ein und aus. Maike schüttelte leicht den Kopf, obwohl sie es gar nicht wollte. Heute war er wirklich merkwürdig. Was konnten die Kollegen dafür, dass sie niemanden angetroffen hatten? Eine solche Reaktion fand sie unpassend.

»Und was haben Ihre Gespräche ergeben?«

Jetzt war sie an der Reihe. Sie fasste die Unterhaltung mit Willy, dem Chef des Anzeigenblatts, kurz zusammen und kam dann zu dem betrogenen Diamantenkäufer. Als sie die finanziellen Dimensionen erwähnte, hoben sich sechs Augenbrauen, denn das Erstaunen war groß.

»War er der einzige Käufer in der letzten Zeit gewesen?«, fragte Lommert.

»Das weiß ich nicht.« Sie blickte zu Ole. »Ist schon jemand die persönlichen Unterlagen durchgegangen? Vielleicht tauchen da Namen auf.«

»Damit wollen wir gleich anfangen. Wir werden speziell auf dieses Thema achten. Wenn wir etwas finden, melden wir uns natürlich bei dir.«

»Ich würde das auch ganz gerne erfahren«, sagte Lommert und gab sich pikiert. »Bitte keine Sonderinformationswege. So etwas mag ich überhaupt nicht. Wir sind ein Team und so sollten wir auch arbeiten.« Ole nickte demütig. »War's das?« Niemand rührte sich oder sagte etwas. »Dann an die Arbeit. Ich will sehen, dass ich unseren lieben Kollegen von der Kriminaltechnik noch weitere Informationen aus den Rippen leiere. Wir treffen uns heute auf jeden Fall noch zu einer Lagebesprechung.«

18

Maike hatte sich entschieden, mit dem Fahrrad zu Sontbergs Wohnung zu fahren. Sie hatte einige Meter zurückgelegt, da klingelte ihr Handy. Sie hielt an; es war ihr Vater, er hörte sich müde an.

»Bist du auch endlich aus dem Bett gekommen?«, fragte sie. »Wann ward ihr zu Hause?«

»Das weiß ich nicht mehr so genau. Irgendwann zwischen dreiundzwanzig Uhr und Mitternacht.«

»Der Kleine schläft noch?«

»Natürlich. Tief und fest.«

»Jetzt hat er hoffentlich genug von der Schatzsucherei.«

»Denkst du. Er hat einen neuen Berufswunsch. Du kannst dir sicherlich vorstellen, welchen.«

Maike lachte.

»Schatzsucher?«

»Ja. Ich habe ihm nämlich erzählt, dass es Flüsse mit goldhaltigem Gestein gibt … Und was machst du?«

»Ich bin auf dem Weg zu Sontbergs Freundin … Mir fällt gerade ein, ich fahre in die falsche Richtung.« Sie lachte. »Danuta wohnt ja zurzeit bei ihrer Freundin in Loog. Also, alles halb so schlimm. Was habt Ihr heute vor?«

»Das kannst du dir doch denken; wir gehen wieder auf Schatzsuche. Noch sind die Diamanten nicht gefunden worden.«

»Viel Spaß und viel Glück.«

Zehn Minuten später hielt sie vor einem Haus an, das ganz in der Nähe der Jugendherberge lag. Sie schloss ihr Rad ab. Lena

Jeschke hatte sie kommen sehen; sie stand in der Tür.

»Besuch von der Polizei?«

»Es dauert nicht lange. Ist Frau Nowack zu sprechen?«

»Kommen Sie herein« sagte Lena und führte sie auf die Terrasse. Danuta saß bei einer Tasse Tee. Sie blickte Maike erstaunt an.

»Was gibt es denn?«

»Ich habe nur ein paar Fragen.«

Erst jetzt begrüßten sie sich und Maike setzte sich an den Tisch. Am Ende des Gartens zog sich der Deich entlang und dahinter war das Wattenmeer. Aber das musste man sich dazudenken, denn sehen konnte man es von hier aus nicht.

»Es geht um Ihren Bruder. Wir würden uns gerne mit ihm unterhalten.«

»Wieso?«

»Dazu darf ich Ihnen nichts sagen.«

»Den erreichen Sie in Oldenburg. Er arbeitet als Helfer in einer Gärtnerei.«

»Haben Sie eine Telefonnummer oder seine Adresse oder vielleicht sogar beides?«

Sie zog eine Visitenkarte aus ihrem Portemonnaie.

»Die hat er sich machen lassen.«

Sie lächelte. Es war das erste Mal, dass Maike sie so sah.

»War er in den letzten Tagen auf Juist?«

Es dauerte, bis die Antwort kam.

»Nein, war er nicht … Ich weiß jedenfalls nichts davon.«

Sie machte einen nervösen Eindruck.

»Wie meinen Sie das? War er schon mal auf der Insel, ohne dass Sie das wussten?«

»Nein, nein, eigentlich nicht.«

»Eigentlich? Was heißt das?«

Danuta starrte auf ihre Hände.

»Er war mal bei seinem Kumpel Niels, ohne mich zu besuchen. Das habe ich erst später erfahren. Er hätte keine Zeit gehabt. Das war ihm selbst peinlich.«

»Wann haben Sie ihn das letzte Mal auf Juist gesehen?«

»Vor ungefähr einem Monat, bei meinem Geburtstag.«

»Kannte er Herrn Sontberg?«

»Sicher, das ließ sich gar nicht vermeiden.«

Maikes Telefon klingelte. Sie stand auf und trat ein paar Schritte zur Seite. Es war Ole, der ihr sagte, dass ein Kriminaltechniker gerade mit dem Helikopter angekommen wäre.

»Könntest du mit ihm in die Wohnung fahren?«

»Ich habe doch keinen Hausschlüssel.«

»Der liegt auf meinem Schreibtisch.«

»Warte … Ich habe ihn. Gut, dann fahre ich jetzt in die Wohnung.«

Maike steckte das Handy wieder ein und ging zurück an den Tisch.

»Sollten Sie mit Ihrem Bruder heute oder in den nächsten Tagen sprechen, dann sagen Sie ihm, dass wir ihn als Zeugen befragen wollen. Ich sage Ihnen das nur für den Fall, dass die zuständigen Kollegen in Aurich ihn nicht erreichen sollten.«

Maike gab ihr eine Visitenkarte. Danuta legte sie neben ihre Tasse. Das Zittern der Hand war nicht zu übersehen.

»Das werde ich machen«, sagte sie vorsichtig und meinte noch: »Warum sollten Ihre Kollegen meinen Bruder nicht antreffen? Er ist doch nicht auf der Flucht. Dazu hat er überhaupt keinen Grund.«

Wollen wir's hoffen, dachte Maike.

Danuta hatte noch eine Frage: »Wann kann ich wieder in meine Wohnung?«

»Ich werde mich darum kümmern. Heute muss auf jeden Fall ein Kollege noch einmal hinein. Aber ich hoffe, dass wir dann fertig sind und Sie Anfang der Woche wieder einziehen können.«

Vorm Haus telefonierte sie mit Ole, der gerade vor Sontbergs Wohnung angekommen war.

»Mit der Nowack bin ich durch. Ich komme zu euch, das habe ich mir spontan überlegt.«

»Du bist ja nur neugierig, was im Tresor ist.«

Da hatte er recht, das wollte sie wirklich wissen.

19

Es war ein ohrenbetäubender Lärm, der aus dem Wohnzimmer in Sontbergs Wohnung kam. Maike stand mit Ole im Flur. Eine Unterhaltung war nur brüllend möglich.

»Ihr Bohrer hat Probleme gemacht, deshalb ist sie noch nicht fertig«, schrie er.

»Wieso sagst du *ihr* Bohrer?«

»Es ist eine Frau. Mia Grantel heißt sie und ist kurzfristig eingesprungen, ihr Kollege konnte nicht. Aber sie scheint auch Ahnung zu haben.«

»Was macht sie jetzt?«

»Den Tresor hat sie nicht aufbekommen, der ist wirklich hochwertig. Deshalb versucht sie es auf einem anderen Weg. Sie bohrt ein Loch hinein, durch das eine Endoskop-Kamera geschoben wird.«

»Wie sieht es mit Fingerabdrücken aus?«

»Da waren welche.«

Seit einigen Sekunden war kein Bohrlärm mehr zu hören. Sie gingen ins Wohnzimmer und Maike stellte sich vor.

»Klappt alles?«, fragte sie.

Mia nickte.

»Ich bin auch gespannt, ob etwas drin ist.«

Sie steckte das Kabelende einer Teleskop-Kamera in ihr Handy und schob das andere Ende durch die Öffnung. Dann drehte sie die Kamera hin und her. Auf dem Handybildschirm war das Innere des Safes zu sehen.

»Da hinten sind mehrere Kästchen, drei, wenn ich richtig gezählt habe.«

»Und nun?«

»Sie wollen sicherlich wissen, was in den Kästchen ist.«

Maike nickte und Mia legte ein schiefes Lächeln auf ihr Gesicht.

»Dann wird es gleich brutal laut«, sagte sie. »Ich werde nämlich den Safe aus der Wand meißeln; im Labor wird er dann aufgesägt. Das ist in solchen Fällen die übliche Vorgehensweise.«

»Wissen wir morgen, was in den Kästchen ist?«

»Natürlich. Das Aufsägen ist eine Sache von einer halben Stunde.«

»Sie versuchen doch trotzdem, noch Fingerabdrücke zu sichern …«

»Sehe ich da Panik in den Augen? Natürlich machen wir das. Der Safe wird nach dem Aufsägen nach allen Regeln der Kriminalistik auf den Kopf gestellt.«

Mia nahm einen Meißelhammer aus ihrer Werkzeugkiste.

»Gehen Sie lieber aus dem Zimmer und machen Sie die Tür zu. Gleich wird es richtig laut und staubig. Das hält man nur mit Lärmschutz und Staubmaske aus.«

Maike verabschiedete sich und ging mit Ole auf den Flur.

»Ich fahre zur Wache; ich muss ja nicht warten«, sagte sie. »Wie kommt die Kollegin aufs Festland?«

»Sie fliegt wieder zurück.«

In der Polizeistation hielt Sebastian Kulle als einziger die Stellung. Lommert hatte sich in die Mittagspause verabschiedet.

»Ich werde mir auch etwas zu essen besorgen. Soll ich Ihnen was mitbringen?«, fragte Maike.

»Nein, Danke. Ich mache mir gleich eine Dose Ravioli warm. Aber wenn Sie wollen, können Sie etwas abhaben«, sagte der Oberkommissar und ließ seine strahlend blauen

Augen leuchten. Da konnte sie nicht Nein sagen.

»Gerne, ich nehme eine kleine Portion.«

»Eigentlich versuche ich mich durchaus gesund zu ernähren«, meinte er. »Aber manchmal geht es eben nicht anders. Meine Frau wird mir das schon nachsehen.«

Maike nickte. Dann war er also doch verheiratet. Keinen Ehering zu tragen hieß eben heutzutage gar nichts mehr.

»Sie ist nämlich im Himmel und beobachtet mich.«

»Aha …«

Mehr fiel Maike so schnell nicht ein. Ihr Kollege lächelte sie an.

»Halten Sie mich bloß nicht für verrückt … Aber so stelle ich mir das manchmal vor. Meine Frau ist vor zwei Jahren bei einem Verkehrsunfall ums Leben gekommen. Ein Betrunkener ist bei Rot über die Kreuzung und hat sie voll erwischt.«

»Das tut mir leid.«

»Ja … so spielt das Leben. Sie ist noch am Unfallort verstorben.«

»Hat der Prozess schon stattgefunden?«

»Der Fahrer hat eine Bewährungsstrafe bekommen … Lassen wir das Thema, sonst rege ich mich nur wieder auf. Aber bevor ich die Ravioli warm mache, noch etwas anderes. Das wird Sie interessieren. Ich bin nämlich in Sontbergs Unterlagen noch auf einen weiteren Diamantenkäufer gestoßen. Das ist ein Hotelier, der zwei Häuser betreibt, eins auf Juist und ein anderes auf Norderney. Dem hat er vor drei Wochen für 150.000 Euro Brillanten verkauft.« Er suchte etwas in den Unterlagen. »Das hier ist die Kopie des Kaufvertrags.«

»Das ist wirklich interessant. Wie heißt er?«

»Martin Rasmussen.«

»Den Namen habe ich schon mal gehört.« Sie überlegte.

»Ich weiß aber nicht mehr, in welchem Zusammenhang.«

»Werden Sie sich mit ihm unterhalten?«

»Auf jeden Fall. Vermutlich wird Sontberg auch ihm halbseidene Diamanten angedreht haben. Alles andere würde mich wundern.«

»Ich bin noch auf einen anderen Sachverhalt gestoßen. Sontberg war mal verheiratet. Er hat sich vor einem Jahr scheiden lassen.«

»Ganz langsam. Vor einem Jahr? Aber er wohnte doch seit drei Jahren mit seiner Freundin zusammen?«

»Das eine schließt doch das andere nicht aus.« Er tippte auf einen Aktenordner. »Das ist der Schriftverkehr zwischen den Anwälten; aber den habe ich mir noch nicht angesehen. Muss ich mich da wirklich durchkämpfen?«

»Lassen Sie das erst einmal. Mit der Frau müssen wir uns aber unterhalten. Vielleicht auch mit den Scheidungsanwälten. Das interessiert mich natürlich schon, warum die Ehe auseinandergegangen ist.«

»Er hat sich eine junge Geliebte zugelegt. Das ist doch der Klassiker.«

Da hatte der Kollege schon recht, dachte Maike. Sie war ja aus dem gleichen Grund von ihrem Ex-Mann aufs Abstellgleis geschoben worden.

Eine halbe Stunde später saßen Maike und Sebastian an ihren Tischen und waren beschäftigt. Auch Lommert war wieder da; er hatte zwei Fischbrötchen gegessen. Maike telefonierte dem Hotelier hinterher, Kulle blätterte sich durch die privaten Unterlagen aus Sontbergs Wohnung und Lommert quälte die Kollegen in der Kriminaltechnik und der Gerichtsmedizin mit Fragen, die sie nicht oder noch nicht beantworten konnten. Maike wunderte sich; an deren Stelle hätte sie einfach aufgelegt. Anstatt die Kollegen in Ruhe arbeiten zu lassen … Und dann gab er ihnen auch noch kluge Ratschläge. Lommert wusste wirklich, wie man sich unbeliebt machte.

»Liebe Kollegen, bitte zuhören«, rief er auf einmal, nachdem er das Telefon aufgelegt hatte. »Ich will wirklich nicht voreilig sein. Aber ich glaube, wir haben einen dringend Tatverdächtigen.«

20

»Wirklich?«, fragte Oberkommissar Kulle und ließ vor Schreck seinen Kugelschreiber fallen. »Und wer ist der Tatverdächtige?«

Auch Maike sah ihn erstaunt an. Sie war gespannt, wen er im Blick hatte.

»Es sieht danach aus, dass es eigentlich nur Danutas vorbestrafter Bruder sein kann, Stanislav Nowack. Ich hatte ja anfangs seine Schwester in Verdacht. Aber sie scheint nichts direkt mit dem Mord zu tun zu haben. Es kann natürlich sein, dass sie Tipps gegeben oder ihm irgendwie geholfen hat. Vielleicht hat sie ihn sogar angestiftet. Diesen möglichen Verzweigungen müssen wir natürlich nachgehen.«

»Sie haben aber immer noch nicht gesagt, wieso es Nowack gewesen sein soll«, stellte Maike fest.

»Da sind zum einen seine Fingerabdrücke am Koffer, in dem der Torso lag. Die Pohlstrasser hat mir erzählt, dass der Koffer mit einem Lappen abgewischt worden ist. Die Putzstreifen waren sogar noch zu sehen. Aber wie das nun mal so ist, eine Stelle wurde vergessen; und zwar die Unterseite. Vermutlich war der Torso schon verstaut, als Nowack einfiel, oh Mist, ich muss noch die Fingerabdrücke abwischen. Das holte er dann nach, vergaß aber leider diese Stelle. Oder sagen wir besser, er vergaß sie glücklicherweise.« Lommert blätterte in seinen Notizen. »Fingerabdrücke von ihm haben die Kollegen auch auf dem Beutel gefunden, in dem der Kopf lag. An den hat er wohl gar nicht gedacht … Er war halt aufgeregt, ich kann das schon verstehen. Tja, Pech gehabt. Im Bad hat er ebenfalls Fingerabdrücke hinterlassen. Interessant sind auch die DNA-Spuren von ihm. Die Kriminaltechniker haben im Bad und an der Leiche welche gefunden.«

Maike legte ihre Stirn in Falten.

»Aber zumindest im Bad wird doch noch anderes DNA-Material gefunden worden sein.«

»Natürlich, Danuta hat ja mit ihm zusammengelebt. Von ihr lagen reichlich Haare und Hautschuppen herum. Aber von ihr waren weder am Koffer, noch an der Leiche irgendwelche Spuren. Das ist der entscheidende Punkt. Stanislav hat verdammt schlechte Karten. Jetzt müssen wir sehen, dass wir den Mann möglichst schnell zu fassen kriegen.«

Lommert blickte zu Maike.

»Sie haben sich doch mit der Schwester unterhalten ...« Mehr brauchte er nicht zu sagen. Maike legte die Visitenkarte von Stanislav Nowack auf den Tisch.

»Die habe ich von ihr.«

»In Oldenburg wohnt er«, freute sich Lommert. »Das ist ja nur einen Katzensprung entfernt. Andererseits können das auch die Kollegen dort machen. Das müssen die sogar machen. Und zwar heute noch. Entweder hat ihr Bruder ein wasserdichtes Alibi oder er hat keins. Wenn er keins hat, was ich vermute, dann muss er sich warm anziehen.«

In dem Moment ging die Tür auf. Es war Ole.

»Der Tresor ist auf dem Weg nach Aurich«, sagte er und setzte sich vor Maikes Schreibtisch.

»Warum hat das so lange gedauert?«, fragte Lommert.

»Der Tresor musste aus der Wand gemeißelt werden. Die wollen den heute noch durchsägen, vielleicht wissen wir in ein paar Stunden schon mehr.«

»Dann können wir das auch abhaken.«

»Steht mittlerweile fest, wann Sontberg umgebracht wurde?«, fragte Maike.

»Gut, dass Sie fragen. Es war wohl schwierig, den Zeitpunkt einzugrenzen, hat mir jedenfalls die Gerichtsmedizinerin vorhin erzählt. Deshalb hat das auch so lange gedauert.« Wieder beugte er sich über seine Zettel. »Am Donnerstag zwischen neunzehn und vierundzwanzig Uhr ist er gestorben. Danach wurde die Leiche zerteilt und verpackt. Ich würde mich nicht wundern, wenn Stanislav die ganze Nacht durchgearbeitet hat. Am Freitagmorgen hat er den schweren Koffer zum Hafen gebracht, wie auch immer. Die anderen Körperteile hat er in Kartons gepackt und zum Altpapier gelegt. Am Freitag war in einigen Straßen nämlich Sammeltag.« Lommert sah auf die Uhr und ließ seine Hände flach auf den Tisch fallen. »Ich werde mich jetzt mit den Kollegen in Oldenburg in Verbindung setzen, damit die auch die richtigen Fragen stellen. Danach fahren Frau Hansen und ich noch mal zur Schwester. Ich glaube, sie hat uns einiges zu erzählen.«

21

»Ich gehe an die frische Luft«, sagte Maike. »Ich will mir ein paar Gedanken machen, was wir Danuta fragen können.«

Lommert, der an seinem Computer saß und tippte, nickte ihr schweigend zu. Vor der Wache griff sie zum Handy und rief zu Hause an.

»Wie geht es euch?«

Ihre Mutter war in der Leitung.

»Warum bist du heute nicht zum Essen gekommen? Du hättest wenigstens anrufen können.«

»Das habe ich in der Hektik vergessen. Wir stecken bis zum Hals in Arbeit.«

»Wie? Hast du etwa nichts gegessen?«

»Doch, ein Kollege hat eine Dose Ravioli aufgemacht.«

»Fertigzeug? Das schmeckt doch nicht. Kind, du musst dich ordentlich ernähren.«

»Mutter, nur weil ich einmal etwas aus einer Konserve gegessen habe, werde ich nicht gleich tot umfallen.«

»Nein, nein, aber es ist nicht gesund. Du siehst sowieso ziemlich blass aus. Das wollte ich dir schon die letzten Tage sagen. Du solltest dir endlich einen neuen Mann suchen. Du sprichst doch jeden Tag mit so vielen. Da wird doch mal ein netter Mann dabei sein, der nicht verheiratet ist. Du vereinsamst sonst.«

Hilfe, das Thema wieder.

»Mutter, ich vereinsame nicht. Ich habe doch euch und die Kinder.«

»Du weißt genau, wie ich das meine. Ein Mann im Haus ist durch nichts zu ersetzen. Glaub es mir.«

Maike entschied sich, die Litanei weiter über sich ergehen zu lassen. Sonst würde das Telefonat ewig dauern. Und die Zeit hatte sie nicht. Ihr Plan ging auf. Nach einer weiteren Minute kam Edda zum Schluss.

»Wann kommst du heute?«

»Das kann ich dir nicht sagen. Grüß die anderen von mir. Hat sich Anna eigentlich gemeldet?«

Aufgelegt. Vermutlich hatte sie es nicht gemacht, sonst hätte Edda das erwähnt. Obwohl … Maike suchte im Telefonverzeichnis die Handynummer ihrer Tochter und rief sie an. Sie meldete sich mit einem gelangweilten »Hallo. Was gibt's?«

Anna klang genervt.

»Ich wollte nur mal wissen, wie es dir geht.«

»Gut.«

»Und was habt ihr so gemacht?«

»Dieses und jenes.«

»Wann fahrt ihr wieder rüber?«

»Mit dem nächsten Schiff … Du, ich hab jetzt keine Zeit. Du kannst dich ja morgen noch mal melden.«

Weg war sie. Es war zurzeit echt schwierig mit dem Kind. Glücklicherweise gab es ansonsten keine Probleme. In der Schule kam sie mit, von den Lehrern gab es keine Klagen. Drogen und Alkohol waren zumindest derzeit kein Thema. Aber Anna war ja gerade erst sechzehn geworden. Drei Jahre im Internatsgymnasium hatte sie noch vor sich, da konnte viel passieren.

Auf einmal stand Sebastian Kulle neben ihr. Er kraulte seinen Seemannsbart.

»Ich dachte, ich leiste dir … ich meine Ihnen …«

»Bleiben wir doch beim Du.«

Ein unentschlossenes Lächeln huschte über sein Gesicht.

Sie war gespannt, was er sagen würde.

»Gerne. Ich will dir nur ein wenig Gesellschaft leisten. Du bist ja mit Lommert gleich bei der Nowack. Was hältst du von seinen Mutmaßungen? Ich finde, er ist mal wieder recht mutig.«

»Macht er das häufig?«

»So lange arbeite ich noch nicht mit ihm zusammen. Er liebt Schnellschüsse, das habe ich bereits mitbekommen. Andererseits hat er mit seinem kriminalistischen Gespür oft die richtige Ermittlungsrichtung vorgegeben. Sein Vorgänger war zwar vorsichtiger. Aber der hat teilweise in Richtungen ermittelt, da war jedem klar, dass das Zeitverschwendung war.«

»Tja, was halte ich von seiner Vermutung?« Maike blickte in den blauen Himmel. »Außer den Fingerabdrücken und den DNA-Spuren hat er nichts. Jetzt kommt es auf das Alibi an. Wenn das wackelig ist, könnte es für Nowack eng werden. Aber dann bleibt immer noch die Frage, warum er das gemacht haben sollte.«

»Vielleicht hat ihn seine Schwester wirklich angestiftet. Oder es war Gier. Er wollte an Brillanten und Geld; beides wird er im Tresor vermutet haben. Auch wenn er es nicht war, wird es um den Inhalt des Tresors gegangen sein. Aus welchem Grund sollte Sontberg sonst gefoltert worden sein?«, fragte Sebastian.

Maike zuckte mit den Schultern.

»Wir müssen auf jeden Fall behutsam vorgehen. Noch bewegen wir uns im Reich der Spekulation. Für mich ist derzeit die wichtigste Frage: Was wusste Danuta über die Geschäfte ihres Freundes? Und was hat sie ihrem Bruder erzählt? Sollte er wirklich der Mörder sein, dann stellt sich die Frage, inwieweit sie ihn unterstützt hat. Oder war sie gar die treibende

Kraft im Hintergrund? Sie muss ja nicht dabei gewesen sein, als Sontberg umgebracht wurde. An der Beseitigung der Leiche muss sie auch nicht mitgeholfen haben. Es gibt unzählige Möglichkeiten, einen Mord … sagen wir mal, zu begleiten.«

»Dann hast du ja wirklich viele Fragen, die sie beantworten muss.«

22

»Wir können los. Ich habe mit den Kollegen in Oldenburg gesprochen, die wissen Bescheid und haben sich auf den Weg gemacht. Die wichtigsten Fragen habe ich ihnen zugemailt. Jetzt müssen sie den Nowack nur noch antreffen. Aber heute ist Sonntag, da ist das schon ziemlich wahrscheinlich. Wie kommen wir zu seiner Schwester?«

»Wir fahren mit unserem E-Mobil nach Loog. Zu Fuß dauert das zu lange.«

Zehn Minuten später waren sie am Ziel. Lommert drehte noch eine Runde um das Fahrzeug.

»Wie hoch ist eigentlich die Spitzengeschwindigkeit?«

»Vierzig Stundenkilometer.«

»Schneller nicht?«, fragte er mitleidig lächelnd.

»Für die Insel reicht es. Wir kommen auf jeden Fall schneller voran als mit E-Bikes. Die schaffen nur fünfundzwanzig Stundenkilometer. Und wir können am Strand und über weichen Sand fahren.«

Kaum standen die Beamten vor der Haustür, ging sie auch schon auf. Vor ihnen stand Danutas Freundin Lena.

»Schon wieder die Polizei? Sie wollen sicherlich zu Frau Nowack.«

»So ist es«, sagte Lommert.

»Da muss ich Sie enttäuschen, sie ist nicht da, sie ist am Strand und hat sich einen Korb gemietet. Sie will einfach mal zur Ruhe kommen, das können Sie sicherlich verstehen.«

»Aber natürlich«, sagte Maike.

»Trotzdem müssen wir uns mit ihr unterhalten. Wo genau finden wir sie?«, fragte Lommert.

»Warten Sie, sie hat mir die Nummer gesagt.« Lena ging in die Küche und kam mit einem Zettel zurück. »Es ist Strandkorb Nummer 125. Der steht in der Nähe der Düne. Zur Not haben Sie ja ihre Handynummer.«

»Sollen wir wirklich zu ihr?«, fragte Lommert, als sie wieder neben ihrem E-Auto standen.

»Warum nicht? Wir wissen, wo sie ist, und wir können mit ihr sprechen. Was wollen wir mehr?«

»Na gut, dann fahren Sie los.«

»Fahren? Wir laufen. Wir sind ganz in der Nähe des Strandübergangs.«

Nach fünf Minuten waren sie auf dem Holzbohlenweg. Sie überquerten die Düne und sahen die Strandkörbe.

»Und welcher ist es nun?«, fragte Lommert wenig begeistert in Anbetracht der vielen Körbe.

Maike ließ ihren Blick über den Strand schweifen. Noch bevor er wieder etwas sagte, nahm sie ihr Handy und rief Danuta an. Sie erläuterte ihr mit wenigen Sätzen, warum sie sie noch einmal sprechen wollten. Und sie bat Danuta zu winken.

»Dahinten ist sie. Haben Sie sie gesehen?« Lommert schüttelte genervt den Kopf. »Dann folgen Sie mir.«

»Hoffentlich kommt bei dem Gespräch auch etwas heraus«, sagte er und stapfte los. »Ich habe noch nie jemanden in einem Strandkorb befragt.«

Auf dem Weg dorthin schimpfte er immer wieder über den weichen Sand, der ihm in die Schuhe gekommen war.

Danuta stand schon da und wartete. Sie trug einen knallgelben, sehr stoffsparend geschnittenen Bikini. Lommert, der sich mit hängendem Kopf widerwillig durch den Sand gekämpft hatte, bemerkte sie erst jetzt. Mit einem Mal hellte sich sein Blick auf, sein Kopf schnellte nach oben und ein nicht enden wollendes Strahlen legte sich auf sein Gesicht, als er vor ihr stand. Alles Übellaunige war wie weggeblasen. Maike holte tief Luft. Hoffentlich vergaß er nicht, warum er gekommen war. Ja, die Frau entsprach ganz offensichtlich seinem Beuteschema, was ihm bei seinem ersten Kontakt mit ihr in der Polizeistation wohl entgangen war.

Danuta hatte das natürlich sofort bemerkt. So selbstbewusst, wie sie Lommert gegenübertrat, hätte sie ihn in diesem Moment an einem Nasenring durch eine Manege führen können; er hätte es lächelnd mit sich machen lassen. Glücklicherweise führte er die Unterhaltung nicht alleine. Im Zweifelsfall musste Maike eben die Gesprächsleitung übernehmen.

»Ja, äh … wie sollen wir uns jetzt hinsetzen?«, fragte Lommert.

Danuta musste die Frage erwartet haben, denn sie reagierte blitzschnell.

»Setzen Sie sich zu mir. Und Ihre Kollegin nimmt die Fußbank.«

Noch ein kurzer Ruck am Nasenring und schon saß Lommert strahlend neben ihr.

»Nein, ich bleibe stehen«, sagte Maike. »Auf der Fußbank kann ich nicht sitzen, die ist mir zu niedrig.«

»Ja … also …« Lommert räusperte sich. »Warum wir gekommen sind, wissen Sie. Es geht um Ihren Bruder. Also wir haben uns das alles noch mal durch den Kopf gehen lassen. Es gibt da einige Fragen, auf die wir gerne eine Antwort hätten. Es sind nicht viele Fragen … Also, das dauert wirklich nicht lange. Sie sind ja hier, um sich zu erholen … Aber vielleicht können Sie uns ja trotzdem weiterhelfen …«

Was war denn das? Was stammelte er denn herum? Der

Lommert brachte tatsächlich keinen klaren Gedanken zustande. Die Frau hatte glatt sein Gehirn ausgeschaltet. Das hatte sie noch nie erlebt. Unglaublich. Lommert musste das gespürt haben. Denn er sah, als er nicht mehr weiter wusste, Maike hilflos an. Bitte übernehmen Sie, sagte dieser Blick. Dann musste sie eben die Fragen stellen, die er sich nicht zu stellen traute.

»Frau Nowack, Herr Sontberg ist am Donnerstag letzter Woche zwischen neunzehn Uhr und Mitternacht umgebracht worden. Das steht mittlerweile zweifelsfrei fest. Wissen Sie, wo Ihr Bruder in diesem Zeitraum war?«

Sie überlegte einen Moment und schüttelte wenig überzeugend den Kopf. Gut, dachte Maike, dann eben die nächste Frage.

»Sie haben sich mit Herrn Sontberg gestritten. Ich hatte die Frage bei unserem ersten Gespräch bereits gestellt. Ich frage Sie noch einmal, worum ging es?« Maike machte eine kurze Pause, bevor sie meinte: »Wir befragen Sie als Zeugin. Solange das so ist, müssen Sie uns bei der Aufklärung des Verbrechens helfen.«

Von ihrem selbstbewussten Auftritt war auf einmal nichts mehr zu spüren. Sie drückte sich in den Strandkorb und saß nachdenklich da.

»Es ging um diese dämlichen Brillanten. Ich habe mich eigentlich nie um seine Geschäfte gekümmert. Er hat mir auch nie was erzählt. Gelegentlich habe ich ein paar Worte am Telefon aufgeschnappt. Aber ich merkte, dass er das nicht wollte; also habe ich mich verzogen. So habe ich das die ganzen Jahre über gehalten. Vor einigen Tagen wollte ich endlich mal genauer wissen, wie er sein Geld verdient. Ich wusste mittlerweile, dass er die Diamanten preiswert aufkauft und teurer verkauft, logisch. Trotzdem blieb er mit seinen Preisen immer noch unter dem Marktwert. Ich habe ihn gefragt, wie er das denn machen würde und woher er die Diamanten hätte. Aber das wollte er mir nicht erzählen. Es passte ihm einfach nicht, dass ich nachfragte. Er hat mich zusammengeschrien, er meinte, ich solle mich um meinen eigenen Krempel kümmern. Dann hat er mir einen Schlag gegen die Schulter versetzt. Ich bin hingefallen und habe mir blaue Flecken geholt. Er hat sich nicht einmal entschuldigt. Im Gegenteil, ich lag am Boden und er brüllte mich weiter an. Ob ich denn wieder auf der Straße leben wolle. So eine wie mich würde er immer finden … Da bin ich gegangen. Das wollte ich mir nicht länger anhören.«

»Das war am Dienstag. Wann genau?«

»Es war schon dunkel. Gegen dreiundzwanzig Uhr, glaube ich.«

»Dann sind Sie zu Ihrer Freundin nach Loog gegangen.«

Sie nickte. Lommert hörte aufmerksam zu, aber es sah nicht so aus, als wollte er auch eine Frage stellen. Obwohl Maike den Eindruck hatte, dass sein Gehirn wieder im Normalmodus lief.

»Sie hatten uns gesagt, dass Sie Ihren Bruder vor einem Monat das letzte Mal gesehen haben.«

Sie nickte langsam, fast so, als würde sie gleichzeitig darüber nachdenken, ob das auch richtig war, was sie gesagt hatte.

»Wusste Ihr Bruder, dass Herr Sontberg mit Brillanten handelt?«

Es dauerte lange, bis sie antwortete.

»Ja, das hatte ich ihm erzählt, als ich das erste Mal von diesen Geschäften gehört hatte. Warum hätte ich ihm das nicht erzählen sollen? Rudolf war Diamantenhändler und ich war stolz auf ihn.«

Jetzt hob Lommert wie ein braver Schüler den Zeigefinger; er wollte auch etwas fragen.

»Wie gut kannte ihr Bruder Herrn Sontberg?«

»Sie haben sich einige Male gesehen.«

»Aber zwischen dem Streit mit ihm und seinem Tod war er nicht auf der Insel …«

»Glauben Sie etwa, mein Bruder hätte ihn getötet?«

Sie sprang aus dem Strandkorb und stellte sich neben Maike.

»Er hat nichts, aber auch gar nichts damit zu tun«, sagte sie und zog ihr Oberteil wieder richtig, das durch die heftige Bewegung gefährlich verrutscht war. Auch Lommert stand auf.

»Sie haben meine Frage noch nicht beantwortet. War Ihr Bruder auf der Insel?«

»Ich weiß es nicht, da müssen Sie ihn fragen. Ich habe ihn jedenfalls nicht gesehen«, sagte sie mit lauter werdender Stimme.

Maike signalisierte mit den Händen, dass sie leiser sprechen sollte. Danuta starrte die Beamten atemlos an. Dann ließ sie sich wieder in den Strandkorb fallen.

»War es das?«, fragte sie.

»Vorerst ja«, sagte Lommert. »Und noch etwas. Sie können wieder in Ihre Wohnung.«

23

»Das war ein sehr aufschlussreiches Gespräch«, sagte Maike auf dem Weg zum Auto.

»Finden Sie?«

»Danuta scheint nicht zu wissen, dass Sontberg aus minderwertigen Brillanten hochwertige gemacht hat. Sie ist bis heute nicht hinter sein Geschäftsgeheimnis gekommen.«

Lommert blieb plötzlich stehen.

»So habe ich das noch gar nicht gesehen, Sie haben recht. Das dürfen wir ihr auch nicht verraten. Sicher ist sicher.« Dann gingen sie weiter; doch nach wenigen Metern blieb er wieder stehen. »Schade, dass ich nicht an dem Gespräch mit Danutas Bruder teilnehmen kann. Ob die Kollegen schon angefangen haben? Sie wollten sich ja gleich auf den Weg machen.«

»Rufen Sie doch an.«

»Meinen Sie?«

»Warum nicht …«

Lommert rief einen Kollegen an, von dem er wusste, dass er an dem Gespräch teilnahm. Das Telefonat dauerte nur wenige Sekunden.

»Sie unterhalten sich gerade mit ihm. Das freut mich wirklich.«

Er steckte das Handy ein und sie gingen weiter.

»Dann erfahren wir also heute noch auf dem kleinen Dienstweg, wie das Gespräch ausgegangen ist?«

»Natürlich. Der Kollege will sich melden. Haben Sie heute noch etwas vor? Es ist immerhin Sonntag, mit Gewalt müssen wir nicht bis heute Abend im Büro sitzen. Obendrein haben wir schon etliche Themen abgearbeitet. Für einen Sonntag ist das nicht schlecht.«

»Ich werde mich noch nicht in den Feierabend verabschieden. Es gibt nämlich noch einen anderen Käufer von Edelsteinen, mit dem ich mich unterhalten möchte. Sebastian … , ich meine Kriminaloberkommissar Kulle, hat Kaufverträge gefunden. Es ist ein Hotelier, der Häuser auf Juist und Norderney besitzt. 150.000 Euro hat er für Brillanten ausgegeben.«

»Weiß er, dass das vermutlich wertloses Zeug ist?«

»Das weiß ich nicht. Ich will mich dem Thema vorsichtig nähern.«

»Glauben Sie etwa, dass er etwas mit dem Mord zu tun hat? Derzeit sieht es doch nicht danach aus. Überflüssige Befragungen müssen wir nun wirklich nicht machen.«

Maike hatte schon befürchtet, dass Lommert mit dem Argument kommen würde. Doch das Gegenargument hatte sie sich schon zurechtgelegt.

»Auch wenn Stanislav Nowack der Mörder sein sollte, heißt das ja nicht, dass er das alleine gemacht haben muss. Davon gehen Sie doch auch aus.«

Lommert wiegte seinen Kopf hin und her.

»Ja, sicher. Aber der Mann hat doch gar keine Verbindungen zu Nowack. Weder zu ihr noch zum Bruder. Oder ist Ihnen was zu Ohren gekommen?« Maike schüttelte den Kopf. »Aber wenn Sie sich unbedingt mit ihm treffen wollen … Ich will Sie nicht davon abhalten.«

Nachdem Maike den Kriminalhauptkommissar an der Polizeistation abgesetzt hatte, fuhr sie zu Martin Rasmussen. Sein Hotel »Grafensteiner« war ganz in der Nähe des Tennisplatzes. Zwar hatte sie den Termin erst in einer halben Stunde, aber sie wollte sich noch ein bisschen die Füße vertreten und am Tennisplatz vorbeischauen. Jahrelang hatte sie regelmäßig gespielt und vor drei Jahren sogar die Inselmeisterschaft gewonnen. Aber vor einem Jahr war sie unglücklich gestürzt und hatte sich am Ellbogen verletzt. Seitdem war sie nur gelegentlich auf dem Platz gewesen. Die Angst, wieder auf die gleiche Stelle zu fallen, war einfach zu groß. Und das hemmte sie; schnelle Läufe zum Netz waren nicht mehr drin. Sie spielte seitdem auf Sicherheit. An Wettbewerben wollte sie deshalb auch nicht mehr teilnehmen. Wenn sie spielte, dann mit ihrer Freundin. Das war zwar nur gemütliches Senioren-Tennis, wie Hanna es nannte. Aber das war ihr egal; Hauptsache, es machte Spaß.

Sie sah auf die Uhr und ging zum Hotel, zu spät wollte sie nicht kommen. Der junge Mann an der Rezeption wusste schon Bescheid und schickte sie zum Ende eines Flurs mit gläsernen Seitenwänden. Sie war noch nicht am Ende angekommen, da trat ein Mann aus einem Zimmer. Das musste Rasmussen sein. Lächelnd streckte er ihr die Hand entgegen.

»Guten Tag, Frau Hansen. Schön Sie mal wieder zu sehen. Diesmal nicht im hübschen Tennisrock, sondern in einer Uniform.«

Maike reichte ihm die Hand. Natürlich, jetzt erkannte sie ihn.

»Wo haben Sie denn Ihren Bart gelassen?«

»Seit meiner Scheidung habe ich einiges geändert. In meinem Haus und an mir. Der Bart ist ab und meine Haare sind kürzer. Kommen Sie herein.«

Sie setzten sich an einen kleinen, runden Konferenztisch. Maike zog ihren Notizblock hervor und legte ihn vor sich hin.

»Dass Herr Sontberg tot ist, habe ich schon gehört. Eine

offizielle Meldung hat es aber noch nicht gegeben, oder?«

»Vermutlich wird die Pressestelle morgen etwas herausbringen.«

»Sie hatten am Telefon den Kauf der Brillanten erwähnt. Spielen die eine Rolle?«

»Das wissen wir noch nicht. Den Kaufvertrag haben Sie vor drei Wochen unterzeichnet. Haben Sie die Steine schon?«

»Das ging Zug um Zug. Auf alles andere hätte ich mich nicht eingelassen.«

»Das lief also alles transparent und ohne Schwierigkeiten ab?«

Er nickte energisch.

»Warum fragen Sie?«

»Weil es bei einem anderen Kunden ... sagen wir mal so ... Probleme gegeben hat. Aber konkreter darf ich derzeit nicht werden; noch ermitteln wir.«

Rasmussen nickte verständnisvoll.

»Wie waren Sie eigentlich auf Sontberg gekommen?«, fragte Maike.

»Über eine Kleinanzeige.«

»Ist das noch üblich? Wo doch heutzutage alles über das Internet läuft.«

»Es lohnt sich schon, die lokalen Anzeigenblätter zu lesen. Die guten Geschäfte werden nicht unbedingt laut ausposaunt.«

»Was war denn so gut an dem Geschäft?«

»Warten Sie, ich habe die Anzeige noch.« Er zog eine Schublade auf. »Ich habe sie doch gestern noch gesehen ... Hier ist sie.«

Rasmussen reichte ihr einen herausgerissenen Zeitungsausschnitt. Die Anzeige war mit einem Kugelschreiber eingekreist.

Lupenreine Brillanten für Anleger,
Notverkauf aus Erbschaft.
Mindestanlagebetrag: 50.000 Euro.

»Kann ich davon eine Kopie bekommen?«

»Sicher.«

Und während er aufstand und zum Kopierer ging, meinte er:

»Ich war anfangs skeptisch. Aber dann trafen wir uns zwei Tage später. Ich war positiv überrascht, er machte einen seriösen Eindruck. Ich konnte mir die Brillanten auch ansehen. Wir sind sogar noch am gleichen Tag in ein Juweliergeschäft gegangen. Auch dort hatte man an den Steinen nichts auszusetzen. Im Gegenteil, der Juwelier war begeistert.«

Maike steckte die Kopie ein und fragte sich, ob sie der Darstellung Glauben schenken konnte.

»Waren die wirklich so viel billiger?«, fragte sie.

»Ich habe für 150.000 Euro Brillanten gekauft, das kann ich Ihnen ruhig sagen. Ich habe den Juwelier nach dem aktuellen Marktpreis gefragt. Er hat sie sich ein zweites Mal genau angesehen. Im Internet hat er ebenfalls recherchiert, auf einer passwortgeschützten Handelsplattform. Was soll ich Ihnen sagen …. Im Endeffekt habe ich mehrere zehntausend Euro gespart. Das ist doch nicht schlecht. Das ist eine super Geldanlage, wo die Banken doch heutzutage bei solchen Beträgen sogar noch Strafgebühren von ihren Kunden kassieren. Nicht mit mir.«

»Wie heißt der Juwelier?«

»Kronmaker. Er hat sein Geschäft in der Friesenstraße.«

»Dann bedanke ich mich. Das war es schon.«

Sie verabschiedete sich und verließ das Büro. An der Rezeption blieb sie stehen. Hatte sie ihren Notizblock eingesteckt? Sie tastete die Jacke ab. Nein, den musste sie auf dem Tisch liegen gelassen haben. Sie ging zurück und hatte die Hand zum Anklopfen schon gehoben. Doch dann senkte sie sie langsam wieder und beugte sich nach vorne. Rasmussen telefonierte und er sprach laut.

»Nein, habe ich nicht … Er ist tot, mausetot. Das Geld ist weg … Klar, kann ich die noch verkaufen … Das weiß ich nicht, wie viel ich bekomme … Vielleicht hunderttausend Euro, vielleicht auch nur fünfzigtausend oder noch weniger. Auf jeden Fall wird der Verkauf ein massives Verlustgeschäft sein. Außer ich finde einen Dummen, der mir die Brillis zum alten Preis abnimmt. Aber das ist alles Spekulation … Ich weiß nicht, ob der Juwelier mit ihm unter einer Decke steckte … Lass uns heute Abend darüber reden. Ich liebe dich.«

Dann legte er auf. Maike klopfte an und öffnete die Tür.

»Ich habe meinen Notizblock vergessen.«

Rasmussen sagte nichts. Er nickte nur und rang sich ein verkrampftes Lächeln ab. Er war gedanklich noch viel zu sehr bei dem Gespräch. Maike nahm den Block vom Tisch und ging.

Auch wenn es nur Gesprächsfetzen waren, die sie aufgeschnappt hatte, stand fest: Rasmussen wusste, dass Sontberg ihn betrogen hatte. Nur woher? Und mit wem hatte er sich unterhalten? Sie hätte ihn natürlich zur Rede stellen können. Aber wäre das sinnvoll gewesen? Sie war sich nicht sicher.

24

»Du bist schon munter? Das Wochenende war doch stressig genug für dich und Ben. Du hättest wenigstens heute mal wieder richtig ausschlafen können«, sagte Maike.

Sie stand im Schlafanzug in der Küchentür. Eiko saß mit seinem Tablet am Tisch und las Zeitung.

»Guten Morgen, meine liebe Tochter. Das hätte ich natürlich machen können. Aber ich habe eine halbe Stunde wach im Bett gelegen. Ich dachte mir, dann kann ich auch aufstehen. Du bist ja auch recht früh auf den Beinen.«

»Ich will um sieben Uhr im Büro sein. Wir haben eine lange Liste zum Abarbeiten.«

»Du hast sicherlich noch nicht Zeitung gelesen.«

Er ging zur Titelseite und reichte ihr das Tablet.

Rudolf Sontberg tot. Sponsor von »Finde den Schatz« starb grausam! Mörder noch nicht gefasst!

Maike las die Überschrift und legte das Tablet wieder auf den Tisch.

»Wurde ja auch Zeit«, sagte sie.

»Warum hat das denn so lange gedauert? Das hat doch schon am Samstag die ganze Insel gewusst. Heute ist Montag. Spätestens gestern hättet ihr eine Meldung ins Internet stellen können«, meinte ihr Vater.

»Es gab ermittlungstaktische Gründe, damit zu warten. Aber du hast schon recht, bis heute hätte man trotzdem nicht warten müssen. Damit hatte ich aber nichts zu tun. Was veröffentlicht wird und wann, wird ein paar Gehaltsgruppen über mir entschieden.«

»Das ist aber nicht die einzige Meldung. Die Schatzsuche ist natürlich auch noch ein großes Thema. Niemand hat die Diamanten gefunden. Obwohl einige Verrückte das ganze Wochenende gegraben haben. Da geisterten ja zum Schluss die wildesten Meldungen durchs Netz. Gier versetzt eben Berge.«

»Sandberge«, meinte Maike lächelnd und schob ein herzhaftes Gähnen hinterher. »Ich stell mich erst einmal unter die Dusche. Bis gleich.«

Zwanzig Minuten später stand sie wieder in der Küche. In der Zwischenzeit war ihre Mutter gekommen. Der Kaffee gluckerte durch die Maschine und sie schmierte Brote.

»Ich mach dir auch welche, damit du nicht wieder aus einer Konserve essen musst.«

»Das war eine Ausnahme.«

»Welcher Kollege war das eigentlich?«, fragte sie auffallend freundlich.

Maike verdrehte die Augen. Sie ahnte, welche Richtung das Gespräch gleich nehmen würde.

»Der kommt aus Aurich und bleibt auf der Insel, bis der Mord aufgeklärt ist. Und er ist verheiratet«, log sie, um einer weiteren Diskussion die Grundlage zu entziehen.

»Ach so«, sagte Edda und klang enttäuscht.

Maike trank hastig ihren Kaffee.

»Ich muss los. Gib Ben einen Kuss von mir. Ich will sehen, dass ich heute früher komme.«

»Mach das. Sonst weiß dein Sohn gar nicht mehr, wie seine Mutter aussieht.«

»Edda, jetzt reiß dich zusammen«, sagte Eiko. »Sie macht das doch nicht mit Absicht. Das ist nun wirklich eine Ausnahme.«

Maike nahm die Brotdose. Natürlich hatte ihr Vater recht. Aber sie hatte keine Lust, mit ihrer Mutter über Arbeitszeiten bei der Polizei zu diskutieren. Stattdessen schenkte sie Eiko ein herzliches Lächeln, was er ebenso herzlich erwiderte.

»Bis heute Abend.«

Eigentlich hatte sie geglaubt, wenn schon nicht die erste, dann doch eine der ersten im Büro zu sein. Mit ihrer Vermutung lag sie falsch; sie war die letzte.

»Dann sind wir ja endlich vollständig«, sagte Lommert, der breitbeinig und mit verschränkten Armen neben einem Schreibtisch stand.

Auch die anderen Kollegen standen, worüber sich Maike wunderte, denn für jeden war ein Stuhl da. Das war ihr einfach zu blöde. Sie nahm sich einen und setzte sich. Lommert, der gerade beginnen wollte, hielt inne, sah zu ihr, sagte aber nichts. Dann zogen Ole und Sebastian nach und Lommert war der einzige, der stand. Aber er tat so, als würde ihn das nicht stören.

»Da nun alle sitzen, kann ich endlich anfangen. Also, die Kollegen in Oldenburg haben Stanislav Nowack verhört. Der wichtigste Punkt ist sicherlich, dass er kein Alibi für die Tatzeit hat. Er konnte auch niemanden benennen, der ihn kurz davor oder danach gesehen hat. Nächster Punkt. Die Kriminaltechniker haben den Safe aufgesägt. Die drei Kästchen waren leer. Aber es waren Fingerabdrücke von Stanislav Nowack im Safe. Seine Erklärung war, dass er ihn sich mal ansehen durfte, als er bei seiner Schwester zu Besuch war. Auch die Fingerabdrücke und DNA-Spuren im Bad hat er so erklärt.« Lommert grinste höhnisch. »Als sich die Kollegen ziemlich sicher waren, dass Nowack ihnen Märchen aus Tausendundeiner Nacht erzählt, haben sie noch seine Wohnung durchsucht. Und was fanden sie in einem Briefumschlag versteckt zwischen zwei CDs? Fünf Brillanten. Die wollte Nowack dem Sontberg abgekauft haben. Soweit die Fakten. Die Kollegen haben ihn vorläufig festgenommen. Heute Morgen wird er dem Haftrichter vorgeführt.« Er sah auf die Uhr. »Vielleicht wissen wir in einer Stunde mehr. Aber eigentlich dürfte die Entscheidung feststehen.«

»Heißt das, dass wir unsere Ermittlungen einstellen können, wenn er in U-Haft kommt?«, fragte Oberkommissar Kulle.

»Ja und nein. Den Hauptverdächtigen haben wir sicherlich. Aber es kann natürlich sein, dass er Komplizen hat. Eigentlich ist das sogar ziemlich wahrscheinlich, denn es gibt Fingerabdrücke und DNA-Spuren, die bisher niemandem zugeordnet werden können.«

Maike musste sofort an ihren Hotelier denken. Ihn könnte man auf jeden Fall um eine DNA-Probe bitten. Aber das Thema wollte sie jetzt nicht anschneiden.

»Weil Sie gerade von Komplizen sprechen … Ist Sontbergs Freundin damit aus der Sache raus?«, wollte Ole wissen.

»Ja …«, begann Lommert und setzte eine nachdenkliche Miene auf. »Die Frage ist mir auch durch den Kopf gegangen. Als Mörderin ist sie aus dem Spiel, mit Sicherheit. Aber als Helferin, vielleicht sogar als Auftraggeberin kommt sie immer noch infrage. Wir werden uns mit ihr und ihrer Freundin auf jeden Fall noch intensiver beschäftigen müssen.«

Maike wollte nun doch nicht länger warten. Jetzt konnte sie auch mit ihrem Hoteldirektor ankommen.

25

Den ersten Teil der Unterhaltung mit Hotelier Rasmussen hatte Maike schnell vorgetragen. Lommert hörte aufmerksam zu. Als sie erzählte, was sie durch die Tür heimlich mitbekommen hatte, und dass da noch eine Frau beteiligt sein musste, ging sogar sein Mund ein wenig auf.

»Der weiß also, dass das minderwertige Diamanten sind. Interessant, sehr interessant«, meinte Lommert. »Aber wer ist diese Frau? Wenn der Hotelier wirklich etwas mit dem Mord zu tun haben sollte, dann ist der Fall vielleicht doch komplizierter, als ich dachte.« Er machte eine längere Pause. Schön, dass du das auch endlich so siehst, dachte Maike. »Stanislav Nowack wird der Mörder sein«, fuhr er fort, »daran habe ich nicht den geringsten Zweifel. Aber es wird Unterstützer geben, vielleicht sogar mehr, als uns lieb ist. Oder sie haben ihn gegen gute Bezahlung sogar beauftragt. Auf jeden Fall hatte Sontberg viele Feinde.«

Es war deutlich zu spüren, dass Maikes Bericht Lommert zum Nachdenken gebracht hatte. Denn eigentlich war der Fall für ihn so gut wie abgeschlossen. Es ging nur noch darum, ein, zwei Helfer oder Mitwisser ausfindig zu machen. Aber jetzt nahm sogar für ihn der Fall eine ganz neue Dimension an.

Sein Handy klingelte. Es war der leitende Staatsanwalt. Viel sagte Lommert nicht, doch er machte einen zufriedenen Eindruck. Er streckte sogar, während er immer wieder nickend den staatsanwaltlichen Worten lauschte, den Daumen siegessicher in die Luft. Maike war klar, was das zu bedeuten hatte.

»Nowack bleibt in U-Haft. Ich hab's doch gewusst, dass

meine Argumente ihn überzeugt haben«, verkündete er nach dem Telefonat. Er hatte den Satz noch nicht richtig beendet, da musste er schon wieder an sein Handy.

»Guten Morgen, Herr Polizeipräsident«, sagte er laut und vernehmlich. Sekunden später hatten sich seine Glücksgefühle von eben schon wieder verflüchtigt. Nur gelegentlich war er zu vernehmen. Es waren Halbsätze wie »Wenn Sie meinen …« oder »Ja, Herr Polizeipräsident, so sehe ich das auch …« Aber als er sagte: »Doch, das werden die Kollegen natürlich schon schaffen … Ich werde mich so schnell wie möglich auf den Weg machen«, bekam Maike große Augen. Zum Schluss kam der Satz, der ihre Vermutung bestätigte: »Ich werde mit einem Wassertaxi kommen. Dann kann mich jemand in Norddeich abholen.«

Nach dem Telefonat ließ Lommert das Handy nachdenklich in seine Brusttasche gleiten. Er atmete tief durch, kratzte sich am Kopf und meinte:

»Sie haben es mitbekommen, ich werde Juist verlassen. Und zwar so schnell wie möglich. In Bensersiel hat ein Familienvater seine zwei Kinder und die Ehefrau erschossen. Danach hat er sich selbst gerichtet … Na, ja, da werde ich gebraucht. Es ist nun mal Urlaubszeit und so dicke ist die Personaldecke nicht. Aber ich will jetzt keinen Pessimismus verbreiten. Kriminaloberkommissar Kulle bleibt ja hier.«

Maike blickte zu Sebastian, der sich bemühte, cool zu bleiben. Trotzdem wandte er für einen Moment den Kopf in ihre Richtung und schenkte ihr ein Lächeln. Ein wohliges Kribbeln durchflutete sie. Wie schaffte er das bloß? Und das in einer dienstlichen Umgebung.

Jetzt, wo feststand, dass er Juist verlassen musste, gab Lommert noch Tipps, von denen einige ziemlich überflüssig waren.

»Gehen Sie in die Tiefe, kratzen Sie nicht nur an der Oberfläche. Es muss Helfer und Hintermänner geben. Sprechen Sie noch mal mit den Leuten aus Sontbergs Umfeld. Und auf jeden Fall mit dem Hotelier. Das fand ich wirklich interessant. Vielleicht verplappert sich jemand oder verwickelt sich in Widersprüche … Sie kriegen das schon hin.«

Maike nickte ihm freundlich zu. Es war nicht zu überhören, dass Lommert viel lieber hierbleiben und weiter mitarbeiten würde. Klar, das war allemal interessanter, als sich um einen erweiterten Selbstmord zu kümmern.

»Wenn es Fragen gibt, fragen Sie. Noch bin ich da«, sagte er zum Abschluss. »Sie können mich natürlich jederzeit anrufen; ich bleibe Ihr erster Ansprechpartner. Nur weil ich nicht mehr auf der Insel bin, ändert das nichts an den Zuständigkeiten.«

Schon eine Stunde später war Lommert auf dem Weg zum Festland. Maike hatte ihn mit dem E-Auto zur Anlegestelle der Wassertaxis gebracht. Viel lieber wäre es ihm natürlich gewesen, wenn man ihn mit einem Hubschrauber abgeholt hätte. Aber, so verriet er ihr, den Wunsch wollte ihm der Polizeipräsident nicht erfüllen. Es hätten in den letzten Tagen sowieso schon viel zu viele Flüge zwischen Juist und dem Festland stattgefunden.

Als Maike in der Polizeistation den Flur betrat, wunderte sie sich über die Stille. Sie öffnete die Bürotür und traf auf ihren Lieblingskollegen. Sebastian Kulle saß am Schreibtisch und legte gerade das Telefon zur Seite.

»Wo ist Ole?«, fragte sie.

»Es hat jemand angerufen. In einem Hinterhof ist heute Nacht eine Scheibe zu Bruch gegangen. Da wollte jemand einbrechen, meinte zumindest der Anrufer. Ole ist hin und will danach noch eine Runde durch den Ort gehen. Er hofft, gegen Mittag zurück zu sein.«

Maike setzte sich vor Sebastians Schreibtisch. »Dann können wir uns jetzt in Ruhe ein paar Gedanken machen und einen kleinen Schlachtplan entwerfen.«

»Das Gespräch, das du in dem Hotel belauscht hast, fand ich auch sehr interessant. Aber wie willst du vorgehen? Nicht, dass Rasmussen noch misstrauisch wird.«

»Die Sache ist auf jeden Fall interessant. Trotzdem will ich diese Ermittlungsrichtung erst einmal zurückstellen; wir verzetteln uns sonst. Ich werde mich erst einmal mit jemandem unterhalten, von dem wir noch gar nichts wissen. Und zwar mit Niels, Nowacks Kumpel, den seine Schwester erwähnt hat.«

»Und was ist mit ihrer Freundin Lena?«

»Du kannst Gedanken lesen. Was weiß sie? Was hat sie gehört? Ich würde mich nicht wundern, wenn die Frau besser informiert ist, als wir denken. Aber jetzt kümmere ich mich erst um Niels; Danuta wird die Adresse haben. Ich ruf sie mal an.«

112

26

Niels wohnte in der Nähe des Hafens in einem Haus, das gar nicht wie ein Wohnhaus aussah. Es war eine ehemalige Lagerhalle, die zu vier 1-Zimmer-Wohnungen umgebaut worden war. Niels hatte die erste aus der Reihe gemietet. Maike hatte ihn kurz vorher angerufen und schon am Telefon gemerkt, dass etwas mit ihm nicht stimmte. Trotzdem war er bereit, sich mit ihr zu treffen.

Jetzt stand sie vor ihm; er machte einen müden Eindruck. Seine Hose war ihm heruntergerutscht, als er von seinem Bett aufgestanden war. Und was war seine erste Reaktion?

»Hilfe, eine Polizistin. Ich habe nichts verbrochen«, sagte er und ließ sich wieder aufs Bett fallen. Er hatte am Telefon gar nicht mitbekommen, dass sie von der Polizei war. Maike nahm sich einen Stuhl und setzte sich. Sie blickte sich um. In dem Zimmer sah es aus wie in einer Rumpelkammer. Überall lagen Kleidungsstücke, leere Bierflaschen und anderer Krempel herum.

»Ich will nicht lange bleiben, ich habe nur ein paar Fragen.«

Er lag da, die Augen waren geschlossen, aber er schien zuzuhören.

»Sie sind doch ein Freund von Herrn Nowack.«

Er riss die Augen.

»Ich kenne keinen Herrn Nowack. Habe ich noch nie gehört, den Namen.«

»Herrn Stanislav Nowack kennen Sie nicht?«

»Ich kenne einen Stanislav. Heißt der Nowack?«

»Ja.«

Maike war sich sicher, dass sie über den gleichen Mann

sprachen.

»Und sagt Ihnen der Name Sontberg etwas, Rudolf Sontberg?«

»Das ist doch der Tote … nee, damit habe ich nichts zu tun.«

»Sie haben den Namen vorher noch nie gehört?«

»Weiß ich nicht, vielleicht. Man hört und liest ja so viel.«

Der Kerl war ein echt harter Brocken.

»Kannte Stanislav den Mann?«

»Weiß ich nicht.« Er setzte sich auf die Bettkante. »Sie sollten sich mit Willy unterhalten. Der kennt ihn.«

»Willy Bockelsen? Woher kennen Sie den denn?«

»Von irgendwoher muss doch das Geld kommen. Oder meinen Sie, ich drucke die Scheine? Obwohl ich das sicherlich könnte. Ich habe nämlich mal Drucker gelernt, müssen Sie wissen. Aber mit diesen neuen Maschinen kenne ich mich nicht aus.«

»Als was arbeiten Sie bei ihm?«

»Ich verteile die Zeitungen und helfe gelegentlich im Lager. Solche Sachen halt. Er zahlt ganz ordentlich. Obwohl … In letzter Zeit dauert es ewig, bis das Geld auf dem Konto ist.«

Maike machte eine Pause und Niels legte sich wieder hin. Was für eine interessante Konstellation, dachte sie. Niels kannte den mutmaßlichen Mörder und gleichzeitig auch den Verleger, der die Schatzsuche organisiert hatte.

»Haben Sie mal den Namen Martin Rasmussen gehört?«

Es dauerte, bis er etwas sagte. Die Augen ließ er aber geschlossen.

»Wen ich alles kennen soll …«

Mehr sagte er nicht.

»Haben Sie den Namen schon mal gehört?«

114

»Nee.«

»Noch ein anderes Thema, dann gehe ich.«

Wieder setzte er sich auf die Bettkante.

»Bleiben Sie doch, wir können einen zusammen trinken. Was halten Sie davon?«

»Ich bin dienstlich hier.«

»Hab ich mir schon fast gedacht, so wie Sie herumlaufen. Aber ich glaube, mit Ihnen würde ich mich gut verstehen … Was für ein Thema meinen Sie denn?«

»Ist Ihnen in den letzten Wochen oder Tagen zu Ohren gekommen, dass jemand Brillanten gekauft hat oder das vorhatte?«

»Brillis?« Er lachte. »Die konnten Sie doch am Samstag am Strand finden. Oder eben nicht.« Wieder lachte er, was sich anhörte, als würde ein Rabe krächzen.

»Ich verstehe Sie nicht. Die hätte man doch finden können. Die hatte doch Herr Sontberg vergraben.«

Wieder lachte er.

»So? Hat er die vergraben? Na, ich glaube es nicht. Aber das ist meine ganz persönliche Meinung.«

Das Gespräch mit dem Mann war echt schwierig. Alles musste man ihm aus der Nase ziehen. Aber es lohnte sich.

»Wie kommen Sie darauf?«

»Haben Sie schon mal einen Toten gesehen, der Diamanten vergräbt? Ich nicht.«

Maike biss sich auf die Lippen. Sontberg war laut Gerichtsmedizin am Donnerstag zwischen neunzehn Uhr und Mitternacht umgebracht worden.

»Wann hat er denn die Edelsteine normalerweise vergraben?«

»Mehrere Tage vorher, da ließ er sich nicht in die Karten

schauen. Er musste ja sicher sein, dass ihn niemand beobachtet.«

»Und woher wissen Sie, dass er das nicht schon am … sagen wir, Mittwoch gemacht hat?«

»Weil er am Donnerstagmorgen bei Willy war und ihm gebeichtet hat, dass er noch nichts vergraben hat. Aber er versprach, das am Freitag zu machen. Aber da war er ja nun schon tot. Deshalb … da ist nichts vergraben worden. Deshalb haben die am Strand auch nichts gefunden. Echte Verarsche war das.«

»Ganz langsam«, sagte Maike. »Sie haben gerade gesagt, dass Sontberg um das Vergraben immer ein großes Geheimnis gemacht hat.«

»Hat er auch. Der hat doch Willy nicht erzählt, wo er die Diamanten vergraben wollte. So blöde war er nun auch nicht.«

»Woher wissen Sie das alles?«

»Tja …«, sagte er gewichtig und schob ein blödes Grinsen hinterher. »Ich war im Lager, das Büro liegt daneben. Und Willy redet laut. Weil er immer gegen den Krach der Druckmaschine anredet. Und wenn die nicht läuft, redet er trotzdem laut. So habe ich das halt mitbekommen.«

»Haben Sie das sonst noch jemandem erzählt?«

»Nee, natürlich nicht. Also, da kann ich schweigen wie ein Grab.«

27

Als Maike die Polizeiwache betrat, saß Sebastian am Schreibtisch und las. Vor ihm lag immer noch ein mächtiger Stapel mit Unterlagen aus Sontbergs Wohnung. Maike zog ihre Jacke aus und setzte sich wortlos vor seinen Schreibtisch. Sie lächelten sich an.

»Du gehörst wohl auch zu denen, die sich morgens an einen Schreibtisch setzen und erst abends wieder aufstehen. Von nicht zu vermeidenden Pausen abgesehen.«

Sebastian nickte.

»Ja, das kann ich. Du nicht?«

»Da würde ich eine Krise kriegen. Zwischendurch brauche ich Bewegung. Auf dem Deich langgehen, sich die Luft um die Nase wehen lassen, das ist doch herrlich. Deshalb gefällt mir die Arbeit hier auch so gut. Oder ich mache eine Runde durch den Ort. Probleme oder Problemchen gibt es immer. Da bekomme ich mit, was den Leuten auf der Seele liegt. Sonst bleibt man nicht auf dem Laufenden.« Sie deutete mit dem Kopf zu seinem Schreibtisch. »So viel Papierkram gibt es in der Regel auch nicht. Was du da vor dir liegen hast, ist nun wirklich die Ausnahme. Wenn ich dreimal pro Woche eine Anzeige auf den Tisch bekomme, dann ist das schon viel.«

»Du Glückliche. Da müsstest du mal zu uns kommen.«

»Ich weiß, ich habe doch selbst auf dem Festland gearbeitet, ich beneide euch wirklich nicht. Was meinst du, warum ich mich hier auf die freie Stelle beworben habe? Wenn ich den ganzen Tag bis zum Anschlag arbeiten muss, bekomme ich trotzdem nicht mehr Gehalt überwiesen.«

»Da hast du wohl recht … Jetzt sag, was hat dir Niels erzählt?«

»Das war sehr aufschlussreich, obwohl es anfangs nicht leicht mit ihm war. Der muss sich am Wochenende ganz schön zugedröhnt haben, die Nachwirkungen waren noch zu spüren. So, jetzt halt dich fest. Niels arbeitet bei Willy, er hilft ihm gelegentlich. Er hat Sontberg am Donnerstagmorgen in der Druckerei gesehen. Und nicht nur das, er hat auch etwas gehört. Sontberg hat Willy erzählt, dass er den Schatz noch nicht vergraben hat.«

»Warum hat er denn das gemacht? Das ist doch ein merkwürdiges Verhalten. Ich hätte ihm das nicht erzählt.«

Maike zuckte mit den Schultern.

»Keine Ahnung. Vielleicht hatte Sontberg einfach das Bedürfnis, es ihm zu sagen. Das kennt man doch von sich selbst. Manchmal verspürt man so einen inneren Drang, einem anderen etwas mitteilen zu müssen. Vielleicht hat er sich danach auch geärgert. Wir können ihn leider nicht mehr fragen.«

Sebastian rollte mit seinem Bürostuhl nach hinten, ließ seinen Kopf gegen die Lehne fallen und starrte die Decke an.

»Dann ist es ja nicht unwahrscheinlich«, fing er langsam an, »dass einer der beiden an dem Mord beteiligt war. Das kann doch nach Lage der Dinge eigentlich nur Niels sein.«

»Das glaube ich nicht«, sagte Maike. »Wäre er an dem Mord beteiligt gewesen, dann hätte er mir das alles nicht erzählt. So betrunken war er nicht. Er hätte instinktiv einen großen Bogen um das Thema gemacht.«

»Dann hast du also den Verleger in Verdacht?«

»Willy war immerhin einer der letzten, die Sontberg lebend gesehen haben. Wir müssen uns mit ihm noch einmal unterhalten.«

»Jetzt?«

»Warum sollen wir das auf die lange Bank schieben? Mit deinen Papierbergen kannst du dich auch noch später beschäftigen.«

»Ich soll mit?«

»Sebastian, das Gespräch ist wichtig, das will ich nicht alleine führen.«

28

Maike und ihr Kollege gingen zu Fuß zum Verlag, obwohl Sebastian lieber mit dem Elektro-Auto gefahren wäre. Sie waren gerade auf die Strandstraße eingebogen, als Ole ihnen entgegenkam. Er schien es eilig zu haben.

»War's das?«, fragte Maike.

»Leider nicht, ich muss zum Flugplatz. Da soll einer randalieren. Ich werde den Flitzer nehmen. Wo wollt ihr hin?«

»Zu Willy Bockelsen«, sagte Maike.

»Viel Erfolg. Ich muss weiter.«

Nach zweihundert Metern standen Maike und Sebastian vor dem Verlagsgebäude; die Tür zur Redaktion war verschlossen. Doch vom Hinterhof kam gedämpfte Musik. Sie gingen um die Ecke und sahen durch ein vergittertes Fenster.

»Ich glaube, das ist er«, sagte Maike und war erleichtert.

Sebastian war schon weitergegangen. »Hier gehts rein.« Er öffnete die Tür und nach ein paar Schritten standen sie vor einer angelehnten Tür. Maike schob sie auf, sie waren im Druckraum. Ein Mann stand gebeugt über den Druckwalzen und leuchtete mit einer Taschenlampe ins Innere der Maschine.

»Willy?«

Der Mann drehte sich ruckartig um.

»Musst du mich so erschrecken?«

Es war Willy Bockelsen. Er wischte sich seine farbverschmierten Hände an einem alten Küchentuch ab, das er über die Schulter geworfen hatte.

»Macht dein Schätzchen wieder Probleme?«, fragte Maike,

nachdem sie sich begrüßt hatten.

»Nach dreißig Jahren macht jede Maschine Probleme. Heute ist es zur Abwechslung der Farbauftrag. Ich krieg das nicht mehr genau justiert. Das wäre ja alles kein Problem, aber ich komme nicht mehr an Ersatzteile. Die Firma hat vor zwanzig Jahren Pleite gemacht. Ich werde mir in den nächsten Wochen eine gebrauchte Maschine der gleichen Bauart kaufen. Da gibt es preisgünstige Angebote. Die kann ich als Ersatzteillager nutzen. Meine druckt ja, warum soll ich mir eine neue kaufen? So gut läuft das Geschäft auch nicht, dass ich das mal eben aus der Portokasse finanzieren könnte. Ein Großteil der alten Anzeigenkunden wirbt im Internet … Aber ich will mich nicht beklagen. Es hätte in den letzten Jahren schlimmer kommen können. Aber du bist sicherlich nicht gekommen, um mit mir zu plaudern.«

»Richtig erkannt. Hast du ein paar Minuten Zeit?«

»Ehrlich gesagt, nein. Aber jetzt steht die Maschine sowieso. Worum geht es?«

Niels hatte recht, Willy sprach wirklich sehr laut. Das war ihr früher nie aufgefallen.

»Um den Mord natürlich. Wir sind dabei, die Stunden vor Sontbergs Tod zu rekonstruieren. Wann hattest du den letzten Kontakt mit ihm?«

Er blickte auf die Druckmaschine.

»Am Donnerstag.«

»Du hattest bei unserem letzten Gespräch aber von Dienstag gesprochen, da hättest du ihn am Telefon gehabt.«

»Am Donnerstag war er noch mal hier. Ich wollte dich anrufen und das korrigieren, aber für so wichtig hielt ich das dann doch nicht.«

Maike sah ihn sekundenlang mit ernstem Blick an, bevor sie

fortfuhr.

»Wann war das genau?«

»Er war früh da, gegen neun. Er sagte nur, dass er mit allem fertig sei und er sich auf den Samstag freuen würde.«

»Die Diamanten waren also schon vergraben? Da bist du dir ganz sicher?«

Willy holte tief Luft.

»So hatte ich ihn verstanden.«

»Es war also nie die Rede davon, dass er das noch nicht gemacht hätte?«

»Warum hakst du so penibel nach? Warum ist das so wichtig?«

Sollte sie ihn mit der Aussage von Niels konfrontieren? Der hatte ja erzählt, dass die Diamanten noch nicht vergraben waren. Sie entschied sich dagegen.

»Einen Moment, ich muss die Maschine kurz laufen lassen. Sonst trocknet die Farbe ein.«

Willy ging zur Druckmaschine und drückte einen Knopf. Die Walzen drehten sich ein paar Mal. Nach einigen Sekunden hielt er sie wieder an.

»Warum wir dir die Frage stellen? Wir wissen nicht, ob überhaupt etwas versteckt war. Es kann zum Beispiel sein, dass er etwas vergraben hat und dabei beobachtet wurde. Und derjenige hat den Schatz wieder ausgebuddelt.«

»Es gibt auch noch eine andere Möglichkeit«, sagte Willy.

»Und die wäre?«

»Sontberg hat das Kästchen so gut versteckt, dass es noch irgendwo im Sand liegt.«

»Diesmal war die Fläche kleiner und sie war auf den Strand begrenzt. Deshalb glaube ich nicht, dass der Schatz noch irgendwo liegt. In dem Bereich, der infrage kommt, ist jedes

Sandkorn mindestens einmal von einem Spaten berührt worden.«

»Na, wenn du meinst.«

Willy wirkte angespannt.

»Jetzt will ich dir erzählen, welche Version ich glaube«, sagte Maike.

»Nur zu …«

»Sontberg hatte den Schatz noch nicht vergraben. Das hat er erst nach dem Gespräch mit dir getan, noch am gleichen Tag. Dabei ist er beobachtet worden ….«

Willy stand da, starr, angespannt und flach atmend. Er sah nicht gut aus, fand Maike.

»Und was habe ich damit zu tun?« Er wurde noch ein bisschen lauter. »Ach, jetzt verstehe ich. Das soll ich gewesen sein? Wie kommt Ihr denn auf so eine schräge Idee?«

»Willy, deinem Betrieb geht es nicht so gut. Du hast selbst gesagt, dass deine Druckmaschine museumsreif ist.«

»Das habe ich nicht gesagt. Ich habe nur Schwierigkeiten, Ersatzteile zu bekommen.«

»Lass mich bitte ausreden. Und du sollst finanzielle Probleme haben.«

Ob das stimmte, wusste sie nicht. Aber die Vermutung war mit Sicherheit nicht aus der Luft gegriffen. Um den Druck weiter zu erhöhen, meinte sie noch:

»Willy, wenn wir den Eindruck haben, dass du uns etwas verschweigst, dann können wir uns auch einen Durchsuchungsbeschluss besorgen. Den bekomme ich innerhalb weniger Minuten.«

Maike sah, wie das Gesicht ihres Kollegen versteinerte. Was sie so deutete, dass sie sich zu weit aus dem Fenster gehängt hatte. So schnell, wie behauptet, würden sie keinen Durchsuchungsbeschluss bekommen. Das war ihr auch klar, aber das wusste ja Willy nicht.

»Einen Moment, ich hole was«, sagte er und verließ den Raum.

»Und wenn er uns wegläuft?«, fragte Sebastian und wollte hinterhergehen. Maike hielt ihn am Arm fest.

»Hier läuft niemand weg. Wir sind auf einer Insel, vergiss das nicht.«

»Das stimmt wohl«, sagte er lachend und wurde wieder ernst. »Das mit dem Durchsuchungsbeschluss war nun wirklich ein Märchen.«

»Gut möglich«, sagte sie verschmitzt.

»Wo bleibt er denn?«

»Keine Panik. Er muss doch erst einmal in seine Wohnung und dann …«

Willy kam wieder herein und ging zu einem großen Tisch, der vor dem vergitterten Fenster stand. Er stellte ein faustgroßes Kästchen hin. Es war aus Holz.

»Was ist das?«, fragte Maike.

»Was ist das wohl? Mach es auf.«

Sie nahm das Kästchen, schob einen Riegel zur Seite und klappte den Deckel hoch. Sie blickte zu Willy; der verdrehte die Augen.

»Das weiß ich auch, dass ich das nicht hätte machen dürfen.«

Sie reichte das Kästchen an Sebastian weiter. Der steckte den Zeigefinger hinein und zählte.

»Zehn Stück. Sind das Brillanten?«

»Was denn sonst.«

»Wie viel Karat haben die?«

»Ein zehntel.«

»Was sind die wert?«

»Das sind hochwertige Diamanten, hat er mir erzählt. Dafür bekommt man so um die zweitausend Euro pro Stück.«

»Dann sind das also insgesamt zwanzigtausend Euro, nicht schlecht.« Maike sah ihn verständnislos an. »Das ist Diebstahl. Bei dem Betrag handelt es sich nicht mehr um eine Bagatelle, es wird also zur Anzeige kommen.«

»Aber ich habe euch die Diamanten freiwillig zurückgegeben.«

»Trotzdem wird es zur Gerichtsverhandlung kommen. Such dir einen guten Anwalt. Der wird schon entlastende Punkte finden. Wir nehmen die Schatztruhe mit. Du hörst von uns … Wie war denn nun der genaue Ablauf? Sontberg hat dir also gesagt, dass er die Diamanten noch vergraben muss.«

»Ja. Er meinte, dass er das am Freitag machen wolle. Aber das habe ich ihm nicht geglaubt.«

»Er hat deine Büroräume verlassen. Wo ist er dann hin?«

»Er ist direkt zum Strand gegangen, wie ich mir das schon gedacht hatte.«

»Um wie viel Uhr war das?«

»Kurz nach neun.«

»Du bist ihm gefolgt …«

Willy nickte.

»Er ist erst am Wasser entlang. In der Mitte des Hauptstrands ist er zur Düne abgebogen. Ich habe gesehen, wie er hinter einem leeren Strandkorb verschwunden ist. Ein paar Minuten später kam er wieder hervor. Da war mir klar, dass er das Kästchen dort vergraben hat. Ich habe noch gewartet, bis er sich weit genug entfernt hatte. Dann bin ich hin. Lange musste ich nicht suchen. Das Kästchen lag vielleicht zwanzig

Zentimeter tief im Sand.«

Maike machte sich Notizen.

»Hast du Sontberg danach noch einmal gesehen?«

»Nein.«

»Okay. Ich brauche jetzt deinen Personalausweis. Du kannst mir auch eine Kopie mitgeben.«

»Warte«, sagte Willy und verschwand wieder.

Maike zog lächelnd die Augenbrauen hoch.

»Hast du damit gerechnet?«, flüsterte sie Sebastian zu.

Der schüttelte den Kopf, sagte aber nichts, denn Willy kam wieder zurück.

»Ich habe beide Seiten kopiert. Wie geht es nun weiter?«

»Wir schreiben einen Bericht, der an die Staatsanwaltschaft geht. Die meldet sich bei dir.«

»Wie lange dauert das?«

»Eine Woche, einen Monat. Ich weiß es nicht. Das hängt davon ab, was die an Arbeit auf dem Schreibtisch haben.«

29

Für den Rückweg nahmen die Polizisten einen Umweg in Kauf. Sie gingen nicht durch den Ort, sondern den längeren Weg über die Strandpromenade.

»Da haben wir also nebenbei noch einen anderen Fall gelöst«, meinte Sebastian.

»Vielleicht sollten wir uns bei Niels bedanken. Ohne seinen Hinweis wären wir nicht so weit gekommen«, sagte Maike. »Worüber ich mich im Nachhinein wundere, ist, wie wenig Niels über seinen Freund Stanislav erzählt hat.«

»Du hast vermutlich nicht intensiv genug nachgefragt. Die Diskussion hatte sich in eine andere Richtung entwickelt. Zum Glück natürlich.«

Als sie am Strandhotel vorbeigekommen waren, wollte Maike nach rechts auf den Promenadenweg abbiegen, der auf dem Dünenkamm entlang ging. Doch Sebastian blieb stehen und deutete mit dem Kopf zur anderen Seite.

»Wo führt der Bohlenweg hin?«

»Da geht es zu einer Aussichtsplattform. Von denen gibt es einige. Die Dünen sind in den letzten Jahrzehnten immer höher geworden, was ja auch gut ist. Dünen schützen die Insel. Der Nachteil ist nur, dass du auf dem Promenadenweg die See nicht mehr siehst. Denn der Weg ist geblieben, wo er immer war. Der ist nicht mit in die Höhe gegangen. Jetzt läufst du wie in einer hohlen Gasse. Das war vor ein paar Jahrzehnten noch anders, hat mir mal mein Vater erzählt. Da hatte man von der Promenade einen herrlichen Blick aufs Meer.«

Auf der Plattform genossen sie die Aussicht.

»An schönen Tagen kannst du sogar Norderney sehen.«

»Wo liegt Norderney?«, fragte Sebastian.

Er blickte erst nach links und dann nach rechts. Maike schüttelte den Kopf.

»Wie heißen die Inseln, die westlich und östlich von Juist liegen?«

»Musst du mich so quälen? Warte mal …«

Er zog sein Handy hervor.

»Steck das Ding wieder ein.«

Was er sogar machte.

»Wo bist du zur Schule gegangen?«, fragte Maike.

»In Lüneburg.«

»Ach so, na dann. Obwohl Lüneburg auch in Niedersachsen liegt. Also, jetzt hör zu … In westlicher Richtung, links also, liegt Borkum. Im Osten liegt Norderney. Aber heute ist es zu dunstig. Es gibt Tage, da siehst du die strahlend weißen, altehrwürdigen Hotels. Das sieht dann so aus, als wollten die Norderneyer sagen, ätsch, wir haben die schönere Insel.«

»Ist sie das?«

»Quatsch. Norderney ist städtischer geprägt, da fahren Autos und es ist viel lauter. Ich habe ein Jahr dort gearbeitet. Wenn du mal die Wahl zwischen Juist und Norderney hast, dann solltest du keine Sekunde zögern und dich natürlich für Juist entscheiden. Wenn wir nicht gerade einen Mordfall zu lösen haben, was nun wirklich selten vorkommt, ist der Dienst hier um einiges ruhiger.«

»Und nicht zu vergessen, du bist hier. Ich glaube, mit dir wäre das eine sehr entspannte Zusammenarbeit.«

»Wenn du dich da mal nicht täuschst.«

»Bis jetzt ist doch alles gut gelaufen.«

»Genau, bis jetzt … Komm, wir wollen hier nicht Wurzeln schlagen.« Ein kurzes Lächeln huschte über ihre Gesichter. Maike ging voran. »Das ist das einzige große Hotel am Strand«, sagte sie und zeigte auf das weiße Gebäude vor ihnen. »Weitere Bauten haben sich eben nicht gelohnt. Wer was auf sich hielt, ist früher, ich sage früher, nach Norderney gefahren. Was auch daran liegt, dass die Insel tidenunabhängig erreichbar ist. Egal ob Ebbe oder Flut, die Schiffe können immer fahren. Deshalb haben die Norderneyer auch viel mehr Tagestouristen. Die gibt es hier so gut wie gar nicht, wenn man mal von den paar Besuchern absieht, die für ein paar Stunden mit den Ausflugsschiffen kommen. Deshalb ist es am Strand viel ruhiger, auch in der Hochsaison.«

Auf der Strandpromenade waren sie einige Meter gegangen, als Sebastian auf einmal stehen blieb.

»Mir geht gerade etwas durch den Kopf; es ist leider etwas Dienstliches. Sontberg ist vor dem Mord gefoltert worden, das steht fest. Er muss also bewegungsunfähig gewesen sein, er konnte sich nicht wehren. Könnte es nicht sein, dass man ihn festgebunden hatte? Vielleicht an einem Stuhl?«

Maike zuckte mit den Schultern.

»Möglich ist das schon.«

»Haben die Gerichtsmediziner dazu noch nichts gesagt?«

»Ich habe bis heute keinen Abschlussbericht gesehen. Wenn wir im Büro sind, werde ich Lommert anrufen«, sagte Maike. »Lass uns da vorne auf die Bank setzen. Ich will mal ganz grundsätzlich werden«, fing sie langsam an, als sie saßen. »Stanislav Nowack ist nicht von hier. Wenn er auf der Insel war, wird er entweder bei seiner Schwester oder bei seinem Freund übernachtet haben. Bei seiner Schwester kann er um den Tatzeitraum nicht gewesen sein, denn die war bei ihrer

129

Freundin. Bleibt noch Niels. Aber in seiner zugemüllten Hütte war kein Platz für eine zweite Schlafstelle. Da lag auch keine Matratze oder Notbett. Ich glaube nicht, dass unser Täter nur für den Mord auf die Insel gekommen ist. So gehen Auftragsmörder vor. Die werden eingeflogen, bringen jemanden um und verschwinden wieder. Unser Täter kommt entweder von der Insel oder er wird ein paar Tage vorher auf der Insel gewesen sein. Denn die Tat musste vorbereitet werden. Der Täter musste sich Gedanken über das Zerteilen und die Entsorgung der Leiche machen. Auch die Folterung musste vorbereitet werden. Die Schreie durfte niemand hören. Er musste sicher sein, dass niemand etwas bemerkt. Darüber muss man in Ruhe nachdenken, es muss auf die örtlichen Gegebenheiten Rücksicht genommen werden. Schnell geht das nicht …«

»Worauf willst du hinaus?«, unterbrach Sebastian sie.

»Ganz einfach. In der U-Haft sitzt der Falsche. Lommert irrt sich. Stanislav Nowack ist nicht der Mörder von Rudolf Sontberg.«

30

Nachdem Maike ihre Brote und Sebastian zwei Heringsbrötchen gegessen hatten, setzten sie sich an ihre Schreibtische. Vor Sebastian lagen Sontbergs aktuelle Kontoauszüge, Maike hatte das Telefon in der Hand.

»Ich wette, der Bericht der Gerichtsmediziner liegt auf Lommerts Schreibtisch, gut vergraben in einem Haufen oder in einem Ablagekörbchen«, sagte Maike.

»Erstaunlich. Du arbeitest erst seit einigen Tagen mit ihm zusammen, aber wie es auf seinem Schreibtisch aussieht, weißt du. Das stimmt sogar, er vergräbt gerne wichtige Unterlagen. Da könnte ich dir Geschichten erzählen ... aber das hat Zeit. Ruf ihn an.«

Eine halbe Minute dauerte das Gespräch.

»Er hat den Bericht heute Morgen auf den Tisch bekommen und wollte ihn mir gerade per E-Mail zuschicken.«

»Dann glauben wir ihm das mal«, sagte Sebastian. »Das kann schon sein, diesmal hat sowieso alles etwas länger gedauert.«

Dann war die E-Mail da. Maike überflog den Text auf der Suche nach Neuigkeiten; die fand sie reichlich.

»Hier ... hör mal zu. An den Fußknöcheln waren noch Reste von Klebeband. Der Mund muss auch zugeklebt gewesen sein; es wurden nämlich noch Kleberreste entdeckt. Was haben sie noch geschrieben ... interessant. Auch auf dem Bauch war ein schmaler Streifen mit Kleberresten. Und an den Armen waren Abdrücke von Seilen.«

Sebastian hatte die Kontoauszüge zur Seite geschoben und hörte aufmerksam zu.

»Dann lag ich ja richtig mit meiner Vermutung. Er hat auf einem Stuhl gesessen und konnte sich nicht bewegen. Und er war vermutlich nackt.«

Maike nickte ihm zu.

»Damit dürfte sein Todesurteil von Anfang an festgestanden haben«, fuhr sie fort. »Er wurde gezwungen, sich auszuziehen. Dann haben sie ihn gefoltert. Nachdem er die Zahlen für das Schloss genannt hatte und der Tresor geöffnet war, wurde er erstochen und zerteilt. Was für eine grausame Logik.«

Dann klingelte das Telefon. Maike wunderte sich; es war eine Vorwahl, die sie nicht kannte.

»Hansen, Polizei Juist.«

Minutenlang sprach sie kein Wort.

»Gut, dann wissen wir das. Und Sie melden sich … Den wünsche ich Ihnen auch.«

»Was war denn das für ein Telefonat?«, fragte Sebastian.

»Das war die Personalabteilung des Polizeipräsidiums Düsseldorf; die haben einen kleinen, aber entscheidenden Fehler gemacht. Von dort sollten doch die beiden Inseldienstler kommen. Die fahren auch morgen los. Doch die kommen nicht zu uns, sondern arbeiten die nächsten vier Wochen auf Norderney.«

»Haben die etwa die Inseln verwechselt?«

»So ist es.«

»Das ist ja eine echte Lachnummer. Und nun?«

»Sie wollen sich um Ersatz kümmern. Aber mehr konnte mir der Kollege nicht sagen. Dann geh davon aus, dass wir die nächsten Wochen ohne Unterstützung auskommen müssen … Zurück zu unserer Arbeit. Wo waren wir stehen geblieben?«

»Du hattest dir Gedanken über den Mord gemacht …«

»Richtig. Ich glaube, die allerwichtigste Frage ist: Wer wusste, was Sontberg im Safe hat? Nur dann hatte man einen Grund, eine solch grausame Tat zu begehen. Mit wem könnte er gesprochen haben? Oder wer könnte zumindest etwas von dem Inhalt geahnt haben?«

»Da kommen die Käufer oder potenziellen Käufer seiner Brillanten infrage. Natürlich auch Freunde und Bekannte, denen er etwas erzählt oder angedeutet hat.«

Maike nickte.

»Schreib mal die Namen auf, die uns jetzt einfallen. Da haben wir den Verleger. Die beiden haben so oft miteinander gesprochen, da würde es mich nicht wundern, wenn Willy wusste, was Sontberg an Reichtümern im Safe hat.«

»Also Willy Bockelsen.«

»Den haben wir. Dann kommt … wie heißt er … Decker auf die Liste.«

Maike ging zu ihrem Schreibtisch und schlug eine Mappe auf.

»Bernd Decker heißt er und kommt aus Oldenburg. Ich habe ihn nicht im Wassertaxi sitzen sehen, mit dem er die Insel verlassen wollte. Ich würde mich nicht wundern, wenn der hier eine Ferienwohnung hat. Aber das kriegen wir mit einem Telefonanruf raus. Dann haben wir unseren Hotelier. Mit ihm werde ich Klartext sprechen, sonst kommen wir in dem Punkt nicht weiter. Er weiß, dass Sontberg ihn betrogen hat. Und ich weiß es auch. Darüber werde ich mich mit ihm unterhalten.«

»Willst du dich nicht vorher absichern? Sprich doch mit einem unserer Juristen im Polizeipräsidium. Oder am besten gleich mit dem Polizeipräsidenten. Nicht, dass du noch

Schwierigkeiten bekommst.«

Maike schüttelte energisch den Kopf.

»Ich kenne doch diese hasenfüßigen Juristen. Die sehen nur Probleme. Das war mir gestern schon durch den Kopf gegangen. Ich werde Rasmussen auf die Diamantenfälschung ansprechen. Du kannst ja mitkommen, als Aufpasser.«

Sebastian lachte.

»Du lässt dir auch gerade was von mir sagen. Aber ich komme natürlich gerne mit.«

»Drei Namen haben wir also bisher.«

»Stanislav dürfen wir natürlich auch nicht vergessen«, sagte er.

»Der es aber nicht war.«

»Gut, dann lasse ich ihn weg. Wie sieht es mit seiner Schwester aus?«

»Die kommt auch auf deinen Zettel. Nur so zur Sicherheit. Dann sind es schon vier.«

»Du meinst also, irgendeiner von dieser Liste ist unser Täter?«

»Was soll ich mir darüber den Kopf zerbrechen«, meinte Maike. »Vielleicht kommen noch andere dazu; wir werden es sehen. Aber diese Namen arbeiten wir mit dem Handwerkszeug der Kriminalistik ab. Wenn wir am Ende mit leeren Händen dastehen, überlegen wir neu. So ist das nun mal. Ihr auf dem Festland arbeitet doch nicht anders.«

»Und wenn das Lommert mitbekommt?«

»Wir arbeiten fleißig und suchen nach Helfern und Unterstützern; das weiß er. Dass wir Stanislav nicht für den Mörder halten, müssen wir ihm doch nicht auf die Nase binden.«

31

»Wie war dein Tag?«

Maike zog die Uniformjacke aus und ließ sich auf die Essbank in der Küche ihrer Eltern fallen. Ihr Vater, der sich eine Schürze umgebunden hatte, stand am Herd und rührte mit einem Holzlöffel bedächtig in einem Topf herum.

»Ich habe im Radio gehört, dass ihr den Mörder habt.«

»Ach, war die Pressestelle diesmal flotter? Wir haben einen Tatverdächtigen, einen mutmaßlichen Mörder. So wird das sicherlich in der Pressemeldung gestanden haben.«

»Mag sein. Aber das sind doch nur juristische Feinheiten.«

»So würde ich das nicht sehen. Ob er als Mörder verurteilt wird, entscheidet immer noch ein Gericht … Was rührst du eigentlich herum?« Maike stand auf und sah in den Topf. »Das sieht nach Marmelade aus.«

»Es sieht nicht nur so aus, das ist Marmelade.« Die Eieruhr klingelte. »Du bist gerade richtig gekommen. Nimm die Gläser aus der Spüle und stell sie auf den Tisch. Aber leg vorher ein Geschirrtuch hin und einen Topflappen auch.«

Er nahm den heißen Topf, stellte ihn auf den Tisch und löffelt mit einer großen Kelle die heiße Kirschmarmelade in die Gläser.

»Schraub sie jetzt zu. Aber pass auf, dass du dich nicht verbrühst.«

»Hast du die Gläser vorher heiß ausgespült?«

»Ich bin doch kein Anfänger. Meinst du, ich dürfte das sonst machen?«

»Sicherlich nicht.«

Sie lachten und Eiko stellte den leeren Topf neben den

Herd.

»Mit fünf Gläsern habe ich gerechnet. Vier Gläser und ein halbes sind es geworden.«

»Woher habt ihr die Kirschen?«

»Die hat Edda mitgebracht. Die sind in diesem Jahr sehr früh dran und es gibt sie reichlich.«

»Wo ist sie überhaupt?«

»Mit Ben einkaufen.«

»Hat sich Anna gemeldet?«

»Vorhin hatte ich sie kurz in der Leitung. Sie ist gut angekommen. Es sei so toll bei ihrer Freundin gewesen. Sie wollen das bald wieder machen. Dann bei uns.«

»Von mir aus gerne.«

»Habe ich ihr auch gesagt. Wer ist eigentlich der Tatverdächtige? Im Radio meinten sie nur, es sei ein Bekannter gewesen.«

»Bekannter? Mehr haben sie nicht gesagt?«

»Nein.«

»Das ist natürlich schon interessant. Wer weiß, was die Pressestelle sich dabei gedacht hat. Was ich dir jetzt sage, behältst du aber für dich.«

»Ich habe mich immer daran gehalten …«

»Ich weiß. Die Bezeichnung Bekannter ist nicht falsch, aber ziemlich ungenau. Er ist der Bruder von Sontbergs Freundin.«

»Dann wird die doch mit drin hängen.«

»Könnte man meinen. Dafür gibt es aber derzeit keine Hinweise. Aber noch sind unsere Ermittlungen nicht abgeschlossen. Sie war zum Zeitpunkt der Tat bei ihrer Freundin.«

»Wo wohnt die denn?«

»In Loog.«

»Wie heißt sie?«

»Lena Jeschke.«

»Jeschke, Jeschke …«, wiederholte ihr Vater nachdenklich. Er schüttelte langsam den Kopf.

»Der Name sagt mir nichts. Die wird sicherlich in den letzten Jahren auf die Insel gekommen sein. Eine alteingesessene Familie ist das nicht. Ich kenne keinen, der so heißt. Schade, da kann ich dir nicht helfen.«

Auf einmal wurde es laut auf dem Flur. Ben kam ins Haus gerannt. Er sah seine Mutter und lief in ihre Arme. Sie gab ihm einen Kuss.

»Wie war es in der Schule?«

»Marvin ist ganz doll hingefallen. Seine Knie haben ganz doll geblutet. Er ist mit Herrn Klein zum Arzt gegangen.«

»Hatten die kein Pflaster?«

»Doch, doch. Herr Klein hat Pflaster auf die Knie geklebt, das habe ich gesehen. Aber trotzdem sind sie zum Arzt gegangen. Da kann sonst was ganz Schlimmes passieren. Die Wunde kann sich entzünden, hat Herr Klein gesagt. Überall liegt ja Dreck.«

Eiko holte tief Luft.

»Heute geht man zum Arzt, wenn die Knie bluten. Am besten noch röntgen lassen und Antibiotika verschreiben.«

Er schüttelte verständnislos den Kopf.

»Die Zeiten haben sich geändert«, entgegnete Maike. »Das ist nicht mehr so wie vor fünfzig Jahren. Was meinst du, wie schnell die Eltern heute einen Rechtsanwalt in Marsch setzen. Eine Dienstaufsichtsbeschwerde ist da das Minimum. So ein Rechtsanwalt muss ja etwas tun für sein Geld. Deshalb hätte ich als Lehrerin genauso gehandelt. Du bist einfach auf der sicheren Seite. Jetzt kann niemand dem Mann einen Vorwurf machen. Ist leider so. Auch wenn du prinzipiell recht hast.«

»Komische Zeiten«, grummelte Eiko vor sich hin.

Dann kam Edda in die Küche und stellte ihre prall gefüllten Einkaufstaschen neben den Tisch.

»Das war ein Gedrängel in den Läden.« Sie setzte sich auf die Küchenbank. »Bleibst du zum Essen oder musst du gleich wieder los?«, fragte sie ihre Tochter.

»Das war es für heute. Morgen ist auch noch ein Tag.«

32

Woran es lag, dass sie mehrmals in der Nacht aufgewacht war, wusste sie auch nicht. Aber kurz nach fünf stand Maike auf. Sie war hellwach und ihr war klar, dass es nichts mehr werden würde mit dem Schlaf. Sie machte sich fertig und schrieb ein paar Zeilen für ihre Mutter. Den Zettel legte sie auf den Küchentisch. Auch wenn es gelegentlich zwischen Edda und ihr knirschte, war sie natürlich froh, dass sie auf ihre Unterstützung bauen konnte. Sonst könnte sie nicht um sechs Uhr in der Früh das Haus verlassen, denn Ben war noch zu klein, um für sich alleine zu sorgen.

Im Büro machte sie sich einen Kaffee. Und während die Maschine vor sich hingluckerte, räumte sie ihren Schreibtisch auf. Unter einem der Haufen lag doch tatsächlich eine Anzeige aus der letzten Woche, die noch nicht im System war. Dieser Mord hatte eben alles durcheinandergebracht. Als das erledigt war, stellte sie sich mit einer Tasse Kaffee ans Fenster. Die Straße war menschenleer, um diese Zeit war noch nichts los.

Sie setzte sich wieder an den Schreibtisch und wollte gerade einen Tagesplan erstellen, als das Telefon klingelte. Es war die Nummer der Stadt. Eine Mitarbeiterin des Einwohnermeldeamts war in der Leitung.

»Ich weiß nicht, ob das für Sie von Interesse ist. Ich habe vor einigen Minuten über das Melderegister eine Nachricht aus Hamburg erhalten. Und zwar hat sich eine Frau Danuta Nowack in Hamburg-Harburg mit ihrem Erstwohnsitz angemeldet. Sie hatte auf Juist die gleiche Adresse wie Rudolf Sontberg.«

»Frau Nowack hat Juist verlassen?«

»Vielleicht. Sie kann natürlich noch auf der Insel sein …
Ich soll Sie übrigens von meiner Chefin, Frau Holler, grüßen.
Der hatte ich das nämlich erzählt. Und sie dachte gleich an
Sie.«

»Grüßen Sie sie ganz herzlich von mir. Das ist wirklich eine
sehr interessante Information.«

Maike ließ sich gegen die Lehne fallen. Danuta wollte von der
Insel. Und das, obwohl ihr Freund noch nicht einmal unter
der Erde war. Warum hatte sie es so eilig? Obwohl, dahinter
musste gar nichts Bedeutsames stehen. Vielleicht wollte sie
einfach nicht mehr in einer Wohnung leben, in der ihr Freund
auf so grausame Weise umgebracht worden war. Sie wollte
Abstand gewinnen. So musste man den Umzug wohl einordnen. Vermutlich hätte sie es selbst nicht anders gemacht …
Wovon lebte die Nowack eigentlich? Nur vom Konto ihres
Freundes? Oder arbeitete sie irgendwo?

Das Klingeln des Telefons riss Maike aus ihren Gedanken.
Es war Lommert. Ihr spontaner Gedanke: Wenn der zu so
früher Stunde anrief, dann musste es sehr wichtig sein.

»Hallo, Frau Hansen. Wie geht's?«

Mit allen möglichen Gesprächseinstiegen hatte sie gerechnet, aber nicht mit so einer Frage, die er dann auch noch im
Plauderton stellte. Hatte er nichts zu tun?«

»Ach, ganz gut soweit. Und wie geht es Ihnen?«

»Na ja, Sie wissen ja. Hier ist der Stresslevel schon ein bisschen höher als bei Ihnen … Ist Herr Kulle in der Nähe?«

»Nein. Der schläft seinen Rausch aus.«

»Rausch?«

»Natürlich. Was meinen Sie, wie hier gefeiert und gesoffen
wird …«

Für einen Moment war er nicht zu hören.

»Ach, Sie meinen das sicherlich ironisch.«

»Vielleicht.«

Wieder war die Leitung still.

»Äh … ja … also, ich kann Herrn Kulle jetzt nicht erreichen?«

»Nein, immer noch nicht. Und es kann sein, dass ich ihn erst im Laufe des Tages sehe. Denn ich muss gleich los, zu einem völlig stressfreien Termin.«

»Ach so, Frau Hansen, jetzt verstehe ich das erst. Jetzt seien Sie doch nicht so empfindlich.«

»Ich bin nicht empfindlich. Ich mag es nur nicht, wenn die Arbeit auf den Inseln für weniger wichtig gehalten wird. Und das ist vielen Kollegen vom Festland schon so in Fleisch und Blut übergegangen, die können gar nicht mehr anders, als sich darüber lustig zu machen. Eigentlich wäre es Ihre Aufgabe als Vorgesetzter, mal dagegen etwas zu unternehmen. Stattdessen blasen Sie mehr oder weniger ins gleiche Horn.«

Sie war gespannt, wie er darauf reagieren würde. Oder war sie übers Ziel hinausgeschossen? Diesmal war die Pause wesentlich kürzer.

»So ganz unrecht haben Sie sicherlich nicht. Aber ich habe es noch nie erlebt, dass sich jemand über Ihre Arbeit lustig gemacht hätte …«

»In Ihrer Gegenwart sicherlich nicht. Aber lassen wir das Thema. Soll ich Herrn Kulle etwas ausrichten?«

»Er soll sich bei mir melden … Ich kann es Ihnen auch erzählen, ich will gar kein Geheimnis daraus machen. Wir brauchen ihn hier. Er soll sich noch heute, so schnell es geht, auf den Weg machen. Er soll ein Wassertaxi nehmen. Einen Hubschrauber kann ich nicht schicken; der wird gebraucht. Ein kleines Mädchen wird nämlich seit zwei Tagen vermisst.«

»Ich sag es ihm.«

Nach dem Telefonat stand Maike auf und stellte sich ans Fenster. Ein von zwei Pferden gezogener Tieflader mit Kisten und Kartons fuhr gemächlich vorbei. Vermutlich kam er vom Hafen. Sie dachte an das Gespräch mit Lommert und musste schmunzeln. Die Pferdefuhrwerke auf Juist waren wirklich das Sinnbild für Entschleunigung. Auch deshalb wollte man sie nicht durch Elektrofahrzeuge ersetzen. Sicherlich war das einer der Gründe, warum die Kollegen meinten, auf Juist würde man sich sein Gehalt erschlafen … Dann würde sie mit Ole spätestens ab morgen wieder alleine auf der Insel sein. Sie sah auf die Uhr. Hätte sie Sebastians private Handynummer, könnte sie ihn anrufen. Sie ging zum Schreibtisch, riss einen Zettel vom Notizblock und schrieb:

Anruf von Lommert. Du musst heute wieder nach Aurich, ein Kind wird vermisst. Du sollst ein Wassertaxi nehmen. Der Hubschrauber wird gebraucht. Melde dich bei ihm. Ich bin bei meinem Hotelier. Vielleicht sehen wir uns vorher noch.

Sie überlegte, wie sie die Notiz beenden sollte. Der Zettel lag ja offen auf seinem Tisch, da musste sie schon dienstlich bleiben. Sie entschied sich für

KHKin Maike Hansen

Sie stand schon an der Tür und wollte gehen. Dann dachte sie wieder an ihre Notiz. Nein, so nicht. Sie ging zu Sebastians Tisch, zerknüllte den Zettel und steckte ihn in die Hosentasche. Dann schrieb sie ihn noch einmal, jedes Wort übernahm sie. Nur die letzte Zeile änderte sie. Die ersetzt sie durch *Liebe Grüße Maike*. Damit war sie zufrieden.

33

Maike war sich nicht sicher. Es stand fest, dass der Hotelier sie angelogen hatte. Rasmussen wusste, dass Sontberg ihm minderwertige Diamanten überteuert verkauft hatte. Aber warum hatte er ihr das nicht gesagt? Warum tat er so, als sei mit den Diamanten alles in Ordnung? Hatte er Angst, dass er sich ansonsten verdächtig machen würde? Oder war er vielleicht sogar in den Mordfall verwickelt und hatte deshalb gute Gründe, sich so zu verhalten? Sollte sie ihm ohne Umschweife sagen, was sie wusste? Oder sollte sie ihn durch geschicktes Fragen in Widersprüche verwickeln?

Maike stand vor dem Hotel und hatte immer noch keine Entscheidung getroffen. Was hatte Sebastian vorgeschlagen? Sie sollte sich vor dem Gespräch von einem Juristen aus dem Polizeipräsidium beraten lassen. Vielleicht wäre das wirklich besser gewesen.

»Sie wollen zu Herrn Direktor Rasmussen?«, fragte die Frau an der Rezeption. »Warten Sie, ich rufe ihn an …«

»Sagen Sie ihm, dass es sehr dringend ist; es dauert auch nicht lange.«

Drei Minuten später saß Maike einem demonstrativ missmutig dreinblickenden Hotelbesitzer gegenüber.

»Ich habe Ihnen doch schon alles gesagt. Es war ein hervorragendes Geschäft.«

Sie sah ihn eindringlich an.

»Herr Rasmussen, mir ist zu Ohren gekommen, dass das nicht stimmt.«

»Wer hat Ihnen denn das erzählt? Ich habe zirka dreißig

Prozent gespart.«

»Gut, wenn Sie dabei bleiben, muss ich Ihnen leider sagen, dass die Diamanten farblich aufgebessert wurden. Das wissen Sie auch. Sie haben nach dem Kauf herausbekommen, dass es sich um minderwertige Brillanten handelt.«

»Blödsinn.«

Mehr sagte er nicht, was eine ziemlich schwache Reaktion war. Deshalb fühlte sich Maike bestätigt. Warum sollte sie daran auch zweifeln? Er hatte es am Telefon selbst gesagt. Sie wartete, aber er konnte den Druck, den sie damit aufbaute, aushalten.

»War es das?«

Maike schüttelte den Kopf.

»Nein, Herr Rasmussen. Wir sind erst am Anfang unseres Gesprächs.«

»Ich habe aber keine Zeit.«

»Dann muss ich Sie leider vorläufig festnehmen.«

Sie stand auf.

»Was?«

»Ihr Leugnen muss ich leider so interpretieren, dass Sie in irgendeiner Form in den Mordfall verwickelt sind.«

Rasmussen starrte aus dem Fenster.

»Ich kenne einen Juwelier in Norden, der hat alle Geräte, die man zum Aufspüren von Fälschungen braucht«, fing er auf einmal an, ohne seinen Blick abzuwenden. »Dem habe ich die Brillanten gegeben. Schon zwei Stunden später wusste ich, dass Sontberg mir den letzten Schrott angedreht hat. Aber mit dem Mord habe ich nichts, aber auch gar nichts zu tun.«

Erst als er den letzten Satz beendet hatte, sah er Maike eindringlich an. Sie versuchte, keinerlei Emotionen zu zeigen. Was schwierig war, denn sie hätte einen Freudenhüpfer machen können. Doch jetzt begann der schwierigste Teil der Befragung. Sie setzte sich wieder hin.

»Wann wussten Sie, dass Herr Sontberg Sie betrogen hatte?«

Er nahm seinen Taschenkalender vom Tisch.

»Heute vor zwei Wochen.. Ich habe natürlich sofort Kontakt mit Sontberg aufgenommen. Er tat überrascht und versprach mir, sich der Sache anzunehmen. Zwei Tage später rief er tatsächlich wieder an. Er habe seine restlichen Brillanten untersuchen lassen und sei aus allen Wolken gefallen. Er sei das Opfer eines groß angelegten Betrugs geworden. Er habe herausgefunden, dass es diesen angeblichen Notverkauf aus einer Erbschaft nie gegeben hat. Er meinte dann noch, dass er einen Rechtsanwalt mit der Angelegenheit beauftragen würde. Ich bräuchte mir keine Sorgen zu machen, ich würde mein Geld bis auf den letzten Cent zurückbekommen. Ich habe ihn natürlich gefragt, warum er mir den Betrag nicht zurückzahlen könne. Das würde er gerne, aber er sei derzeit nicht so richtig liquide. Trotzdem würde er mir als Zeichen seines guten Willens 5000 Euro überweisen. Den Betrag bekäme er noch zusammen.« Lachend meinte Rasmussen: »Auf das Geld warte ich heute noch. Keinen Cent hat er mir überwiesen.«

»Haben Sie geglaubt, dass er Opfer eines Betrügers geworden war?«

»Anfangs schon, er machte ja einen seriösen Eindruck. Als aber nicht einmal die 5000 Euro auf mein Konto kamen, war mir klar, dass das alles nur heiße Luft war. Geschwafel eines Betrügers eben.«

»Trotzdem ist es nur eine Vermutung. Sie haben keinen Beweis, dass er Sie bewusst hinters Licht geführt hat.«

»Nein, den habe ich nicht«, sagte er laut. »Aber warum

wollte er mir 5000 Euro überweisen und hat es nicht gemacht?«

»Zumindest ist das ein starkes Indiz.«

»Sehen Sie …«

»Nach dem letzten Telefonat haben Sie nicht mehr versucht, Kontakt mit ihm aufzunehmen.«

»Richtig.«

»Aber Sie hätten ihn doch jederzeit aufsuchen können. Von Ihrem Hotel bis zu seiner Wohnung brauchen Sie keine zehn Minuten. Es ging doch um sehr viel Geld. Warum haben Sie das nicht gemacht?«

»Und was hätte das gebracht?«

»Sie hätten ihm noch einmal deutlich machen können, dass Sie Ihr Geld zurückhaben wollen.«

»Er hätte mir doch nichts anderes als am Telefon erzählt.«

Maike ließ nicht locker.

»Aber es ging um sehr viel Geld. Sie haben für 150.000 Euro Diamanten gekauft. Dann erfahren Sie, dass die nur einen Bruchteil des Betrages Wert sind. Da sind Sie nicht auf den Gedanken gekommen, Sontberg persönlich aufzusuchen? Ganz ehrlich, das will ich Ihnen nicht so richtig abnehmen.«

»Ich war nicht bei ihm«, sagte er laut und jedes Wort betonend. Dann sah er auf die Uhr und stand auf. »Ich muss an die Arbeit. Haben Sie sonst noch Fragen?«

Auch Maike stand auf.

»Vorerst nicht.«

34

Hatte der Kerl etwas mit dem Mord zu tun? Auf dem Weg zur Wache kreiste der Gedanke unaufhörlich durch ihren Kopf. Es ging um mehrere zigtausend Euro, die die Brillanten weniger wert waren. Trotzdem ließ Rasmussen sich vertrösten. War ihm das aus irgendeinem Grund egal? Warum hatte er nicht um sein Geld gekämpft? Warum hatte er nicht alle möglichen Hebel in Bewegung gesetzt, um es zurückzubekommen? Sie hätte es sogar nachvollziehen können, wenn er Sontberg unter Druck gesetzt, ihn körperlich bedroht hätte. Aber er hatte sich mit lauwarmen Versprechungen zufriedengegeben. So verhielt sich kein Geschäftsmann. Nein, das passte nicht. Sein Verhalten war einfach untypisch. Und das musste Gründe haben. Nur welche?

Maike hatte sicherlich schon die Hälfte des Weges zurückgelegt, als sie beim Überqueren einer Straße beinahe von einem rasenden Fahrradkurier mit Anhänger erfasst worden wäre. Sie hatte ihn nicht bemerkt, obwohl er geklingelt hatte. So sehr war sie in ihre Gedanken vertieft. Plötzlich blieb sie stehen. Wie war eigentlich die Bezahlung abgelaufen? Die Frage hätte sie stellen müssen. Hatte er das Geld für die Diamanten überwiesen oder war es bar über den Tisch gegangen? Sie machte auf der Stelle kehrt und ging zurück zum Hotel. Doch sie kam nur bis zur Rezeption. Rasmussen hatte in der Zwischenzeit das Haus verlassen. Wann er wiederkommen würde, konnte man ihr nicht sagen. Sie legte ihre Visitenkarte auf den Tresen.

»Rufen Sie mich bitte an, wenn er wieder im Haus ist. Herr

Rasmussen kann sich natürlich bei mir auch direkt melden. Es ist wirklich dringend. Ich muss ihn heute noch sprechen.«

Schon von Weitem sah Maike, dass die Wache nicht besetzt war. Denn damit man richtig arbeiten konnte, musste sogar tagsüber die Deckenbeleuchtung an sein. Irgendwie war das Büro eine Fehlkonstruktion. Sie setzte sich an den Schreibtisch. Der Zettel, den sie Sebastian geschrieben hatte, war weg. Stattdessen lag dort der Haustürschlüssel für die Wache. Er hätte ihr ja ruhig ein paar Zeilen schreiben können, ging es ihr durch den Kopf. Sie legte den Schlüssel in die oberste Schublade ihres Schreibtischs. Was war das? Unter dem Telefon lugte ein Stück Papier hervor. Es war ihr Zettel. Sie drehte ihn um.

Ich melde mich. Hoffentlich sehen wir uns bald wieder!!
Liebe Grüße Sebastian!

Ein lang andauerndes Lächeln legte sich auf ihr Gesicht. Sie ließ sich gegen die Lehne fallen. Eigentlich wäre eine solche Beziehung gar nicht schlecht. Sie hätte Zeit, ihn in Ruhe kennenzulernen, denn wenn man sich sehen wollte, musste das gut geplant sein. Auch wenn es Luftlinie nur ein paar Kilometer waren, konnten die nicht so schnell überwunden werden. Einfach ins Auto setzen und zehn Minuten später war man zusammen, das ging nicht. Dazwischen lag nun mal das Wattenmeer. Das sorgte auf ganz natürliche Weise für eine entschleunigte Beziehung. Und das empfand sie als sehr hilfreich. So würde sie sehen, wie ernst es ihm war. Bei dem Gedanken musste sie schmunzeln. Vielleicht wollte er einfach nur ein Bier mit ihr trinken, sich mit ihr unterhalten. Vielleicht hatte er ja eine Freundin. Solche sympathischen Männer waren begehrt. Obwohl ... hätte er dann geschrieben *Hoffentlich sehen wir uns bald wieder* und den Satz mit zwei Ausrufezeichen beendet? Sie nahm den Zettel und steckte ihn in ihr Portemonnaie.

Vom Flur kamen Geräusche, jemand war ins Haus gekommen. Maike ging zur Bürotür, die in dem Moment aufging. Es war Ole.

»Eigentlich hatte ich vor, durch Loog zu gehen, aber ich wollte dich erst sprechen. Was liegt denn so an? Wo ist Oberkommissar Kulle?«

»Du bist nicht auf dem Laufenden. Setz dich, ich bringe dich auf den aktuellen Stand.«

Fünf Minuten später war er genau dort.

»Wie geht es nun weiter?«, fragte er.

»Du sichtest die Unterlagen aus Sontbergs Wohnung, das hat Vorrang. Du siehst ja, da steht noch ein Karton. Durch Loog kannst du auch die nächsten Tage gehen. Ich werde jetzt Danuta aufsuchen. Ach, das weißt du noch nicht, sie will unsere schöne Insel verlassen. Das habe ich vom Einwohnermeldeamt. Sie zieht nach Hamburg.«

»So plötzlich?«

Maike nickte.

»Es ist sicherlich nicht falsch, da mal nachzufragen«, sagte sie. »Mir kommt der Umzug auch übereilt vor. Obwohl ich schon nachvollziehen kann, dass sie nicht mehr in der Wohnung bleiben will. Immerhin ist ihr Freund dort auf brutale Weise umgebracht worden.«

35

Es dauerte über eine halbe Stunde, bis Maike vor Sontbergs Wohnung stand. Denn auf dem Weg dorthin wurde sie nicht nur von Geschäftsleuten angesprochen, sondern sie musste auch einen Unfall aufnehmen. Beim Abbiegen hatte ein Pferdekutscher eine Radfahrerin übersehen. Sie war umgekippt und hatte sich am Ellbogen verletzt. Auch das Fahrrad hatte Schrammen abbekommen.

In der Wohnung war jemand, was Maike mit Erleichterung registrierte. Es hörte sich an, als würden Möbel umhergeschoben. Wollte Danuta die mit nach Hamburg nehmen? Aber klar, warum sollte sie sich nicht eigene Sachen angeschafft haben? Maike zog ihre Uniform glatt und klingelte. Die Tür ging auf; vor ihr stand ein hochgewachsener Mann Anfang dreißig mit breitem Kreuz und langem Haar.

»Ich wollte Frau Nowack sprechen.«

»Die ist kurz mal weg; sie holt etwas zu essen. Wollen Sie warten?«

Maike nickte.

»Dann kommen Sie rein. Es geht sicherlich um den Mord.«

»So ist es. Sie helfen beim Umzug?«

»Ja, ein paar Möbel gehören ihr. Es wird gleich noch ein Transportcontainer vors Haus gestellt. Setzen Sie sich doch auf die Couch. Der Mörder ist gefasst worden, habe ich gehört?«

»Der mutmaßliche Täter, um genau zu sein.«

Der Mann stellte sich mit einem Schraubenschlüssel vor einen Hängeschrank.

»Der zum Beispiel muss mit. Den hat sie in einem Antiquitätengeschäft gekauft.«

Maike ließ den Blick durchs Zimmer schweifen. An der rechten Wand klaffte ein Loch. Dort war mal der Tresor, der zersägt vermutlich schon in der Asservatenkammer lag.

»Woher kennen Sie sich, wenn ich fragen darf?«

»Ich bin ein Bekannter ihrer Freundin Lena. Lena Jeschke …«

»Hat Frau Nowack hier auf der Insel eigentlich gearbeitet?«

»Ja, in einem Modegeschäft, ich glaube halbtags. Lena meinte mal, Danuta wollte nicht den ganzen Tag nur herumsitzen und auf Rudolf warten.«

Maike schmunzelte.

»Das glaube ich sofort.«

»Sie wollte auch eigenes Geld haben. Er hat ihr zwar jeden Wunsch erfüllt, aber selbst verdientes Geld ist auch nicht schlecht. Vermutlich mochte sie dieses Gefühl von Abhängigkeit nicht.«

Jemand schloss die Tür auf.

»Das wird sie sein«, sagte der Mann.

Maike stand auf und ging auf den Flur. Danuta zuckte zusammen.

»Erschrecken Sie sich nicht; es ist nichts passiert.«

»Da bin ich beruhigt. Einen Moment …« Mit zwei Pizzakartons ging sie in die Küche. »Daniel, fang schon mit deiner Pizza an«, rief sie.

Dann stand sie wieder vor Maike.

»Was gibt es?«

»Ich habe gehört, dass Sie nach Hamburg ziehen. Gibt es dafür einen konkreten Anlass?«

Danuta blickte sie an, als hätte sie die Frage nicht verstanden.

»Ich will raus aus dieser Wohnung, runter von der Insel. Ich will neu anfangen. Können Sie das nicht verstehen?«

»Doch, durchaus. Mich wundert nur, dass Sie sich so kurz nach dem Tod Ihres Freundes umgemeldet haben. Das geht ja nur, wenn man eine Meldeadresse hat. Woher hatten Sie so schnell eine Wohnung?«

Danuta ging ins Wohnzimmer, ohne auf die Frage zu reagieren.

»Vergiss deine Pizza nicht«, sagte sie zu Daniel.

»Jetzt zerlege ich erst den Schrank. Ich esse die auch kalt. Hauptsache, ich werde satt.«

Sie setzte sich auf die Couch, Maike auf einen Stuhl.

»Haben Sie meine Frage verstanden?«

»Natürlich. Die Wohnung habe ich mir schon vor Wochen gesucht, das war ja nicht der erste Streit mit Rudolf. Ich wäre sowieso nach Hamburg zum Ummelden gefahren. Dieses tragische Ereignis ist wirklich reiner Zufall gewesen.«

Maike zog ihren Notizblock hervor.

»Könnten Sie mir Ihre neue Adresse nennen?«

»Warum wollen Sie die wissen? Der Mordfall ist doch abgeschlossen.«

»Da irren Sie sich. Ihr Bruder sitzt zwar in U-Haft. Damit ist die Aufklärung aber noch lange nicht abgeschlossen. Also …«

»In der Lauterbachstraße 22.«

»Wie lange sind Sie noch auf Juist zu erreichen?«

»Wenn alles klappt, verlasse ich morgen die Insel.«

»Wer ist dann für diese Wohnung zuständig?«

»Ich habe mit seiner Ex-Frau gesprochen; die bekommt den Schlüssel. Sie kümmert sich um alles, hat sie gesagt. Ich glaube, die Wohnung geht an sie. Das haben die wohl im Scheidungsvertrag so geregelt.«

»Das wusste ich nicht.«

»Ich würde jetzt gerne meine Pizza essen, bevor sie ganz kalt wird. War es das?«

Maike nickte. Sie war schon auf dem Wohnungsflur, da fiel ihr noch etwas ein.

»Wo wohnt eigentlich seine Ex-Frau?«

»Das weiß ich nicht. Ich habe nur ihre Telefonnummer.«

»Das würde mich aber schon interessieren. Dann geben Sie mir bitte die Telefonnummer.«

Maike wurde von einem giftigen Blick getroffen. Danuta verschwand im Wohnzimmer und kam mit einem Notizblock zurück. Sie blätterte und nannte ihr die Nummer.

»Null Vier Null?«, fragte Maike erstaunt. »Das ist doch die Vorwahl von Hamburg.«

»Ja, kann sein.« Danuta hatte die Wohnungstür schon aufgemacht. »Bitte gehen Sie. Ich möchte endlich meine Pizza essen.«

Was sollte Maike jetzt machen? Sie ging auf den Hausflur, drehte sich um und meinte:

»Ich glaube, das wird nicht unser letztes Gespräch gewesen sein.«

Danuta sagte nichts und drückte die Tür zu.

36

Maike ging ein paar Meter Richtung Ortsmitte, nachdem sie das Haus verlassen hatte. Vor einem Teegeschäft blieb sie stehen und blickte in die Auslage. Doch die nahm sie gar nicht wahr. Mit ihren Gedanken war sie bei dem Gespräch mit Danuta. Sontbergs Ex-Frau und sie standen also in Kontakt. Aber ging es wirklich nur um den Wohnungsschlüssel? War es Zufall, dass sie nach Hamburg zog? Maike sah auf die Uhr. Sie hatte Hunger, sogar großen Hunger. Trotzdem wollte sie vorher noch den Hoteldirektor aufsuchen. Sie hatte keine Lust, auf seinen Telefonanruf zu warten, der vermutlich sowieso nie kommen würde. Vielleicht war er im Haus. Sie hatte Glück, wie sie an der Rezeption erfuhr.

»Warten Sie, ich frage ihn, ob er Zeit hat …«

Doch Maike wollte nicht warten; sie ging los.

»Ich weiß, wo sein Büro ist«, rief sie.

Dann war sie schon auf den Flur abgebogen und stand vor Rasmussens Büro. Sie klopfte und trat ein. Rasmussen hatte den Telefonhörer in der Hand.

»Ich habe jetzt keine Zeit«, sagte er und schob die Unterschriftenmappe auf das Rätselheft, das vor ihm lag. Maike lächelte ihn an.

»Sie machen auch gerne Kreuzworträtsel? Das ist ein schöner Zeitvertreib. Ich muss gestehen, gelegentlich sehe ich bei der Auflösung nach. Sie auch?«

Rasmussen ging auf die Frage nicht ein.

»Worum geht es? Ich habe doch alle Fragen beantwortet.«

»Das stimmt, aber es sind neue hinzugekommen.«

»Welche?«

»Zum Beispiel die: Wie haben Sie die Diamanten bezahlt?«

Er hob seine Arme. Es sah aus, als wollte er sich ergeben.

»Ja, wie … wie schon … mit Geld natürlich.«

»Ach, wirklich? Das hätte ich nicht gedacht … Machen Sie immer solche Witze? Ich möchte wissen, ob Sie den Betrag auf sein Konto überwiesen haben oder ob Bargeld über den Tisch gegangen ist?«

»Ach so.«

Sein Kopf glühte und Maike freute sich. Mit der Frage hatte sie ins Schwarze getroffen.

Er blies seine Backen auf und ließ die Luft entweichen.

»Ich hatte noch ein bisschen Bargeld. Den Rest habe ich ihm überwiesen.«

Maike zog ihren Notizblock hervor.

»Ich möchte genaue Zahlen haben. Mit vagen Angaben gebe ich mich nicht zufrieden. Und wenn mich Ihre Antwort nicht überzeugt, dann kann ich auch gleich beim Finanzamt anrufen. Um welche Summe ging es?«

»Das habe ich Ihnen doch schon gesagt …«

»Dann nennen Sie mir den Betrag noch einmal.«

»150.000 Euro.«

»Wie war die Aufteilung?«

»Das weiß ich doch jetzt nicht mehr.«

Maike klappte demonstrativ ihren Notizblock zu.

»Gut, wie Sie wollen. Spätestens übermorgen werden Sie Mitarbeiter vom Finanzamt im Haus haben. Und ich befürchte, dass Sie dann für einige Tage, wenn nicht sogar für Wochen oder Monate keine Zeit mehr für Kreuzworträtsel haben werden.«

»Jetzt bleiben Sie hier.« Er klang verzweifelt. »Es war so, ich habe vor einem halben Jahr ein Haus geerbt, von einer Tante. Das war wirklich heruntergekommen. Wir haben es leer geräumt und fanden dabei im Keller, in einer zugemüllten Ecke, einen Tresor. Den habe ich öffnen lassen, da waren 100.000 Euro und etwas über 30.000 DM drin. Die 100.000 Euro hat Sontberg bekommen. Die restlichen 50.000 Euro habe ich ihm überwiesen. Mit den 30.000 DM bin ich am nächsten Tag zur Bundesbank gegangen und habe sie in Euro eingetauscht.« Er zog eine Schublade auf. »Hier, das ist der Beleg. Ist das Steuerhinterziehung?«

»Das kann ich Ihnen nicht sagen. Es gibt je nach Verwandtschaftsgrad Freibeträge. Wie sieht es mit dem Kaufbeleg für die Diamanten aus?«

Wieder beugte er sich über die Schublade, doch diesmal wurde er nicht fündig.

»Der Zettel muss noch in meinem Portemonnaie sein.«

Er stand auf, ging zu der am Kleiderständer hängenden Jacke. Doch auch im Portemonnaie fand er den Beleg nicht. Er stand da, Schweißperlen glänzten auf seiner Stirn.

»Ich habe heute Morgen meinen Schreibtisch aufgeräumt …« Er überlegte. »Das war so ein kleines unscheinbares Stück Papier. Warten Sie.« Er kniete sich vor den Mülleimer und sah sich jeden Papierfetzen an. »Ich wusste es doch.«

Erleichtert hielt er ihr ein zerknittertes Stückchen Papier hin.

»Machen Sie mir bitte davon eine Kopie und dann sind Sie mich los. Zumindest vorerst.«

»Habe ich mich irgendwie strafbar gemacht?«

»Das kann ich Ihnen nicht sagen. Mit diesem ganzen Thema kenne ich mich nicht aus. Reden Sie mit Ihrem Steuerberater, der sollte es wissen.«

37

»Kommst du auch endlich wieder. Wo warst du solange?«

Ole rollte mit dem Bürostuhl ein wenig nach hinten.

»Erst bei Danuta, dann bei meinem Hotelier. Und jetzt habe ich Hunger. Das fiel mir aber erst wieder ein, als ich schon die Wache im Blick hatte. Deshalb will ich gleich wieder weg. Hast du schon was gegessen?«

»Natürlich. Aber ich könnte jetzt einen Kaffee gebrauchen.«

»Dann komm mit. Bist du schon auf etwas Neues gestoßen?«

»Ich bin gerade beim Schriftverkehr zwischen den Anwälten.«

Er tippte auf die Unterlagen.

»Das ist gut. Mich interessiert insbesondere, was seine Ex-Frau erbt. Du wirst es nicht glauben, aber die wohnt in Hamburg. Das habe ich vorhin von Danuta erfahren. Und sie zieht auch dorthin.«

»Du sagst das so komisch. Das wird doch Zufall sein.«

Maike zuckte mit den Schultern.

»Ja, vielleicht … Jetzt komm, ich habe Hunger. Wir können danach am Hafen eine Runde drehen, dann zeige ich dir Sontbergs Yacht.«

Nachdem Maike sich in der Juister Auster ein Fischbrötchen geholt hatte und Ole einen Café to Go, bogen sie Richtung Hafen ab.

»Das nächste Schiff fährt also erst morgen früh«, sagte Ole.

Sie standen vor der großen elektronischen Anzeige neben

dem Gebäude der Reederei. Es war ruhig. Außer ihnen waren nur einige Spaziergänger unterwegs. Maike biss in ihr Brötchen und drehte sich um.

»Hier begann das Drama.« Sie blickte zu der Stelle, wo der Gepäckcontainer mit dem tropfenden Koffer stand.

»Wie lange ist das jetzt her?«, fragte Ole.

»Heute ist Dienstag. Am Freitag wurde er gefunden.«

»Ich finde, dafür haben wir schon recht viel auf die Beine gestellt. Immerhin sitzt der mutmaßliche Täter in U-Haft.«

»Die Betonung liegt wirklich auf mutmaßlich«, sagte Maike und schob sich das letzte Stück Brötchen in den Mund. »Komm, ich zeige dir Sontbergs Yacht; sie ist wirklich nicht zu übersehen.« Die Liegeplätze auf beiden Seiten des Hauptstegs waren alle belegt. »Das ist sie; zwanzig Meter hat die doch sicherlich.«

Ole zeigte sich beeindruckt.

»Die würde ich gerne geschenkt nehmen«, meinte er. »Obwohl, man darf die Kosten für den Unterhalt nicht vergessen. Na gut, dann lasse ich sie mir nicht schenken. Könnte man ja auch für Bestechung halten.«

Maike lachte und kletterte aufs Deck. Ole blieb stehen.

»Komm rüber«, rief sie ihm zu.

»Meinst du?«

»Ole, wir sind im dienstlichen Auftrag hier. Da können wir uns die Yacht auch näher ansehen.«

Wie schon bei ihrem ersten Besuch hockte sie sich vor eines der Bullaugen und blickte ins Innere.

»Was ist denn hier passiert?«, rief sie plötzlich. »Jemand hat die Kabine verwüstet.« Sie blickte durch das Bullauge nebenan. »Die ganze Inneneinrichtung ist demoliert worden. Sieh dir das an.«

Erst jetzt kletterte Ole auf das Schiff und starrte ins Innere. Maike stand auf.

»Da müssen wir rein.«

Sie ging aufs Deck und suchte den Eingang nach unten. Ole folgte ihr.

»Hier geht es runter«, sagte sie.

Schon auf dem Gang, von dem die Kabinen abgingen, sah es chaotisch aus. Ein Großteil der Deckenverkleidung war heruntergerissen worden. Maike drückte eine angelehnte Tür mit der Schulter auf.

»Was für ein Chaos. Hier hat jemand etwas gesucht. Nur was?«

Auch in der Kabine baumelten Kunststoffplatten von der Decke, die von verbogenen Metallleisten gehalten wurden. Einige Platten waren ganz heruntergerissen worden und lagen auf dem Boden oder dem zerwühlten Bett. Mehrere Dielen waren ebenfalls herausgebrochen worden.

»Was haben die bloß gesucht?«

Sie stellte sich in eine Ecke und fotografierte mit ihrer Handykamera die Zerstörungen.

»Du bist dir sicher, dass erst nach deinem ersten Besuch so herumgewütet wurde?«

»Ich habe nur von außen durch die Bullaugen gesehen«, sagte Maike, während sie auch aus anderen Perspektiven fotografierte und filmte. »Aber das hätte ich bemerkt. Mir fielen sogar die sorgsam gemachten Betten auf.«

»Hm … Und was machen wir nun? Wir können doch nicht schon wieder die Kollegen von der Kriminaltechnik einfliegen lassen. Die zeigen uns doch einen Vogel.«

Maike steckte ihr Handy ein und sah ihrem Kollegen tief in die Augen.

»Ole, was die denken, interessiert mich nicht. Klar, könnten wir das auch machen. Wir haben sogar die Ausrüstung. Ginge es nur um einen klassischen Einbruch, würde ich dir sofort zustimmen. Aber die Yacht gehörte jemandem, der umgebracht wurde. Das ist der Unterschied. So, und jetzt rufe ich sie an.«

»Willst du nicht erst mit Lommert sprechen? Ich meine, er leitet immerhin die Mordkommission.«

Ein listiges Grinsen legte sich auf ihr Gesicht.

»Natürlich rufe ich ihn an. Aber erst setze ich die Kriminaltechniker in Bewegung.«

»Maike, ich weiß nicht. Du wirst Ärger kriegen.« Er fuhr sich mit der Hand übers Gesicht. »Du weißt genau, dass das die falsche Reihenfolge ist.«

»Reihenfolge hin oder her. Ich habe keine Lust, den ganzen Tag die Yacht nach Spuren abzusuchen, nur weil Lommert meint, das könnten wir auch machen. Und zum Schluss muss ich mir anhören, dieses oder jenes nicht beachtet zu haben. Damit würde er vielleicht sogar recht haben. Uns fehlt nun mal die Routine.« Sie schüttelte den Kopf. »Die Gefahr, dass es so kommt, ist mir einfach zu groß. Wozu haben wir unsere Experten? Das sollen die mal machen.«

38

Am nächsten Morgen stand Maike um halb acht am Anleger und wartete auf den Helikopter. Sie hatte zuvor mit dem Piloten gesprochen, nachdem er gestartet war. Eigentlich rechnete sie, seit sie gestern mit der Leiterin der Kriminaltechnik den heutigen Termin ausgemacht hatte, jederzeit mit einem Anruf von Lommert. Den hatte sie nämlich noch nicht informiert. Bis jetzt war es ruhig geblieben. Was vielleicht auch daran lag, dass die Pohlstrasser ebenfalls nicht mit ihm gesprochen hatte. Das brauchte sie auch nicht; als Leiterin der Kriminaltechnik musste sie ihn nicht um Erlaubnis fragen. Offiziell wusste Lommert also von nichts. Nicht einmal auf dem kleinen Dienstweg hatte er etwas mitbekommen, das war nämlich Maikes Befürchtung gewesen. Sie freute sich über ihren Coup.

Zwanzig Minuten später schwebte die blau-weiß lackierte Maschine mit ohrenbetäubendem Lärm über der Landefläche und setzte behutsam auf. Es dauerte noch ein paar Minuten, dann kletterte eine Frau mit einem großen, schwarzen Koffer aus der Maschine. Es war Oberkommissarin Mia Grantel, die sich schon um den Tresor in Sontbergs Wohnung gekümmert hatte.

»Sie haben wohl ein Abonnement für die Insel«, sagte Maike auf dem Weg zum Yachthafen. »Eigentlich hatte ich mit zwei Kollegen gerechnet.«

»Das war auch so vorgesehen; Frau Pohlstrasser wollte ursprünglich mitkommen. Aber heute Morgen ist das vermisste Mädchen gefunden worden, es wurde erdrosselt. Die Kleine lag hinter einem Gebüsch, zweihundert Meter vom Elternhaus entfernt. Höchstwahrscheinlich ist es ein Sexualdelikt.«

»Das ist ja unglaublich … das arme Kind … und die Eltern. In deren Haut möchte ich nicht stecken«, sagte Maike sichtlich aufgewühlt. »Wer macht bloß so was …«

»Die haben einen Onkel in Verdacht, hat mir ein Kollege vorm Abflug erzählt. Der hat bereits wegen des Besitzes von kinderpornografischem Material vor Gericht gestanden … Na ja, jetzt werden die Kollegen am Tatort gebraucht. Aber mir ist das egal, ich arbeite gerne alleine vor mich hin. Die Pohlstrasser weiß das, deshalb hat sie mich vermutlich auch geschickt. Hauptsache, ich habe gute Musik im Ohr, dann geht das schon. Auch wenn ich den ganzen Tag auf dem Schiff bin, habe ich damit keine Schwierigkeiten.«

»Das ist sie.«

»Was für ein Prachtexemplar. Wie heißt sie?« Mia beugte sich nach vorne und begann laut zu lachen. »Das passt doch.«

Jetzt sah auch Maike zum Rumpf.

»*Diamonds forever.* Der Sontberg hatte wirklich Humor. Und nun sind ihm vermutlich Diamanten zum Verhängnis geworden. Dann gucken wir uns das mal an.«

Maike betrat die Treppe, die nach unten führte und blieb nach einigen Stufen stehen.

»Hier war wieder jemand.« Sie zeigte auf einen weißen Fleck. »Der ist neu. Da bin ich mir hundertprozentig sicher.«

Die Kriminaltechnikerin trat zu ihr.

»Ich würde mich nicht wundern, wenn das Rauschgift ist. Das sieht nach Kokain aus. Warten Sie, das interessiert mich jetzt auch.« Mia holte eine Ampulle aus ihrem Koffer. »Das ist ein Schnelltest. Wenn es sich um Kokain handelt, erfolgt eine Farbänderung von weiß über blassrosa nach türkis bis hellblau.«

Sie öffnete das Glasröhrchen, gab mit einem Spachtel etwas

Pulver in die Testflüssigkeit und verschloss es wieder. Dann schüttelte sie das Röhrchen. »Jetzt bin ich gespannt.« Nach einer halben Minute hielt sie es hoch und die Farbe änderte sich wie von ihr vorhergesagt.

»Kokain also, der Fall wird ja immer komplexer«, meinte Maike, während die Kollegin einen Zettel beschriftete und auf die verschlossene Ampulle klebte.

»Im Labor sehen sich die Kollegen noch die genaue Zusammensetzung an. Manchmal kann man herausbekommen, woher das Rauschgift stammt. Aber für Sie reicht unser Test allemal.«

»Dann lasse ich Sie jetzt alleine. Melden Sie sich, wenn was ist.«

Auf dem Weg zur Wache kreisten Maikes Gedanken nur um die Yacht. Wer hat dort nach Rauschgift gesucht und ist sogar fündig geworden? Das konnte nur jemand gewesen sein, der wusste oder zumindest ahnte, dass auf der *Diamonds forever* so etwas zu finden war. Maike sah auf ihr klingelndes Handy. Musste der jetzt anrufen? Es war Lommert und es ging natürlich um die Anforderung der Kriminaltechniker; er hatte es also mitbekommen. Sie hörte sich geduldig an, was er zu sagen hatte. Sie hätte ihn fragen und den Dienstweg einhalten müssen. Aber er sagte nicht, dass ihr eigenmächtiges Verhalten irgendwelche Konsequenzen haben würde, was sie beruhigt zur Kenntnis nahm.

»Ich hätte das nicht genehmigt. Das hätten Sie genauso gut hinbekommen. Sie haben auf der Insel alles, was man zur Sicherung von Spuren braucht ... Ach, jetzt verstehe ich das erst. Sie hatten dazu keine Lust. Und sicherlich ahnten Sie, wie ich reagiert hätte ... Natürlich, deshalb haben Sie so ein Geheimnis darum gemacht. Stimmt's?«

Maike sagte nichts, obwohl ihr ein *Ja* auf der Zunge lag. Aber das verkniff sie sich. Ihr war einfach nicht nach einer Diskussion. Schon gar nicht mit Lommert. Nachdem er seine Kritik mindestens zweimal wiederholt hatte und eine Pause zum Luftholen machte, sagte sie:

»Die Kriminaltechnikerin hat Spuren von Kokain gefunden.«

»Ach.« Dann wurde es mehrere Sekunden lang ruhig in der Leitung. Erst dann fragte er: »Ist sie sich sicher oder vermutet sie das nur?«

»Das ist keine Vermutung, ein Schnelltest hat das zweifelsfrei ergeben. Den hätten wir übrigens nicht machen können.«

»Jetzt versuchen Sie nicht noch, Ihre eigenmächtige Entscheidung zu rechtfertigen. Dann hätten Sie das eben ein oder zwei Tage später erfahren.«

Wenn die Stimmung zwischen ihm und ihr schon so schlecht war, dann konnte sie auch noch eins daraufsetzen. Es war die Gelegenheit, diesen Gedanken endlich auch ihm gegenüber deutlich auszusprechen.

»Herr Lommert, ich bin mir mittlerweile absolut sicher, dass wir den falschen Tatverdächtigen in U-Haft gesteckt haben.«

Wobei sie ganz bewusst *wir* sagte, weil sie hoffte, damit seine Reaktion ein wenig abzumildern. Doch ihre Hoffnung wurde enttäuscht.

»Sie sind sich also absolut sicher, so, so. Nur weil einer auf der Yacht herumgewütet hat, sind Sie sich absolut sicher, dass Stanislav Nowack der Falsche ist. Wir haben den Mörder. Punkt. Im Zweifelsfall entscheide das immer noch ich und nicht Sie. Es gibt keinen Grund, meine Entscheidung infrage zu stellen. Punkt. Suchen Sie nach Helfern und Hintermännern, das habe ich Ihnen schon mehrmals gesagt. Die wird es geben und die müssen Sie finden.«

Dann hörte sie ein Knacken in der Leitung; er hatte aufgelegt. Sie konnte sich ein Schmunzeln nicht verkneifen. Das hatte sie überstanden. Na, wenn es nicht mehr war.

39

In der Wache ging es in der nächsten halben Stunde nur um den Rauschgiftfund.

»Aber wie hängt der Mord mit dem Kokain zusammen?«, fragte Ole. »Hängen die beiden Themen überhaupt miteinander zusammen? Bisher ging es nur um Geld und Diamanten. Jetzt ist noch Rauschgift im Spiel ...«

Maike hatte sich vor Oles Schreibtisch gesetzt.

»Es gäbe schon eine gemeinsame Klammer«, sagte sie nach einer Weile. »Ob Diamanten oder Rauschgift, es geht um kriminelle Geschäfte. Sontberg als Diamantenhändler zu bezeichnen, ist ja nie ganz richtig gewesen. Hat er überhaupt jemals saubere Geschäfte gemacht? Wir kennen ihn nur als Kriminellen, so muss man es wohl sehen. Seiner Freundin hat er das natürlich verheimlicht. Sie weiß bis heute nicht, dass Sontberg mit minderwertigen Diamanten gehandelt hat.«

»Und jetzt hat jemand auf seiner Yacht etwas gesucht und Rauschgift gefunden. Das wird kein Zufall gewesen sein.«

»Er ist gefoltert worden. Man wollte etwas aus ihm herauspressen. Vielleicht ging es ja gar nicht um Diamanten, sondern um Rauschgift.« Maike sah aus dem Fenster. »Warten wir doch erst einmal ab, was die Kollegin noch so entdeckt ... Du kämpfst dich tapfer durch den Briefverkehr der Rechtsanwälte?«

»Ich bin mittlerweile ein Fachmann in der Scheidungssache Sontberg gegen Sontberg. Auf der linken Seite siehst du den Schriftwechsel zwischen den Anwälten. Das ging lange hin und her. Zum Schluss siegte die Vernunft und es kam zu einer einvernehmlichen Scheidung.«

»Ja, ich kenne das alles aus eigener Erfahrung.«

»Lief das bei euch ähnlich ab?«

»Nein. Meinem Ex schwebten Dinge vor … unglaublich. An eine einvernehmliche Scheidung war nicht zu denken. Mein Anwalt hat mir dann empfohlen, die strittigen Fragen vor Gericht klären zu lassen. Das war auch gut so. Zurück zu unserem Fall? Bist du auf etwas gestoßen, was uns weiterbringen könnte?« Er nickte langsam und bedeutsam. »Jetzt mach es nicht so spannend.«

Ole legte ihr einen Brief hin.

»Sieh dir mal die Adresse seiner Ex-Frau an. Ich meine die Straße.«

»Lauterbachstraße 24.« Sie stutzte. Dann riss sie die Augen auf. »So heißt doch die Straße, in die Danuta gezogen ist.«

»Dann hatte ich den Namen richtig in Erinnerung. Hast du die Hausnummer?«

Sie blätterte in ihrem Notizblock.

»Das ist die 22.«

»24 und 22. Ist das Zufall?«, fragte Ole.

»Natürlich nicht. Einen solchen Zufall gibt es nicht. Warum zieht Danuta in die Nachbarschaft dieser Frau? Ruf sie an und sprich mit ihr.«

»Meinst du, dass das sinnvoll ist? Was ist, wenn die beiden etwas mit dem Mord zu tun haben …«

»Du hast recht. Nein, das war ein dämlicher Vorschlag. Wir würden sie im Zweifelsfall nur aufscheuchen.«

»Es kommt nämlich noch etwas anderes hinzu.« Ole reichte ihr eine Kopie. »Das ist die Lebensversicherung, die zugunsten seiner Ex-Frau abgeschlossen wurde. Sie beläuft sich, jetzt halte dich fest, auf eine halbe Million Euro. Den Betrag bekommt sie im Falle seines Todes.«

Maike las den Text mit ausdruckslosem Gesicht und legte die Kopie auf den Tisch. Für einen kurzen Moment schloss sie die Augen.

»Sind 500.000 Euro ein Grund, jemanden umzubringen?«

»Die Frage habe ich mir auch gestellt. Natürlich ist das viel Geld …«

»Aber warum zieht Danuta in ihre Nähe? Ich muss die Frau aufsuchen.«

»Du willst nach Hamburg? Der Lommert hält dich doch für verrückt; das wird er nie erlauben.«

»Deshalb frage ich ihn auch nicht. Ich feiere ein paar Überstunden ab. Davon habe ich mehr als genug. Und dann sondiere ich mal ganz unverbindlich die Lage in der Lauterbachstraße. Du weißt doch, Polizisten sind immer im Dienst.«

40

Um 11.36 Uhr bestieg Maike am nächsten Tag in Norddeich-Mole den IC 2203 nach Emden. Nach einem weiteren Umstieg in Bremen kam sie um kurz nach fünfzehn Uhr in Hamburg an. Was für eine Weltreise. Auf jeden Fall musste sie heute noch die letzte Verbindung nach Norddeich bekommen. In einem Hotel in der Nähe des Hafens hatte sie ein Zimmer reserviert, um am nächsten Morgen das Schiff nach Juist nicht zu verpassen.

Sie hatte sich bewusst einen farbenfrohen Rock angezogen und ein helles Jackett. Zum einen, weil es heute bis zu fünfundzwanzig Grad warm werden sollte und zum anderen, um das Gespräch nicht so dienstlich erscheinen zu lassen.

Sie nahm ein Taxi und stieg zehn Minuten später in der Lauterbachstraße aus. Es war ein langes Haus mit einer roten Klinkersteinfassade. Ein paar Meter musste sie noch gehen, dann hatte sie den Eingang mit der Hausnummer 24 erreicht. *Sonja Sontberg* stand auf der Klingel. Es war die Wohnung rechts unten. Die Balkontür war angelehnt, das war ihr aufgefallen. Sie klingelte und die Tür ging auf. Eine hochgewachsene Frau mit strohblondem Haar und wachem Blick stand vor ihr. Maike schätzte sie auf Mitte, Ende vierzig.

»Maike Hansen, Kripo Juist.« Sie zeigte ihr den Dienstausweis. »Sind Sie Frau Sonja Sontberg?«

»Das bin ich.«

»Könnte ich Sie kurz sprechen?«

»Worum geht es?«, fragte sie, ohne sich vom Fleck zu rühren.

»Ich möchte mich mit Ihnen ungern auf dem Flur darüber

unterhalten.«

Einen Moment zögerte Sontberg noch, dann trat sie zur Seite.

»Kommen Sie rein.«

Sonja Sontberg führte sie ins Wohnzimmer. Maike setzte sich auf einen Stuhl, sie selbst ließ sich auf dem Sofa nieder. Das Zimmer war sehr geräumig, auf einem langen Sideboard standen der Fernseher, eine Stereoanlage und etliche Katzenfotos.

»Es geht um ihren Ex-Mann.«

»Das weiß ich doch schon längst. Er ist tot. Jetzt sagen Sie nicht, dass Sie nur deshalb diesen weiten Weg auf sich genommen haben.«

»Natürlich nicht ... Von wem haben Sie denn das erfahren?«

»Von Frau Nowack.«

»Sie halten einen erstaunlich engen Kontakt zu ihr ... «

»Wie kommen Sie darauf? Und wenn es stimmen würde, was wäre daran so erstaunlich?«

»Immerhin hat Ihr Ex Sie wegen dieser Frau verlassen.«

»Wer hat Ihnen denn das erzählt? Ich habe es mit ihm nicht mehr ausgehalten. Er hat mich geschlagen, deshalb habe ich die Scheidung eingereicht. Da spielte Danuta noch gar keine Rolle. Die haben sich erst nach der Scheidung kennengelernt. Wie auch immer, sie ist nicht der Trennungsgrund gewesen. Wirklich nicht.«

»Okay, trotzdem möchte ich wissen, wann und wie Sie vom Tod Ihres Ex-Mannes erfahren haben.«

Sontberg spitzte nachdenklich ihren Mund.

»Heute ist Donnerstag ... Das war letztes Wochenende. Warten Sie, ich muss meinen Kalender zurate ziehen.«

Sie stand auf und ging auf den Flur.

»Es war der Sonntag«, rief sie und setzte sich wieder auf die Couch. »Ich war nämlich tagsüber bei einer Freundin und abends rief Danuta an.«

»War das der einzige Grund für den Anruf?«

»Nicht ganz. Sie hatte mir vor einigen Wochen erzählt, dass sie nicht mehr mit Rudolf zusammenwohnen wolle. Sie wollte weg von ihm. Was ich natürlich nachvollziehen konnte. Mit diesem Mann hielt man es wirklich nicht lange aus.«

»Wie lange waren Sie mit ihm verheiratet?«

»Fast fünfzehn Jahre. Sie wundern sich?«

»Ja.«

»Er hat sich erst in den letzten Jahren zu seinem Nachteil entwickelt.«

»Wussten Sie eigentlich, womit er sein Geld verdient? Soweit wir wissen, hat er schon in vielen Branchen Erfahrungen gesammelt.«

»Das haben Sie schön ausgedrückt. Erfahrungen gesammelt … Um ehrlich zu sein, mich hat das nie so richtig interessiert. Zu meiner Zeit war er dick im Immobiliengeschäft tätig. Insbesondere in den neuen Bundesländern ist er immer wieder gewesen. Ich glaube, dort hatte er auch eine Geliebte. Aber das nur am Rande. Als das dann nicht mehr so richtig lief mit den Immobilien, hat er den Handel mit Gold entdeckt. Ich habe das zwar nie verstanden, wie er an billiges Gold gekommen ist, denn der Goldpreis liegt ja fest. Ich glaube, das war nicht alles legal, was er so trieb. Ich habe einfach nicht nachgefragt. So genau wollte ich es gar nicht wissen.«

»Ihr Ex-Mann hatte eine Lebensversicherung über eine halbe Million Euro für Sie abgeschlossen, die wird jetzt fällig.«

»Ich weiß. Die Versicherung wartet nur noch auf den Totenschein.«

Maike wunderte sich, wie emotionslos die Frau sprach. Als seien ihr diese Sätze schon oft durch den Kopf gegangen, als hätte sie sie einstudiert.

»Weiß die Versicherung, wie Ihr Ex-Mann ums Leben gekommen ist?«

»Sicher. Und ich habe dem Sachbearbeiter gesagt, dass die Polizei den Täter gefunden hat …«

»Den mutmaßlichen Täter«, warf Maike dazwischen.

»Von mir aus den mutmaßlichen Täter. Jedenfalls hat er sich das notiert. Trotzdem hat er mir versprochen, bei Vorlage des Totenscheins die Versicherungssumme auszuzahlen.«

»Noch mal zu Frau Nowack. Sie wollte weg von ihm. Und da konnten Sie ihr helfen?«

»Richtig. Ich habe ihr mal erzählt, dass sie jederzeit in eine meiner Wohnungen einziehen kann. Mir gehören nämlich einige im Haus nebenan. Die sind alle bis auf eine vermietet. Die Wohnung ist möbliert, da kann man jederzeit einziehen.«

»Wann haben Sie erfahren, dass Frau Nowack einziehen will?«

»Ungefähr eine Woche vor Rudolfs Tod. Danuta war mal wieder vor ihm geflohen und bei ihrer Freundin untergekommen.«

»Wissen Sie, ob sie zu Hause ist?«

»Klingeln Sie. Ich kann Ihnen das nicht sagen, wir telefonieren doch nicht täglich miteinander. Ich weiß, dass sie noch einmal auf die Insel wollte, ein paar Sachen holen, die sie bei ihrer Freundin untergestellt hatte.«

»Wann waren Sie das letzte Mal auf Juist?«

»Ach, das ist schon ein paar Monate her.«

»Haben Sie auf Juist gewohnt? Ich meine, als Sie noch verheiratet waren?«

»Zeitweise. Mal in Hamburg, mal auf Juist. Wir sind immer geflogen, da ging das. Mit der Fähre bin ich noch nie gefahren; da laufen mir viel zu viele Leute herum.«

41

Maike brauchte nicht weit zu gehen, die nächste Haustür war nur ein paar Meter entfernt. Danuta wohnte wie ihre Vermieterin im Erdgeschoss. Die Haustür war nur angelehnt. Sie drückte sie auf und ging eine halbe Treppe nach oben. *D. Nowack* stand auf dem Türschild. Sie klingelte und lauschte.

»Ich muss auflegen, das wird sie sein«, flüsterte ein Frau.

Es war Danuta. Maike musste grinsen. Der Kontakt zwischen den Frauen war mit Sicherheit enger, als Sonja ihr weismachen wollte.

»Einen Moment«, rief sie. »Ich komme gleich. Ich muss mir nur etwas anziehen.«

Komisch. Um diese Uhrzeit war man doch schon längst angezogen. Eine Tür wurde zugeschlagen, dann war es ruhig. Maike wartete, sie sah auf die Uhr. Mindestens zwei Minuten waren bereits vergangen. Das wurde ihr jetzt doch zu dumm. Sie klopfte an die Tür.

»Frau Nowack, könnten Sie bitte aufmachen?«

Eine Zimmertür wurde geöffnet und wieder geschlossen. Dann ging die Wohnungstür auf. Danuta stand im Bademantel vor ihr.

»Ach, Sie sind es?«

Ihre schauspielerischen Fähigkeiten hielten sich in Grenzen.

»Das wussten Sie doch. Frau Sontberg hat Sie doch gerade angerufen.« Ihr Gesicht wurde rot, aber sie sagte nichts. »Kann ich reinkommen?«

Danuta hielt ihr die Tür auf.

»Wir können uns in die Küche setzen«, krächzte sie, denn

ihre Stimmbänder waren vor Schreck trocken geworden. »Wollen Sie etwas trinken?«

»Wenn Sie ein Glas Wasser haben, gerne.«

Sie ging an den Küchenschrank und holte zwei Gläser, die sie zusammen mit einer Mineralflasche auf den Tisch stellte. Ihre Hände zitterten. Vermutlich war das auch der Grund, warum sie zwar die Flasche öffnete, aber nicht eingoss.

»Worum geht es?«

»Eigentlich weiß ich schon alles, Frau Sontberg war sehr gesprächig.«

»Aha«, sagte sie und ließ ein nervöses Nicken folgen.

Maike nahm die Flasche und füllte ihr Glas zur Hälfte.

»Soll ich Ihnen auch etwas eingießen?«

»Ja … Aber dann gibt es doch gar keinen konkreten Anlass, warum Sie zu mir gekommen sind?«

»Das ist richtig. Da ich nun schon hier bin, dachte ich mir, dass ich auch bei Ihnen vorbeischauen könnte …« Plötzlich streckte Maike den Kopf hoch. »Was war das für ein Quietschen?«

»Da hat nichts gequietscht«, beeilte sich Danuta zu antworten.

»Frau Nowack, das hörte sich an, als hätte jemand die Tür eines Schranks verschlossen. Ich kenne das Geräusch. Alte Möbel haben manchmal die Angewohnheit, solche Töne von sich zu geben.«

»Nein, nein, da war nichts.«

Ihr Gesicht nahm wieder rote Farbe an.

»Kann es sein, dass Sie nicht alleine sind?«

»Ich kann doch wohl in meine Wohnung holen, wen ich will«, sagte sie laut und stellte sich hin.

»Natürlich können Sie das. Aber warum brüllen Sie so?«

Maike stand auf und lauschte. Da war wieder ein Geräusch. Na klar, jemand hatte vorsichtig die Wohnungstür zugezogen. Sie lief auf den Flur und riss sie auf. Sie sah zur Haustür, die jemand Sekunden vorher geöffnet haben musste, denn sie war noch nicht wieder ins Schloss gefallen. Mit zwei großen Schritten war Maike unten und zog die Tür mit Schwung auf. Da vorne lief jemand; es war eine Frau und sie war nicht sehr sportlich. Sekunden später packte Maike die Unbekannte am Arm.

»Einen Moment, nicht so schnell.«

Ihre Blicke trafen sich.

»Sie?«, fragte Maike verwundert.

42

»Warum sind Sie weggelaufen, Frau Jeschke?«, fragte Maike.

Statt zu antworten, griff sie zur Wasserflasche.

»Warte, ich hol dir ein Glas«, sagte Danuta.

»Danke.«

»Ich warte immer noch auf eine Antwort.«

»Ich wollte nicht, dass Sie mich hier sehen.«

»Warum wäre das so schlimm gewesen?«

»Ich wollte es halt nicht.«

»Das ist aber eine komische Antwort.«

Lena sagte nichts, aber Maike ließ sich nicht abschütteln.

»Es ist doch nicht ungewöhnlich, dass sich Freundinnen besuchen. Ich frage mich, warum Sie so ein Drama daraus machen. Man könnte fast meinen, Sie hätten etwas verbrochen oder wollten etwas verheimlichen.«

Jetzt meldete sich Danuta.

»Hier will niemand etwas verheimlichen. Lena hilft mir beim Umzug.«

»Und warum sagt sie mir das nicht?« Maike blickte zu ihrer Freundin. »Ich hatte bei unserer ersten Begegnung nicht den Eindruck, dass Sie besonders schüchtern sind.«

Sie zuckte mit den Schultern und schwieg.

Maike sah auf ihr Handy.

»Sie haben Glück, ich muss los, sonst verpasse ich den nächsten Zug. Wann fahren Sie wieder nach Juist?«

»Weiß ich noch nicht«, sagte Lena. »Morgen oder übermorgen, mal sehen.«

Auf dem Weg zum Bahnhof schwirrten ihr so viele Gedanken

durch den Kopf, dass sie sich am liebsten in ein Café gesetzt hätte, um zur Ruhe zu kommen. Aber da sie morgen früh auf die Insel wollte, musste sie heute noch ihr Hotel in Norddeich erreichen. Juist war eben eine sehr spezielle Insel.

Da hatte sich Danuta also wenige Tage vor dem Tod ihres Freundes an dessen Ex-Frau gewandt und umgehend eine Wohnung bekommen. Aber warum stand sie leer? Die Sontberg hätte doch bei diesem angespannten Wohnungsmarkt die Zimmer mit Leichtigkeit vermieten können. Am liebsten wäre Maike umgekehrt, um ihr diese Frage zu stellen. Aber das ging nicht, sie durfte den Zug nicht verpassen. Und dann Lena. Warum war sie weggelaufen? Eine überzeugende Antwort hatte sie nicht bekommen. Aber wovor hätte sie Angst haben können? Sie hatte mitbekommen, wer in die Wohnung gekommen war. Sie musste also befürchtet haben, dass ihr Fragen gestellt werden, die sie nicht beantworten konnte oder wollte. Nur welche? Es war zum Verzweifeln. Da waren drei Frauen, die, so schien es, durch Sontbergs Tod zusammengerückt waren. Oder war es mehr als das? Maike dachte an ihr erstes Zusammentreffen mit Danuta und Lena in der Polizeistation. Sie dachte an die nicht enden wollenden Tränen, die Danuta vergossen hatte. War das damals der Startschuss gewesen für eine perfekte Inszenierung, auf die sie bisher hereingefallen war?

43

Am nächsten Morgen war Maike um zehn Uhr in der Polizeistation. Aber wo war Ole? Vermutlich unterwegs, dachte sie. Sie zog ihre Jacke aus und warf den Kaffeeautomaten an. Sie mochte den Duft, der nach wenigen Minuten den Raum erfüllte. Mit einer Tasse in der Hand setzte sie sich vor ihren Computer und ging die E-Mails durch. Größtenteils waren es Pressemeldungen aus anderen Polizeirevieren. Immer wieder nippte sie an ihrer Tasse, die sie erst auf den Tisch stellte, als das Telefon klingelte. Es war Gerda Pohlstrasser von der Kriminaltechnik.

»Mit der Auswertung der Spuren hat es doch ein bisschen länger gedauert als gedacht. Die Kollegen sind gerade mit anderen Sachen beschäftigt. Das Sexualverbrechen hält uns ganz schön auf Trab. Ich kann Ihnen trotzdem ein paar gute Neuigkeiten mitteilen. Das Pulver auf der Treppe war in der Tat Kokain. Und zwar mit einem sehr hohen Reinheitsgrad. Frau Grantel hatte noch an einer anderen Stelle etwas davon gefunden. Vermutlich war ein Beutel unbemerkt aufgeplatzt. In der ersten Kabine hat sie sogar ein paar Tropfen Blut entdeckt. Da hat sich jemand an der scharfkantigen Deckenverkleidung verletzt.«

»Wie sieht es mit Fingerabdrücken aus?«

»Da haben wir mehr als genug. Aber wir sind noch nicht durch mit der Auswertung. Natürlich ist der Sontberg gut vertreten, was nicht weiter verwunderlich ist.«

»Wie sieht es mit Stanislav Nowack aus?«

»Bislang Fehlanzeige. Entweder war er nicht auf der Yacht oder er hatte immer Handschuhe an. Gefreut hätte ich mich, wenn wir an den herausgebrochenen Deckenteilen und den Dielen Fingerabdrücke gefunden hätten … Vielleicht kommen wir über das Blut weiter. Also bloß nicht den Kopf hängen lassen.«

»So schnell gebe ich schon nicht auf. Noch eine andere Frage, die natürlich rein hypothetisch ist …«

»Machen Sie es nicht so spannend.«

»Wenn wir heute im Laufe des Tages eine Wohnung inklusive Geschäftsräume durchsuchen, natürlich ganz offiziell mit einem Beschluss, könnten wir mit Ihrer Unterstützung rechnen?«

Pohlstrasser lachte laut und ausgiebig.

»Warum fahren wir überhaupt aufs Festland? Wir sollten auf Juist eine Außenstelle einrichten. Sie haben ja jeden Tag etwas für uns … Jetzt im Ernst. Die Sicherung von Spuren ist Aufgabe der Kriminaltechnik. Und es geht immer noch um den Mordfall; die Sache hat somit eine hohe Priorität. Dann wird auch jemand von uns kommen. Die Frage ist nur, ob der Hubschrauber zur Verfügung steht. Zeichnet sich eine Durchsuchung ab?«

»Ich habe eine vage Vermutung, aber vielleicht liege ich damit auch falsch. Ich melde mich, sollte es soweit sein.«

»Was höre ich da? …« Ole, der in der Zwischenzeit ins Büro gekommen war, stand neben ihr. »Durchsuchungsbeschluss? Für wen brauchst du denn den?«

»Vielleicht für unseren Verleger. Wir waren ja am Montag bei ihm, also Oberkommissar Kulle und ich. Als wir Willy deutlich gemacht hatten, dass wir seine Räume auch durchsuchen können, rückte er die Schatzkiste mit den Diamanten raus, einfach so. Mir ist das erst danach richtig klar geworden, dass er das ohne Not gemacht hat. Wir wären gegangen und nichts wäre passiert. Meine Vermutung ist mittlerweile, dass er ganz einfach eine Hausdurchsuchung verhindern wollte. Es ist ein simpler Trick. Gib eine kleine Straftat zu, dann bohrt man schon nicht weiter. Das hat er gemacht und wir haben uns so verhalten, wie von ihm erhofft.«

»Was glaubst du zu finden?«

»Brillanten, Geld, Kokain … Ich lasse mich überraschen.«

»Du glaubst, Willy war das auf der Yacht? Dann müsste er doch gewusst haben, dass Sontberg dort etwas versteckt hat.«

»Er muss es zumindest geahnt haben.«

»Ist das nicht alles sehr spekulativ? Maike, ich weiß nicht. Mit der Vermutung kommst du doch beim Lommert nie durch.«

»Diesmal bin ich durchaus optimistisch. Denn eins weiß ich auch, er will den Fall abschließen. Das dauert ihm garantiert schon alles viel zu lange. Es kann ja sein, dass er mir einen Vortrag hält, warum das eine Luftnummer sein wird. Aber dann wird er trotzdem seine Zustimmung geben, weil nämlich die Chance besteht, dass ich mit meiner Einschätzung richtig liege. Und wenn nicht …« Maike legte ein verschmitztes Lächeln auf ihr Gesicht. »Meine Pension wird deshalb nicht gekürzt. Das ist doch das Schöne an unserer Arbeit. Solange wir uns an die Gesetze und Vorschriften halten, können wir mutig sein.«

»Dann viel Spaß mit Lommert.«

»Den werde ich sicherlich haben.«

»Und wie war es in Hamburg?«

Maike sah auf die Uhr.

»So viel Zeit muss sein … Was soll ich sagen? Es hat sich

gelohnt, auf jeden Fall.«

Eine viertel Stunde brauchte sie, dann war Ole über alles informiert. Auch wenn er danach einen eher verwirrten Eindruck machte. Was Maike durchaus verstehen konnte, denn wie sie zugeben musste, konnte sie sich auch noch keinen Reim auf das machen, was sie dort gesehen und gehört hatte.

»Wir können viel herumspekulieren, aber solange wir keine Beweise für irgendeine Vermutung haben, kommen wir nicht weiter. Das ist sicherlich unbefriedigend. Aber zumindest bin ich mir jetzt ziemlich sicher, dass die Frauen ein gemeinsames Geheimnis haben. Wir wissen nur noch nicht, was für eins. Aber das werden wir herausbekommen. Jetzt kümmere ich mich erst einmal um Lommert.«

Doch nicht er ging ans Telefon, sondern die Sekretärin des Polizeipräsidenten. Von ihr erfuhr Maike, dass der Kriminalhauptkommissar sich kurzfristig krank gemeldet hätte. Zwei Atemzüge später hatte sie den Polizeipräsidenten in der Leitung. Sie erläuterte ihm, was sie vorhatte und warum das ein kluger Schachzug sein würde. Herr Lommert würde das sicherlich genauso sehen. Klar, das war mutig spekuliert. Trotzdem konnte sie den Polizeipräsidenten damit überzeugen. Er versprach, dass sie den Beschluss spätestens in einer Stunde im E-Mail-Postfach finden würde. Der zuständige Ermittlungsrichter hätte noch nie Probleme gemacht.

Behutsam legte Maike das Telefon zur Seite. Ole nickte anerkennend.

»Wenn man dich so reden hört … Du verstehst es wirklich, auch mit dünnen Argumenten zu überzeugen. Und dieser Hinweis auf Lommert … Das war schon ein raffinierter Schachzug. Obwohl das doch völlig aus der Luft gegriffen war.«

»Was du so erzählst … aus der Luft gegriffen. Ich kenne ihn einfach besser als du. Dann rufe ich jetzt bei der Kriminaltechnik an, damit die sich auf einen erneuten Abstecher zu uns vorbereiten können.«

44

Schon eine Stunde nach dem Telefonat mit dem Polizeipräsidenten hatte Maike den Durchsuchungsbeschluss per Mail erhalten, mitsamt dem Hinweis, dass die Kriminaltechniker den Original-Beschluss mitbringen würden. Mit ihrer Ankunft sei gegen 15 Uhr zu rechnen.

»Das klappt doch alles wie am Schnürchen«, sagte sie und legte das ausgedruckte Formular auf ihren Schreibtisch.

»Wie viele Kollegen werden kommen?«, fragte Ole.

»Das steht da nicht; ist ja auch egal. Bis dahin werde ich eine Runde durch den Ort gehen. Ich weiß gar nicht mehr, wann ich das das letzte Mal gemacht habe. Das muss irgendwann Mitte letzter Woche gewesen sein. Danach hat sich unsere Arbeit nur noch um den Toten gedreht.«

»Mach das, ich halte die Stellung.«

»Ich werde auch zu Hause vorbeischauen.«

»Grüß deine Eltern von mir.«

»Mache ich.«

Vor der Wache überlegte Maike, mit welcher Straße sie beginnen sollte. Sie entschied sich, wenig originell, für die Wilhelmstraße. Bis dorthin waren es nur ein paar Meter und es war immer was los. Wenn es Konflikte im Ort gab, dann dort. Es gab aber auch Ausnahmen, wie diese: Kurz nachdem sie aus dem Haus war, klingelte ihr Handy. Es war ein Strandkorbvermieter. Der erzählte ihr, dass ein diebisches Pärchen aus einem Strandkorb eine Badetasche mit einem Portemonnaie entwendet hätte. Es gab sogar eine vage Personenbeschreibung.

Dann musste sie eben umdisponieren. Sie ging zu dem Strandkorbvermieter, der ihr zeigte, wo er das Pärchen zuletzt gesehen hatte. Eine halbe Stunde lief sie durch die Strandkorbreihen, dann brach sie die Suche ab. Es hatte einfach keinen Zweck, die beiden hatten schon längst das Weite gesucht.

Maike setzte sich auf eine Bank, klopfte den Sand aus den Schuhen und ging wieder in den Ort. Die Suche nach den Dieben war sozusagen ihre erste Amtshandlung gewesen, wenngleich sie nicht von Erfolg gekrönt war. Sie grüßte hier und grüßte dort, hörte sich Beschwerden an, von denen sie zwei in ihrem Notizblock festhielt. Sie ließ sich einen toten Hund zeigen, den sie sogar fotografierte – von vorne, von hinten und von der Seite. Und sie ging durch Straßen, in denen sie vor Monaten das letzte Mal gewesen war. Womit sie kaum gerechnet hatte, auch hier kam jemand auf sie zu.

Ein älterer Herr beschwerte sich darüber, dass jemand aus seiner Kiste mit leeren Pfandflaschen, die er an die Straße zum Abholen gestellt hatte, heute Nacht zwei herausgenommen und durch die Luft geworfen hätte. Die Straße sei mit Scherben übersät gewesen.

»Wenn da ein Pferd auf so ein großes Stück Glas getreten wäre … Das mag ich mir gar nicht vorstellen. Ich habe die Scherben heute Morgen natürlich gleich zusammengefegt.«

»Das haben Sie richtig gemacht«, sagte Maike und wollte weitergehen. Doch dann meinte er noch:

»Ich weiß sogar, wer das war.«

»Sie haben das gesehen?«

»Nein, nein. Aber ich weiß es trotzdem.« Er deutete verschämt mit dem Kopf auf ein Haus schräg gegenüber, vor dem mehrere große und kleine Fahrräder standen.

»Die haben seit ein paar Monaten randalierende Kinder zu

Gast.«

»Und warum sollen die das gewesen sein?«

»Wer soll das sonst gemacht haben? Das sind doch die einzigen weit und breit, die dafür infrage kommen. Die laufen sogar nachts auf der Straße herum und machen Krach.«

»Ruhestörender Lärm also ...«

»Ja, genau.«

»Haben sich schon andere Nachbarn darüber aufgeregt?«

»Na klar. Die Clausens von nebenan, zum Beispiel. Wir haben uns vor ein paar Tagen noch darüber unterhalten.«

»Gut, dann kümmere ich mich darum. Danke, noch einen schönen Tag.«

Maike ging, nachdem sie eine Pferdekutsche vorbeigelassen hatte, quer über die Straße und klingelte bei den vermeintlichen Ruhestörern. Ein hagerer Mann mittleren Alters mit Nickelbrille und Haarzopf öffnete.

»Oh, was haben wir denn verbrochen?«, fragte er.

Sie erzählte, dass man sich in der Nachbarschaft über nächtlichen Lärm beschwert hätte.

»War das dieser Herr von dort drüben?« Er zeigte zu dem Haus, vor dem sie gestanden hatte. Noch bevor Maike etwas sagen konnte, fuhr er fort. »Ich glaube, ich muss doch eine Anzeige erstatten, wegen übler Nachrede oder so. Vor zwei Wochen, lassen Sie es drei gewesen sein, ist eines unserer Pflegekinder nachts aufgewacht. Es hatte schlecht geschlafen. Es kommt aus üblen Familienverhältnissen, müssen Sie wissen. Jedenfalls ist das Mädchen schreiend auf der Straße einmal hin und her gelaufen und dann wieder ins Haus gekommen. Das war es. Es hat weder davor noch danach einen vergleichbaren Vorfall gegeben. Der Mann, ich weiß gar nicht wie er heißt, muss das mitbekommen haben. Vielleicht hat er schlecht geschlafen, wer weiß. Ich habe bei den Nachbarn nachgefragt, nachdem er mir das erzählt und von Ruhestörung gesprochen hatte. Keiner hatte das mitbekommen. Aber er erzählt das immer wieder, am besten jedes Mal noch ein bisschen dramatischer. Was soll ich denn bloß machen?«

»Natürlich können Sie Anzeige erstatten. Aber ich sage Ihnen gleich, dass das nichts bringt. Ich kenne jetzt den Sachverhalt; mehr kann ich derzeit nicht machen. Sollte er keine Ruhe geben, dann müssen wir uns mit ihm zusammensetzen.«

45

»Mit dir habe ich ja gar nicht gerechnet«, sagte Edda und wischte sich die Hände an ihrer Schürze ab. »Aber du hast Glück, es gibt leckere Gemüsesuppe, die magst du doch. Ein paar Minuten braucht sie aber noch. Musst du danach wieder ins Büro?«

»Muss ich«, sagte Maike und zog sich ihre Jacke aus. »Hat sich Anna gemeldet?«

»Sie kommt mit der Schnellfähre, Viertel nach sechs ist sie da.«

Die Küchentüre ging auf, Eiko kam herein.

»Habe ich es doch geahnt … meine liebe Tochter. Treibt dich der Hunger zu uns?«

»Der auch. Und weil ich geahnt habe, dass es Gemüsesuppe gibt, hatte ich natürlich noch einen weiteren Grund zu kommen.«

Eiko setzte sich an den Tisch. Seine Hände waren ölverschmiert.

»An was bastelst du denn herum?«, fragte Maike.

»Ben will nach der Schule Kettcar fahren. Die Kette war locker und verrostet und die Achsen habe ich mir auch angesehen. Das ist eben ein Schätzchen. Damit bist du schon gefahren.«

»Ich dachte, das wäre längst auf dem Sperrmüll gelandet.«

»Genau das schwebte deiner Mutter auch vor. Aber wie du siehst, habe ich das verhindert. Und Ben freut sich.«

Edda stand am Herd und drehte sich um.

»Mit diesen verdreckten Händen setzt du dich an den Esstisch? Jetzt wasch die aber mal.«

Eiko machte ein mauliges Gesicht und ging ins Bad.

»Müsste Ben nicht so langsam kommen?«, fragte Maike und sah auf den Stundenplan, der über der Küchenbank hing.

»Ja«, sagte Edda und sah aus dem Küchenfenster. »Da vorne kommt er.«

Maike ging zur Haustür. Als er sie sah, rannte er los und sie nahm ihn in den Arm. Und was war seine erste Frage?

»Gibt es heute Pfannkuchen?«

»Nein, leckere Gemüsesuppe.«

Ben verzog sein Gesicht.

»Schade.«

»Wir können doch nicht immer Pfannkuchen essen.«

Er rannte in die Küche. Wenig später saßen alle am Tisch und löffelten still ihren Teller leer. Nur Ben war zu hören. Er ging alle Unterrichtsstunden der Reihe nach durch und erzählte, was sie gemacht hatten. Was dazu führte, dass er vor einem halb vollen Teller saß, als alle anderen bereits fertig waren.

»Es gibt natürlich auch Nachtisch«, meinte Edda.

»Und was?«, fragte Ben.

»Der ist noch im Kühlschrank und muss dort auch möglichst lange bleiben, weil er sonst auftaut …«

»Eis, Eis, es gibt Eis«, freute er sich.

Im Nu war sein Teller leer. Edda räumte den Tisch ab und Maike griff zu ihrem Telefon. Sie hatte es auf lautlos gestellt, den Vibrationsalarm aber angelassen. Es war Ole.

»Was gibt's?«

»Die Kriminaltechniker sind gerade losgeflogen.«

»So früh? Die wollten doch erst heute Nachmittag kommen.«

»Der Helikopter wird gebraucht. Es gab nur die Alternative, jetzt zu kommen oder heute gar nicht mehr.«

»Da haben sie sich natürlich richtig entschieden.«

»Ich hole sie vom Hafen ab. Kommst du direkt zu Bockelsen?«

»Ja, ich mache mich auf den Weg; bis gleich.«

Mit einem tiefen Seufzer steckte sie ihr Handy ein.

»Ich muss los. Wir durchsuchen mit den Kollegen von der Kriminaltechnik gleich ein Objekt.«

»Darf ich dein Eis essen?«, fragte Ben.

»Natürlich, aber nicht alles auf einmal, sonst bekommst du Bauchschmerzen.«

»Ich esse ganz langsam und mache auch eine ganz lange Pause. Opa passt auf, nicht wahr?«

Ben sah zu Eiko und der nickte ihm zu.

46

Auf dem Weg zum Verleger sah Maike, wie der Hubschrauber landete. Der Pilot musste es wirklich eilig haben, denn die Maschine kam nicht zum Stillstand. Der Hauptrotor drehte sich und trotzdem stiegen zwei Personen mit jeweils zwei Koffern in der Hand tief gebeugt aus dem Heli. Maike wunderte sich, denn das war gegen alle Vorschriften. Kaum standen die beiden am Rand des Landeplatzes, wurde es wieder richtig laut. Der Vogel schraubte sich nach oben und drehte Richtung Küste ab.

Maike hatte zwar kurz überlegt, den Kollegen entgegenzukommen, ging dann aber doch auf direktem Weg zur Druckerei. Vor dem Haus standen zwei Lastenfahrräder, mit denen die Zeitungen ausgefahren wurden. Sollten die Kriminaltechniker fündig werden, würden die Räder vermutlich für lange Zeit nicht mehr gebraucht werden.

Dahinten kamen sie. Ole, Oberkommissarin Grantel von der Kriminaltechnik und – Maike wollte es erst nicht glauben – Sebastian Kulle.

»Mit dir habe ich nun überhaupt nicht gerechnet«, sagte sie zur Begrüßung.

»Ich dachte mir, bevor Mia alleine losfliegt, komme ich doch mit. Der Fall mit dem toten Kind ist aufgeklärt. Es war der Onkel, er hat gestanden. Was es jetzt noch zu tun gibt, kann ich auch nächste Woche machen.«

»Schön, dann wollen wir mal unser Glück versuchen.«

Maike klingelte. Dass jemand im Haus war, wusste sie. In einem Fenster neben der Eingangstür hatte sich die Gardine bewegt, als sie angekommen war. Trotzdem dauerte es, bis die Tür aufging.

»Was gibt es?«, fragte Willy, der vermutlich gerade auf dem Klo war, denn er fummelte noch an seinem Gürtel herum.

Maike reichte ihm den Durchsuchungsbeschluss. Er las ihn sich durch und blieb erstaunlich ruhig, worüber sie sich wunderte. Willy verhielt sich wie jemand, der wusste, was auf ihn zukam.

»Mein Haus steht euch offen«, sagte er und machte eine theatralisch ausholende Armbewegung. Zu Maike gewandt, meinte er leiser: »Habt ihr wirklich nichts Besseres zu tun? Ihr tut mir echt leid.«

Während die Kollegen sich absprachen, wer wo suchen sollte, blieb sie stehen. Willy stand wie zufällig vor der Klotür.

»Wenn du bitte zur Seite gehen könntest, ich muss da rein.«

»Du, das riecht aber noch. Ich war gerade drauf … Warte, ich zieh noch einmal.«

»Nein, du machst nichts. Du lässt mich jetzt auf das Klo.«

Willy blieb noch einen Augenblick stehen, dann trat er zur Seite.

»Danke.«

Sie öffnete die Tür, es roch nach nichts. Warum hatte er ihr so einen Blödsinn erzählt? Sie hob den Klodeckel hoch; am oberen Beckenrand klebte etwas. Sie beugte sich nach vorne. Was war das? Im Wasser schwamm ein durchsichtiger Plastikbeutel. Sie lächelte in sich hinein, auch wenn es ein trauriges Lächeln war. Willy, Willy, was hast du bloß angestellt? Sie steckte den Kopf aus der Tür und rief:

»Frau Grantel, könnten Sie bitte kommen?«

Willy stand da, als wäre ihm schlecht geworden. Seine Gesichtszüge waren ihm entglitten, die Stirn war feucht.

»Was gibt's?«, fragte die Kriminaltechnikerin.

Maike zeigte in die Kloschüssel.

»Hier ist vermutlich vor ein paar Minuten etwas hineingekippt worden. Am Rand klebt weißes Pulver. Ich tippe auf Rauschgift, vielleicht ist es Kokain. Sehen Sie die weiße Ecke im Plastikbeutel? Das könnte ein Rest sein.«

»Bleiben Sie hier und passen Sie auf. Ich hole meinen Koffer«, sagte Grantel.

Maike zog ihre Handschellen vom Gürtel und ging zu Willy, der ein paar Meter entfernt gegen die Wand gelehnt dastand. Er sah noch schlechter aus als eben.

»Streck bitte einen Arm vor.«

»Was hast du vor?«

»Ich möchte nicht, dass du mir wegläufst.«

»Warum sollte ich weglaufen?«

»Willy, red nicht herum, gib mir einen Arm.«

Er machte es, wenn auch widerwillig. Zweimal rasteten die Handschellen ein – an seinem Handgelenk und an einem Heizungsrohr.

»Was soll das? Mach diesen Scheiß wieder ab.«

Maike überhörte seinen Wunsch.

»Wo ist dein Handy?«, fragte sie. »Du besorgst dir jetzt einen Anwalt, denn wir werden dich gleich als Beschuldigten vernehmen. Ich gehe davon aus, dass du, kurz bevor wir ins Haus gekommen sind, Rauschgift ins Klo entsorgt hast.«

»Du spinnst.«

Dann starrte er auf die Handschellen und wischte sich mit der anderen Hand den Schweiß von der Stirn.

Die Kriminaltechnikerin schob die Klotür auf.

»Können Sie mal kommen? Sie haben den richtigen Riecher gehabt. Das ist Kokain.« Sie hielt das Schnellteströhrchen wie eine Trophäe hoch. »Ich habe den Beutel gesichert, eine Wasserprobe entnommen und das Pulver vom Klorand gekratzt. Das dürfte gerichtsfest sein.«

Maike machte ein zufriedenes Gesicht.

»Wie viel passt in so einen Beutel?«

»Das war der typische ein Kilo-Beutel«, meinte die Kriminaltechnikerin.

»Vielleicht hat er noch mehr im Haus versteckt.«

»Ich suche gleich weiter.«

Maike ging auf den Flur. Willy sah sie erwartungsvoll an.

»Der Schnelltest hat meine Vermutung bestätigt. Es war Kokain. Aber das hast du ja gewusst.«

Ein kurzes Schnauben war zu hören.

»Dann gib mir endlich mein Handy«, sagte Willy.

»Wenn du mir sagst, wo es ist …«

»Das liegt auf der Kommode, da hinten. Und wen soll ich anrufen? Ich kenne keinen Anwalt, der von solchen Sachen Ahnung hat.«

»Das haben die alle mal gelernt. Es geht nur darum, dass einer neben dir sitzt. Ansonsten ist es am besten, wenn du die Wahrheit sagst.«

»Ich werde nichts, aber auch gar nichts sagen. Das weiß man aus jedem Krimi, dass man als Beschuldigter die Klappe hält.«

»Wenn du meinst …«

Maike drehte sich um, jemand kam den Flur entlang. Es war Ole.

»Ich will dir was im Schlafzimmer zeigen.«

Sie gingen nach oben und er schob die Tür auf.

»Dahinten, den Safe meine ich. Der war hinter einem Spiegel versteckt.«

»Ein Tresor, sehr schön. Und nicht gerade klein.« Maike ging zurück bis zur Treppe. »Willy, komm mal bitte hoch.«

Sie hatte den Satz noch nicht richtig beendet, da musste sie kurz über sich selbst lachen. Nein, das ging ja gar nicht.

»Du bist echt ein Scherzkeks«, sagte er, als sie vor ihm stand.

»Wir haben im Schlafzimmer einen Tresor entdeckt.«

»Oh, ich habe einen Tresor. Na, so was aber auch. Ist das verboten?«

»Überhaupt nicht. Wir würden aber gerne einen Blick hineinwerfen.«

Er zeigte ihr ein schiefes Grinsen.

»Bitte, nur zu. Ich werde euch davon nicht abhalten.«

»Ohne die Zahlenkombination können wir das aber nicht, wie du dir denken kannst.« Willy tat so, als hätte er nichts gehört. »Warum willst du uns solche Schwierigkeiten machen? Der Tresor wird auf jeden Fall geöffnet werden. Entweder du machst es und nichts geht kaputt. Oder wir stemmen ihn aus der Wand. Unsere Kollegin hat Erfahrung. Sie hat das schon mit Sontbergs Tresor so gemacht. Und dann dieser Dreck, der dabei entsteht … Willy, danach sieht es nicht mehr schön in deinem Schlafzimmer aus. Was meinst du, was deine Freundin sagen wird?«

Er stand da, biss seine Zähne zusammen. Auf einmal schrie er Maike an:

»Dann mach mich endlich los.«

»Du willst den Tresor öffnen?«, fragte sie ruhig.

»Was denn sonst?«

»Aber bitte bleib friedlich.«

Mit hängendem Kopf ging er ins Schlafzimmer. Die Handschelle baumelte an seinem linken Handgelenk, denn Maike hatte nur die am Heizungsrohr geöffnet. Vorm Tresor schob er Ole zur Seite und beugte sich vor. Mit der einen Hand verdeckte er das Zahlenrädchen, mit der anderen drehte er es mehrmals hin und her. Dann zog er die Tresortür auf und trat zur Seite. Ole warf als erster einen Blick hinein, dann war Maike an der Reihe. Doch außer einigen dünnen Mappen mit Vertragsunterlagen war nichts drin. Keine Geldbündel, keine Diamanten und auch keine Beutel mit Rauschgift. Sie war enttäuscht.

»Zufrieden?«, fragte Willy.

Sie nickte und sah den Triumph in seinen Augen. Sie ging mit ihm nach unten und ließ die Handschelle wieder am Heizungsrohr einrasten.

Maike stand da und überlegte. Dann ging sie in die Druckerei. Am anderen Ende des Raums hing Sebastian über einem großen Altpapiercontainer. Er hob den Kopf.

»Sieh mal, was ich gefunden habe.«

Er ging zu einem Tisch ganz in der Nähe und hielt ihr einen durchsichtigen Asservatenbeutel entgegen.

»Banderolen? Wo waren die?«

»Die lagen im Container. Ich bin noch nicht durch. Vielleicht finde ich noch mehr. Wie sieht es bei dir aus?«

»Ich habe Willy mit einem Heizungsrohr verheiratet. Er hat einen Beutel Kokain im Klo entsorgt. Aber wir haben Reste gefunden. Und der Beutel schwamm noch in der Toilettenschüssel.«

»Mit so einem Erfolg habe ich wirklich nicht gerechnet. Um ehrlich zu sein, ich war skeptisch, als ich gehört habe, was du vorhast. Weißt du, warum ich mitgekommen bin?«

»Sag's mir.«

Er ging zu ihr und stand so dicht vor ihr, dass sie seinen

Atem spürte.

»Ich wollte dich trösten, wenn wir nichts gefunden hätten«, sagte er leise. »Ich wollte dich einfach nicht alleine im Regen stehen lassen. Das hättest du nicht verdient.«

»Das ist lieb von dir«, sagte sie und gab ihm einen Kuss auf die Stirn.

Sie lächelten sich an. Und sie küsste ihn noch einmal, diesmal auf die Lippen.

»Dann such weiter«, sagte sie zu ihm. »Das wird ja immer spannender … Banderolen. Mal sehen, was er dazu sagt. Er hat uns gerade einen Blick in seinen Tresor gewährt. Aber der war leer … leider, von Papierkram abgesehen.«

Willy hatte sich auf den Boden gesetzt. Als er Maike sah, schüttelte er den Kopf.

»Ich habe keinen Anwalt erreicht.«

»Dann kümmere ich mich gleich um einen. Aber vorher etwas anderes. Ein Kollege hat Banderolen im Altpapier gefunden. Ich denke, dir geht es finanziell nicht so gut?«

»Ich räume gerade auf; die habe ich weggeworfen. Das waren Banderolen für Zehner und Zwanziger, das habt ihr doch gesehen. Die habe ich vor Jahren für ein Gewinnspiel gekauft. Daraus ist aber nie etwas geworden. Habt ihr nichts Besseres zu tun, als im Altpapier herumzuwühlen? Ich werde übrigens gar nichts mehr sagen, hab ich mir überlegt. Zum Schluss glaubt ihr noch, ich hätte den Sontberg umgebracht und ihn in Häppchen aufgeteilt.«

»Kann doch sein.«

»Du bist krank.«

»Das werden wir noch sehen, wer hier krank ist. Du bist kräftig, du brauchst Geld, du hast das Schatzkästchen mit den Diamanten gestohlen und dann wolltest du noch unter die

Kokainhändler gehen … Woher hast du das Rauschgift eigentlich?«

Willy sagte nichts.

»Hast du Sontbergs Yacht auf den Kopf gestellt?«

Er starrte die Heizung an.

»Zeig mal deine Hände.«

Das machte er natürlich nicht, aber am Zeigefinger der
rechten Hand klebte ein Pflaster.

»Wo hast du dich verletzt?« Er schwieg. »Willy, du wirst zugeben müssen, dass du nicht sehr gut dastehst. Ja, natürlich
kommst du als Mörder infrage.«

47

Bereits um sieben Uhr saß Mike an ihrem Schreibtisch. Sie konnte sich nicht entsinnen, jemals so früh an einem Samstag mit der Arbeit begonnen zu haben. Und das, obwohl sie erst um Mitternacht im Bett lag. Um achtzehn Uhr hatte ein Polizeihubschrauber Willy abgeholt. Sebastian und Mia flogen mit. Trotz der Hektik konnten Maike und Sebastian noch ihre privaten Telefonnummern austauschen. Die Nacht verbrachte Willy in einer Gefängniszelle in Aurich. Die Entscheidung, ob er in U-Haft kommt, würde heute Morgen fallen.

Stundenlang saß Maike nach dem Abflug noch am Rechner und tippte die Gründe, die für eine U-Haft sprachen, in den Rechner. Wäre Lommert im Dienst gewesen, hätte sie den Text mit ihm absprechen müssen. Stattdessen war jetzt Polizeipräsident Klaus Bauerfeind ihr Ansprechpartner. Wie sie schnell merkte, hatte er die Aufgabe gerne übernommen. Immer wieder rief er an, machte Formulierungsvorschläge und ließ sich gelegentlich Teile ihres Berichts per E-Mail zuschicken. Zum Schluss lag ein zweiseitiger Text vor, mit dem beide zufrieden waren. Sie waren sich sicher, dass der Haftrichter gar nicht anders konnte, als Willy Bockelsen in U-Haft zu stecken. Ein Anwalt war auf Juist nicht aufzutreiben. Erst in Aurich bekam er einen Pflichtverteidiger gestellt.

Um acht Uhr kam Ole ins Büro. Beneidenswert frisch sah er aus und wunderte sich über Maike, die wie ein Häufchen Elend auf ihrem Stuhl saß.

»Du siehst aus, als könntest du ein paar Stunden Schlaf brauchen. Wann bist du gestern ins Bett gekommen?«

Ein müdes Lächeln huschte über ihr Gesicht.

»Spät, zu spät. Aber ich glaube, es hat sich gelohnt.«

Sie erzählte ihm, wie sie mit dem Polizeipräsidenten die Vorlage für den Haftrichter erarbeitet hatte.

»Wann fällt die Entscheidung?«

»Heute Morgen. Vielleicht sitzen sie jetzt schon zusammen.«

»Glaubst du, dass Willy den Sontberg umgebracht hat?«

»Das herauszufinden wird unsere Aufgabe sein ... Ich weiß es auch nicht.«

»Aber irgendeine Verbindung zwischen Willy und dem Mord wird es doch geben?«

Ein lang gezogener Seufzer war zu hören.

»Ja, vermutlich.«

»Und welche Rolle spielt Stanislav Nowack in dem Fall? Der sitzt immerhin als mutmaßlicher Täter in U-Haft.«

»Ich weiß, ich weiß ... Was soll ich dir denn darauf antworten? Jetzt warten wir erst einmal ab, wie es mit Willy weitergeht.«

Ole nickte und widmete sich seinen Papierbergen.

Maike war viel zu aufgeregt, um Unterlagen aus Willys Wohnung zu sichten. Mal saß sie da und starrte die Decke an oder sie stand vorm Fenster und sah Urlaubern hinterher, die mit ihren lärmenden Rollkoffern zum Hafen gingen. Urlaub könnte sie jetzt auch gebrauchen. Vielleicht sollte sie mit den Kindern mal in die Berge fahren ...

Kurz nach neun Uhr war es so weit. Ihr Telefon klingelte; es war die Durchwahl des Polizeipräsidenten.

»Moin, Frau Hansen. Wie geht's?«

Was sollte denn diese Frage? Sie saß da, wartete ungeduldig auf seinen Anruf und dann so eine Begrüßung?

»Unsere Argumente haben den Haftrichter leider nicht überzeugt. Das einzige, wozu er sich durchringen konnte, war, dass Bockelsen sich regelmäßig bei Ihnen melden muss. Und er darf bis zum Gerichtsverfahren die Insel nicht verlassen. Ich hatte noch die Zahlung einer Kaution vorgeschlagen. Aber damit bin ich bei ihm auch nicht durchgedrungen.«

»Und nun?«

»Bockelsen wird heute wieder auf die Insel geflogen. Ansonsten … weiter ermitteln, mehr bleibt uns nicht. Nehmen Sie es nicht persönlich. Sie haben wirklich gute Arbeit geleistet.«

Fast eine Stunde unterhielten sich Maike und Ole über die Folgen dieser Entscheidung. Doch schnell war klar:

»Wir müssen mehr in die Tiefe ermitteln.«

Wie ein Tiger in einem Käfig drehte sie im Büro ihre Runden. Gelegentlich blieb sie stehen, vorzugsweise vor Oles Schreibtisch. Dort sagte sie, was ihr auf den Rundgängen eingefallen war. Ole kommentierte es und sie drehte die nächsten Runden. So komisch es für Außenstehende ausgesehen haben mag, sie brauchte die Bewegung. Am liebsten hätte sie einen Strandlauf gemacht. Aber dann wäre die Unterhaltung zum Selbstgespräch geworden.

»Und wo willst du nun anknüpfen?«, fragte Ole, als sie wieder vor seinem Schreibtisch stand.

Sie sah demonstrativ auf die Uhr ihres Handys.

»Das erzähle ich dir morgen.«

»Du willst nach Hause? Jetzt schon?«

»Warum nicht? Ich muss auf meine Work-Life-Balance achten.«

»Hä?«

»Noch nie gehört?«

»Nein.«

»Ich bis gestern auch nicht. Aber meine Tochter ist ja gekommen und hatte, manchmal wundert man sich, viel Redebedarf. Weil ich nicht zu Hause war, hatte ich sie am Telefon und musste mir einen Vortrag anhören. Ein Lehrer hatte vor einigen Wochen einen Hörsturz erlitten. Jetzt kann er wieder unterrichten und hat ganz offen darüber gesprochen. In dem Zusammenhang fiel dieser Begriff. Also nicht nur an die Arbeit denken, sondern auch an das Privatleben, das darf nicht zu kurz kommen. Wichtig sei ein ausgewogenes Verhältnis. Anna meinte, ich sollte darauf achten. Das mache ich jetzt. Und du solltest ebenfalls nach Hause gehen. Schon schlimm genug, dass wir morgen wieder arbeiten müssen ... obwohl ...« Sie überlegte, während sie sich ihre Jacke anzog. »Nein, wir machen morgen frei. Es geht nicht um Leben und Tod. Und offiziell ist der Mörder längst gefasst.«

»Okay«, sagte Ole, der dem Vorschlag gar nicht abgeneigt war. »Dann gehe ich auch. Ich bringe nur noch meinen Schreibtisch in Ordnung, damit ich am Montag direkt weiterarbeiten kann.«

Doch, das war eine richtige Entscheidung, ging es ihr auf dem Nachhauseweg durch den Kopf. Sie kannte sich in dem Punkt selbst recht gut. Sie wusste, dass sie sich in Arbeit verbeißen konnte. Somit lagen also unverhofft eineinhalb freie Tage vor ihr. Sie empfand das als Luxus, als ein unerwartetes Geschenk ... Dann vibrierte ihr Handy. Es war Ole.

48

»Was ist?«, fragte Maike.

»Du … also, ich mache das wirklich ungern …«, druckste Ole herum.

»Jetzt komm, sprich in klaren Sätzen.«

»Da hat, kurz nachdem du weg warst, eine Frau angerufen. Warte, ich habe mir den Namen notiert … Gallmund. Sie will uns etwas erzählen. Und zwar hat das mit ihrem Freund zu tun. Jetzt halt dich fest, mit dem hast du dich schon unterhalten. Es ist Rasmussen.«

Maike blieb stehen.

»Wo ist die Frau?«

»Sie kommt, das habe ich ihr vorgeschlagen. Darauf ist sie eingegangen. Ich meine, du musst ja bei dem Gespräch nicht dabei sein.«

»Natürlich komme ich. Da lasse ich dich doch nicht alleine.«

Maike hatte sich gerade an ihren Schreibtisch gesetzt, als es an der Haustür klingelte. Es war die Anruferin. Sie stellte sich als Lara Gallmund und als Freundin von Martin Rasmussen vor. Sie hätte vor ein paar Tagen zufällig ein Telefonat mitbekommen. Da sei es um Brillanten gegangen. Sie wusste, dass Sontberg ihrem Freund minderwertige Ware angedreht hatte.

»Martin hat die Diamanten weiterverkauft. Aber er hat dem Käufer nicht gesagt, dass die optisch aufgebessert worden sind. Ich glaube, so nennt man das. Der ist jetzt dahinter gekommen und will sein Geld zurück. Das habe ich gestern mitbekommen. Aber Martin will nicht zahlen. Kann ich mich setzen?«

»Natürlich.«

Maike schob ihr einen Stuhl hin.

»Das ist aber noch nicht alles. Gestern Abend hat es im Hotel gebrannt, in einem leeren Zimmer. Die Angestellten haben das Feuer schnell gelöscht, aber da hätte mehr passieren können. Jetzt kommt es. Das ist auch der Grund, warum ich mich gemeldet habe.« Sie holte tief Luft. »Vorhin habe ich einen Anruf angenommen, Martin war kurz mal weg. Da war jemand in der Leitung und hat gesagt, wenn Martin die Brillanten zum Kaufpreis nicht zurücknimmt, dann können sie auch das ganze Haus anzünden. Können Sie sich das vorstellen? Das ganze Haus anzünden. Ich habe das Martin erzählt, aber er glaubt denen nicht. Er hat sogar gelacht. Keiner weiß, wer den Brand gelegt hat und wie die überhaupt in das Zimmer gekommen sind. Das war nämlich abgeschlossen. Warum sollten die nicht das ganze Haus anzünden? Die haben doch gezeigt, dass sie einen Brand legen können. Wir wohnen in dem Hotel …«

Sie ging mit der Hand über ihre feuchten Augen.

»Jetzt haben Sie Angst«, stellte Maike fest.

Lara nickte.

»Natürlich. Können Sie da nichts machen?«

»Wenig, so leid es mir tut. Wir können niemanden abstellen, der den ganzen Tag durch das Hotel geht und nach Brandstiftern Ausschau hält. Tagsüber müssen die Angestellten wachsam sein. Und nachts … Es gibt Sicherheitsdienste, die engagiert werden können. Sprechen Sie Herrn Rasmussen an; die Initiative muss von ihm ausgehen.«

»Und was ist mit den Brillanten?«

»Da ist der Käufer am Zug. Entweder regelt er das mit ihrem Freund auf friedlichem Weg. Oder er muss Anzeige erstatten, er ist der Geschädigte. Solange er das nicht macht, sind uns die Hände gebunden. Wir können uns als Außenstehende nicht so einfach einmischen.«

»Aber wir wissen doch, dass der Käufer das Feuer gelegt hat.«

»Wenn Sie beweisen können, wer es war … Vielleicht ist der Brandstifter auf Bildern von Überwachungskameras zu erkennen. Herr Rasmussen kann auch Anzeige gegen Unbekannt erstatten, wenn er das will.«

Lara stand auf. Ihr Gesicht sprach Bände, sie hatte sich ein anderes Ergebnis gewünscht.

»Dann werde ich mich mit ihm darüber noch einmal unterhalten. Trotzdem vielen Dank, dass Sie mir zugehört haben.«

Maike stand ebenfalls auf und begleitete sie zum Ausgang.

»Sollten Sie mitbekommen, dass sich eine Straftat anbahnt, egal, worum es sich handelt, dann melden Sie sich bei uns.«

Maike drückte ihr eine Visitenkarte in die Hand.

»Mach ich.«

»Können wir wirklich nichts machen?«, fragte Ole, als Maike wieder im Büro war.

»Mach einen sinnvollen Vorschlag. Es muss mehr geben, als irgendwelche vermuteten Zusammenhänge. Aber es ist natürlich schon interessant, dass der Betrogene jetzt zum Betrüger wird.«

Sie ging zu Oles Schreibtisch.

»Sag mal, du hast doch die Kontoauszüge … Rasmussen hatte für 150.000 Euro Brillanten gekauft. 100.000 Euro hat Sontberg bar erhalten, 50.000 sind auf sein Konto gegangen.«

Ole schlug einen roten Schnellhefter der Sparkasse mit den Kontoauszügen auf und blätterte zurück.

»Hier haben wir es ... ja, das stimmt. Rasmussen hat ihm die 50.000 Euro überwiesen.«

»Und wo ist das Bargeld hingekommen?«

Ole blätterte weiter. »Zumindest ist nichts auf dieses Konto eingezahlt worden. Vielleicht hat er noch woanders ein Konto. Aber da haben wir bis jetzt nichts gefunden.«

»So einfach lassen sich solche Beträge in bar auch nicht mehr auf ein Konto bringen. Da stellen die Bankangestellten mittlerweile zu viele Fragen. Das müssen die auch, denn der Staat will Geldwäsche erschweren. Was dafür spricht, dass Sontberg die 100.000 Euro in seinen Safe gelegt hat.«

»Da war doch noch der andere Diamantenkäufer. Um was für einen Betrag ging es bei ihm?«

»50.000 Euro, die hat Sontberg bar erhalten«, sagte Maike.

Ole blätterte wieder im Sparkassenhefter.

»Fehlanzeige. Der Betrag ist nicht aufs Konto gegangen.«

»Dann ist es wirklich sehr wahrscheinlich, dass in Sontbergs Safe nicht nur Diamanten lagen, sondern auch viel Bargeld«, sagte Maike. »150.000 Euro, vielleicht sogar noch mehr. Wer weiß, was er zusätzlich aus anderen Geschäften gebunkert hatte. Aber wo sind die Reichtümer?«

49

Es war ein Sonntag gewesen, wie Maike ihn liebte: Keine An-
rufe, nichts Dienstliches; obwohl sie natürlich eine Anrufwei-
terleitung geschaltet hatte. Ihre Mutter mied alle Konfliktthe-
men und sogar Tochter Anna war pflegeleicht, wie schon
lange nicht mehr. Kein morgendliches Gemaule, keine endlo-
sen Diskussionen. Vielleicht lag es auch daran, dass Ben an
diesem Wochenende bei seinem Vater war.

Edda hatte ihn am Samstagmorgen zum Schiff gebracht; in
Norddeich war er von Maikes Ex-Mann abgeholt worden. Er
war mit ihm in ein Automuseum gefahren und gestern hatten
sie von Greetsiel aus eine Fahrt mit einem Krabbenfischer-
boot gemacht. Das waren auch die Gründe, weshalb Anna
nicht mitgefahren war. Museen fand sie blöde und Krabben
aß sie nicht.

Eigentlich klappte es ganz gut mit ihrem Ex; es war ein eingespieltes Verhältnis. Dass das Wattenmeer zwischen ihnen
lag, war kein Nachteil. Wenn es Fragen oder Probleme gab,
wurden die am Telefon besprochen. Und seit der platinblonde
Scheidungsgrund bei ihm ausgezogen war, kam es Maike vor,
als sei ihr Ex handzahmer geworden. Gestern fragte Tobias
doch tatsächlich, ob man sich nicht mal zu einem gemeinsa-
men Wochenende treffen könnte. So einen Vorschlag hatte er
die letzten vier Jahre nie gemacht. Auf einmal sprach er davon, dass das doch für die Kinder ganz super wäre, so ein
Treffen. Maike versprach, darüber nachzudenken. In diesem
Jahr käme es keinesfalls mehr infrage, das gab sie ihm mit auf
den Weg. Aber insgeheim fragte sie sich, ob ein solches Fami-
lientreffen überhaupt so eine tolle Idee wäre. Die Kinder

würden sich garantiert Hoffnungen machen, dass sie bald wieder eine richtige Familie sein würden. War das vielleicht sogar seine heimliche Absicht? Zuzutrauen war es ihm. Sollte sie einem Treffen zustimmen, dann müsste es feste Regeln zwischen ihm und ihr geben. Tobias wäre es glatt zuzutrauen, dass er aus Kostengründen eine Ferienwohnung inklusive Ehebett buchen würde. Nicht mit ihr.

Seit acht Uhr saß sie im Büro und wunderte sich, dass Ole noch nicht aufgetaucht war. Oder hatte er einen Termin? Aber davon wusste sie nichts. Sie hatte eine To-Do-Liste für den heutigen Tag vorbereitet. Auf jeden Fall musste sie sich mit Danutas Freundin Lena unterhalten. Warum war sie in Hamburg gewesen? Was war der wahre Grund? Auch Willy stand auf ihrer Liste. Er würde heute im Laufe des Tages ohnehin vorbeikommen, denn er musste sich alle zwei Tage bei ihnen melden. Und sie wartete noch auf den abschließenden Bericht von Willys Hausdurchsuchung.

Sie drehte den Bildschirm zu sich und ging auf die Internetseite der Tageszeitung; sie wollte sich über die wichtigsten Lokalnachrichten informieren. Vielleicht hatte auch die Pressestelle noch etwas herausgebracht. Dann klingelte das Telefon. Erwartet hatte sie einen Anruf von Ole. Doch es war eine unbekannte Nummer. Fest stand nur, dass der Anruf von der Insel kam. Es war ein Nachbar von Willy, so viel hatte sie nach den ersten Sätzen verstanden, mehr aber nicht. Der Mann nuschelte und war aufgeregt.

»Entschuldigung, könnten Sie bitte noch einmal von vorne beginnen.«

Und dann erzählte der Mann, der sich als Thomas Müller vorgestellt hatte, langsam und verständlich, worum es ging. Er hatte Willy heute Nacht in seinem Garten gesehen, wie er etwas vergrub. Eigentlich wollte er gar nicht anrufen. Aber weil letzte Woche Polizeibeamte bei Willy gewesen wären, könnte diese nächtliche Aktion doch etwas damit zu tun haben. Er hätte auch ein Foto mit seinem Handy gemacht.

Maike hörte gebannt zu.

»Sind Sie zu Hause?«

»Ja.«

»Bleiben Sie dort, ich komme. In spätestens einer halben Stunde bin ich bei Ihnen.«

Nach dem Telefonat blieb Maike an ihrem Schreibtisch sitzen. Wo war Ole denn bloß? Sie tat, was sie selten machte, sie rief ihn zu Hause an.

»Ich bin quasi schon auf dem Weg. In zehn Minuten bin ich da.«

»Du hörst dich so müde an?«

»Ich bin erst gegen drei Uhr ins Bett gekommen. Ich habe …«

»Das kannst du mir später erzählen. Verlier keine Zeit; wir fahren zu einem Einsatz.«

Ole beeilte sich wirklich. Eine viertel Stunde später saßen sie in ihrem E-Auto und fuhren los. Willys Nachbar stand bereits an der Tür. Kaum waren sie ausgestiegen, hielt Müller ihnen das Handy entgegen.

»Viel kann man nicht sehen, es war ja dunkel«, sagte er entschuldigend.

Maike sah sich die Aufnahme an und meinte:

»Hier draußen ist es zu hell.«

Sie gingen in den Hausflur. Jetzt erkannte sie mehr als nur Konturen. Da stand doch tatsächlich jemand mit einem Spaten in der Hand vor einem Loch. Daneben lag etwas Helles, das wie ein Plastikbeutel aussah.

»Das Foto ist um 1 Uhr 23 gemacht worden«, sagte Maike, nachdem sie einen Blick auf den Zeitstempel geworfen hatte.

»Das stimmt. Ich war gerade auf dem Klo gewesen, da hörte ich ein Scheppern. Das Geräusch kam aus dem Garten; deshalb bin ich auf den Balkon gegangen.«

»Wissen Sie, ob Herr Bockelsen im Haus ist?«

»Ich habe ihn vorhin im Garten gesehen.«

»Dann wollen wir ihn mal fragen, was er vergraben hat«, sagte Maike, nachdem sie geklingelt hatte.

Willy öffnete die Tür.

»Ihr schon wieder?«

»Wir müssen in deinen Garten.«

»Was wollt ihr denn da? Hast du überhaupt so einen Zettel?«

»Du meinst einen Durchsuchungsbeschluss?«

»Genau, so heißt der. Den meine ich.«

»Den bekommst du später. Es eilt nämlich, dann dürfen wir auch so in dein Haus. Wir haben den dringenden Verdacht, dass du Beweismittel im Zusammenhang mit dem Mord an Sontberg im Garten vergraben hast.«

»Ihr seid ja völlig bekloppt.«

»Reiß dich zusammen.«

Maike ging auf den Flur und schob sich, weil Willy stur stehen geblieben war, zwischen ihm und der Wand entlang. Sie hatte keine Lust auf eine Diskussion. Sie war schon froh, dass er nicht handgreiflich wurde. Ole folgte ihr. Auf der Terrasse blieben sie stehen. Links waren Büsche, rechts hatte Willy Gemüse angebaut. Und in der Mitte ging ein Schotterweg bis zum Ende des Gartens. Dort blühten Blumen.

»Das wird aber schwierig«, flüsterte Ole. »Wenn er den Beutel im Gemüsebeet vergraben hat. Wie sollen wir da was finden?«

Maike blickte zur Seite; Willy hatte sich neben sie gestellt.

»Ein schöner Garten ist das«, sagte sie.

»Freut mich, dass er dir gefällt. Jetzt hast du ihn gesehen, dann könnt ihr ja wieder gehen. Oder willst du noch ein Foto machen, so zur Erinnerung?«

»Willy, im Ernst jetzt … Du hast hier etwas vergraben, haben wir gehört. Willst du uns nicht sagen, wo die Stelle ist? Wenn wir loslegen und blind suchen müssen, können wir auf deine Anpflanzungen keine Rücksicht nehmen.«

»Macht mal. Dann lege ich mir von der Entschädigung einen neuen Garten an.« Er grinste und lachte. »Hat euch das der Müller erzählt?«

»Du weißt genau, dass wir dazu nichts sagen dürfen.«

»Brauchst du auch nicht. Er ist ja der einzige, der das hätte sehen können. Konnte er aber nicht, weil ich nichts vergraben habe.«

Maike nahm ihren Kollegen am Arm und trat mit ihm zur Seite.

»Wir brauchen die Handy-Aufnahme«, flüsterte sie und Ole verschwand.

»Du willst uns also nicht sagen, wo du hier etwas vergaben hast? Spätestens in fünf Minuten wissen wir es. Denn dein Nachbar hat dich fotografiert.«

»So ein Käse.«

Mehr sagte er nicht. Er starrte in den Garten. Seine Stirn war feucht geworden, innerhalb von Sekunden. In dem Moment wusste Maike, dass sie einen Volltreffer gelandet hatte. Lust auf Gartenarbeit hatte sie trotzdem nicht. Dann stand Ole wieder neben ihr.

»Hier ist die Aufnahme.«

Maike hielt Willy das Handy hin.

»Es ist nicht geblitzt worden, deshalb sieht man alles nur schemenhaft. Aber es ist dein Garten, das ist deutlich zu sehen. Und der Mann, der da steht, das bist du. Willy, du ziehst es doch bloß in die Länge. Wo hast du den Beutel vergraben?« Er rührte sich nicht. »Gut, dann werden wir dich jetzt festnehmen.«

Ole stellte sich vor ihn, Maike legte ihm die Handschellen an.

»Was soll das«, schrie er und zerrte an den Fesseln. »Was ihr mir vorwerft, ist heiße Luft. Das hat sogar der Haftrichter gesagt. Ihr habt keinerlei Beweise. Mach die Dinger wieder ab.«

»Wir werden dich jetzt zur Wache bringen und in unsere schöne Zelle stecken. Dann graben wir den Garten in Ruhe um.«

»Wie … zur Wache bringen …«

»Was ist daran so schwierig zu verstehen? Wir gehen mit dir jetzt den Weg von hier durch den Ort zur Polizeistation. So einfach ist das.«

»Das dürft ihr nicht. Dann kann ja jeder sehen, dass ich gefesselt bin. Das ist eine Vorverurteilung.«

»Nein, das sind die Folgen, wenn man auf einer kleinen Insel lebt. Wir haben kein Auto, in das wir dich stecken könnten. Unser Elektromobil fährt zurzeit nicht. Sonst würde es ja vor deinem Haus stehen.«

Das stand zwar vorm Nachbarhaus, aber das wusste Willy nicht. Sie fand die kleine Lüge passend und zulässig.

»Ihr wollt mich zum Gespött der Leute machen.«

»Willy, ich will mich nicht wiederholen. Wenn du kooperierst, sehen wir uns das Auto natürlich noch mal in Ruhe an.

Vielleicht fährt es ja wieder und wir können dich so zur Wache bringen.«

Ohne etwas zu sagen, stapfte er los. Er ging den knirschenden Schotterweg entlang und bog in der Mitte zum Gemüse ab. Nach drei wütenden Schritten blieb er vor den Möhren stehen. Maike war ihm gefolgt.

»Wo?«, fragte sie.

Er tippte mit der Fußspitze in die Erde. Ole hatte in der Zwischenzeit aus dem Geräteschuppen einen Spaten geholt. Maike trat zur Seite und ihr Kollege legte los.

»Der Boden ist leicht und locker. Das wird die Stelle sein.«

Schon nach wenigen Spatenstichen blitzte ein weißer Beutel auf. Niemand sagte etwas. Ole nicht, weil er viel zu aufgeregt war. Und Willy auch nicht, er hatte ja den Beutel vergraben. Maike schwieg ebenfalls. Sie wollte nicht noch Öl ins Feuer gießen, denn sie war auf Willys Kooperationsbereitschaft angewiesen. Ole legte den Spaten zur Seite, zog den Beutel aus dem Loch und schüttelte die Erde ab. Er war der erste, der hineinsah.

»Oho.«

Mehr sagte er nicht. Dann war Maike an der Reihe. Sie blickte hinein und blieb stumm. Aber sie zog die Augenbrauen hoch und war sich nicht sicher, ob sie sich freuen sollte. Stand neben ihr der Mörder von Rudolf Sontberg?

50

Maike schloss die Augen und holte langsam tief Luft, die sie genau so langsam wieder ausatmete. Sie musste sich beruhigen, denn Willy war alles andere als kooperativ. Dabei gab sie sich solche Mühe. Aber klar, in Anbetracht der Schwere der Tat, die im Hintergrund lauerte, war sie froh, dass er überhaupt gelegentlich etwas sagte.

»Willy, jetzt mach es dir und uns doch nicht so schwer. In dem Beutel sind fast 150.000 Euro. Das ist ziemlich genau der Betrag, den Sontberg mit seinen Brillanten in bar erlöst hat. 100.000 Euro hat er von Rasmussen erhalten, 50.000 Euro stammen von Bernd Decker. Das Geld musst du aus seiner Wohnung haben, woher sonst. Lag es in seinem Tresor?«

Maike wusste nicht, wie oft sie diese Frage, natürlich immer anders formuliert, in der letzten halben Stunde gestellt hatte. Doch diesmal war seine Reaktion anders. Er rutschte auf dem Stuhl hin und her, er schien nach Worten zu suchen. Und dann, sie hatte schon gar nicht mehr damit gerechnet, redete er.

»Ich habe im Wohnzimmer gewartet. Und da fiel mir auf, dass die Tresortür nur angelehnt war …«

»Nicht so schnell«, unterbrach Maike ihn. »Wer hat dich in die Wohnung gelassen?«

»Danuta, worüber ich mich gewundert hatte. Aber sie meinte, sie hätte mit Sontberg gerade ein dringend notwendiges Gespräch geführt. Er wäre nur kurz aus dem Haus, ich sollte im Wohnzimmer warten. Sie müsste jetzt aber auch weg.«

»Dann bist du ins Wohnzimmer, hast dich hingesetzt und

konntest den Tresor sehen. Hing da nicht sonst ein Bild vor?«

»Weiß ich nicht.«

»Wie ging es weiter?«

»Ich bin aufgestanden, hab mit einem Stift die Tür ganz geöffnet. Da sah ich die gebündelten Geldscheine, 500 und 1000 Euro-Scheine waren das. Auf dem Boden vor dem Tresor lag ein Plastikbeutel; das war der, den ihr kennt. In den habe ich das Geld hineingestopft und dann in meinen Rucksack gesteckt. Danach habe ich den Tresor wieder zugeschoben und sogar das Zahlenschloss verdreht. Zum Schluss bin ich mit einem Papiertaschentuch über alles, was ich angefasst hatte. Dann habe ich mich wieder hingesetzt. Mir war kotzübel … Das kannst du mir glauben, denn mir wurde erst jetzt bewusst, was ich gemacht hatte. Das war ein ganz komisches Gefühl, sag ich dir. Ich verspürte plötzlich den Drang, das Geld wieder zurückzulegen, aber das ging ja nicht mehr. Ich weiß nicht, wie lange ich da saß, aber irgendwann klingelte mein Handy. Es war wieder Danuta. Sie meinte, dass Sontberg den Termin nicht einhalten könnte. Er würde sich melden. Da hatte ich natürlich verdammtes Glück gehabt, das kannst du dir ja vorstellen. Ich bin dann gegangen.«

»Sontberg hast du also gar nicht gesehen?«

»Nein.«

»Was war das überhaupt für ein Termin?«

»Den hatten wir schon vor längerer Zeit ausgemacht. Es sollte um das Wochenende gehen. Aber wir hatten ja morgens bereits alles besprochen, der Termin war überflüssig. Trotzdem bin ich zu ihm hin, ich konnte ihn nämlich telefonisch nicht erreichen.«

»So, du bist also mit dem Geld nach Hause gegangen.«

»Ja.«

»Wie ging es weiter?«

»Ich habe das Geld gezählt und versteckt. Und zwar so gut, dass Ihr es bei der ersten Hausdurchsuchung nicht gefunden habt.«

»Wo lag es?«

»Das verrate ich dir nicht.«

»Warum hast du es nicht in deinem Versteck gelassen?«

»Weil ich dachte, dass ihr vielleicht wiederkommt und es doch findet. Was macht ihr jetzt mit mir?«

»Du kennst doch den Ablauf. Irgendwann in den nächsten Stunden geht es nach Aurich. Dort wirst du wieder dem Haftrichter vorgeführt. Aber ich glaube, diesmal haben wir bessere Karten. Ruf deinen Anwalt an, damit der Bescheid weiß. Für den Fall, dass es heute doch nicht mehr klappt, haben wir nebenan eine kleine, aber feine Zelle. Mit Waschbecken, Klo und einem Bett. Du wirst es aushalten. Stell dir einfach vor, du würdest in einem Kloster übernachten. Die Zimmer dort sind ebenfalls sehr spartanisch eingerichtet. Eine Bibel haben wir natürlich auch.«

»Ich bin Atheist.«

»Wir können die auch rausnehmen. Aber dann hast du gar nichts zu lesen.«

»Ich habe immer noch mein Handy.«

»Das müssen wir dir leider abnehmen, ist halt Vorschrift.«

»In Aurich durfte ich es behalten«, entrüstete er sich.

»Glück gehabt, die Kollegen werden es vergessen haben.«

Willys Mund ging auf und zu. Und während er nach Worten suchte und keine fand, führte Ole ihn in die Zelle und Maike griff zum Telefon. Jetzt begann der schwierigste Teil. Sie musste Lommert, der heute wieder im Dienst war, alles erzählen.

51

Maike streckte die Füße und reckte den Oberkörper. Sie spürte, dass ihr der regelmäßige Sport fehlte. Nicht mal zum Strandlauf kam sie. Dieser Mordfall hatte ihren ganzen Lebensrhythmus durcheinandergebracht. Immerhin konnte sie das Telefonat mit Lommert als vollen Erfolg verbuchen. Er hatte sogar ihr Engagement gelobt, worüber sie ziemlich überrascht war.

Über Willys Version, wie er an die 150.000 Euro gekommen sein wollte, hatte er sich lustig gemacht. Mehrmals sprach Lommert von einem Märchen aus tausendundeiner Nacht. Dass der Safe einfach so offen gestanden haben soll, hielt er für einen Witz. Er war nach wie vor überzeugt, dass Nowack, der als Tatverdächtiger immer noch in U-Haft saß, den Mord verübt hatte. Aber den Mordplan und das ganze Drumherum, das hätte sich der Verleger ausgedacht. Willy Bockelsen, so Lommerts neuste Version, sei mit Sicherheit das Hirn des Mordplans gewesen. Das hätte Nowack nie auf die Reihe bekommen, dafür sei er viel zu dumm. Der Verleger hätte auch einen handfesten Grund gehabt, er wäre nämlich finanziell am Ende gewesen. Er hätte Nowack, den er vermutlich über diesen Niels kennengelernt hatte, angesprochen. Und der erklärte sich bereit, für ein paar Geldscheine die Drecksarbeit zu machen. Wer Sontberg gefoltert hat, dazu hatte Lommert keine Meinung. Aber er konnte sich vorstellen, dass es der Verleger höchst persönlich war.

»Hallo, kann mal jemand kommen?«

Maike stand auf. Was wollte Willy denn schon wieder? Sie

schob das kleine Sichtfenster seiner Zelle auf. Er saß auf dem Bett.

»Wann kommt endlich die Pizza?«

»Jetzt hör mal zu. Erstens ist das hier kein First-Class-Hotel. Zweitens ist Ole unterwegs, das habe ich dir schon gesagt. Wenn er zurück ist, bekommst du deine Pizza. So einfach ist das.«

»Wie sieht es mit Trinken aus? Ein Bier wäre nicht schlecht.«

»Ein Bier wünscht sich der Herr, so, so. Ich empfehle Aqua Minerale.«

»Was?«

»Du hast doch ein Waschbecken, stimmt's?«

»Ja.«

»Siehst du, dann hast du auch etwas zu trinken.«

»Ich trinke doch kein Wasser.«

»Um dieses Wasser würden dich die meisten Menschen auf diesem Planeten beneiden. Weißt du das eigentlich?«

Willy sah demonstrativ zur Decke.

»Sonst noch was?«, fragte Maike.

»Komme ich heute noch nach Aurich oder muss ich in diesem Loch übernachten?«

Natürlich, darum hatte sie sich noch nicht gekümmert.

»Wird gleich geklärt«, war ihre knappe Antwort.

»Dann kommt mal endlich zu Potte. Oder soll ich mich ans Telefon hängen? … Da ist gerade eine Tür zugefallen, das wird Ole sein.«

Maike schob mit Schwung das Sichtfenster zu. Der Kerl wurde ihr langsam zu dreist. Sie ging ins Büro und nahm ihrem Kollegen einen Pizzakarton ab.

»Willy wartet schon sehnsüchtig darauf.«

Als Maike zurückkam, hatte Ole gerade ein Telefonat entgegengenommen.

»Das war das Sekretariat irgendeiner Hamburger Polizeidienststelle. Die verbinden gerade.«

Ohne auf ihre Reaktion zu warten, drückte er ihr das Telefon in die Hand.

»Maike Hansen, Polizei Juist.«

»Moin, Oberkommissar Madsen, Kripo Hamburg. Wir haben am Samstag eine Frau in U-Haft genommen, Danuta Nowack heißt sie. Die hat bis vor Kurzem auf Juist gewohnt. Sagt Ihnen der Name etwas?«

»Wir bearbeiten gerade einen Mordfall. In dem Zusammenhang ist auch ihr Name aufgetaucht. Wieso ist sie in Haft?«

»Sie hat Brillanten an einen Edelsteinhändler verkauft. Der hat sie geprüft und zuerst auch als sehr gute Ware eingestuft. Aber bei einem weiteren Test in einem Speziallabor ist herausgekommen, dass die Steine optisch aufgemotzt worden sind. Fragen Sie mich nicht, wie das geht. Aber technisch ist es wohl möglich, aus mittelmäßigen Brillanten erstklassige zu machen. Das ist natürlich Betrug. Der Käufer hatte die Adresse der Dame und jetzt ist sie bei uns. Es geht um mehrere hunderttausend Euro, die sie sich ergaunert hat.«

»Hat sie gesagt, woher sie die Diamanten hat?«

»In dem Punkt gibt sie sich ganz schweigsam, außer Kopfschütteln ist nichts.«

»Das wundert mich nicht. Wir müssen uns mit Frau Nowack unbedingt unterhalten. Bei dem Mordfall geht es mit großer Wahrscheinlichkeit nämlich ebenfalls um Diamanten; das Mordopfer war Diamantenhändler und ihr Freund.«

»Das ist doch prima. Wenn das so ist, geben wir den Fall

gerne ab. Dann müssen Sie nicht extra nach Hamburg kommen und die Akte verschwindet von meinem Schreibtisch. Davon haben wir doch beide etwas. Wo sitzt die zuständige Staatsanwaltschaft?«

»In Aurich.«

»Dann wird Frau Nowack morgen dort sein. Ich habe vorhin den Fahrplan gesehen. Morgen geht ein Sammeltransport über Aurich. Das müssten wir hinbekommen.«

»Habe ich das richtig herausgehört? Die Nowack hat versucht, Diamanten zu verkaufen?«, fragte Ole und setzte sich vor Maikes Schreibtisch. »Die kann sie doch eigentlich nur aus dem Safe haben, woher sonst …« Ole tätschelte mit der flachen Hand seine Wange, als wollte er damit das Denken beschleunigen. »Sollte sie vielleicht auf dem gleichen Weg an die Diamanten gekommen sein, wie Willy an das Geld?«

Maike starrte lange ihre gefalteten Hände an, die sie auf den Schoß gelegt hatte. Dann hob sie den Kopf und meinte:

»Ich kann mir zwar nicht vorstellen, wie das im Einzelnen abgelaufen sein könnte. Aber wenn es sich wirklich so abgespielt hat, wie du vermutest, dann müssen Danuta und Willy irgendwie zusammengearbeitet haben. Aber wie?«

52

Am nächsten Morgen fuhren Maike und Ole mit dem Wassertaxi nach Norddeich. Von dort ging es in einem Fahrzeug der
örtlichen Polizeistation nach Aurich. Dorthin war Willy bereits gestern am späten Abend gebracht worden – per Hubschrauber, was Ole für ziemlich ungerecht hielt. Er wäre auch
gerne geflogen. Aber im Hubschrauber war kein Platz mehr;
es war schon ein Kleinkrimineller aus Norderney samt Bewa-
cher an Bord, der ebenfalls zum Verhör aufs Festland musste.

Auf der Weiterfahrt von Norddeich nach Aurich erfuhr
Maike, dass Danuta mit dem Gefangenentransporter bereits
angekommen war. Ihr fiel ein Stein vom Herzen, denn häufig
genug wurden Verlegungen kurzfristig verschoben. Kurz bevor sie ankamen, klingelte Maikes Telefon. Es war Frau Dr.
Landberger, die Gerichtsmedizinerin.

»Ich wollte Ihnen nur etwas mitteilen, das wird Sie garantiert interessieren. Wir haben die Ergebnisse erst vorhin auf
den Tisch bekommen. Und zwar hatten wir im Stichkanal
verkrustetes Blut gefunden, kleine Krümel waren das. Weil
wir uns darauf keinen Reim machen konnten und schnell
feststand, dass es sich nicht um Blut des Mordopfers handelt,
haben wir die Krümel an ein Speziallabor geschickt. So gut
sind wir dann doch nicht ausgestattet. Jetzt halten Sie sich
fest, es handelt sich um verkrustetes Katzenblut.«

»Wie bitte? Katzenblut? Das will ich nicht glauben. Wie soll
das denn dahin gekommen sein?«

»Die einzige Möglichkeit ist, dass Blutreste am Messer waren, mit dem der Mann erstochen wurde. Wir haben uns dar-

über natürlich auch unterhalten, das ist ja nun wirklich eine sehr seltene Konstellation. Da die Verletzung auf eine beidseitig geschliffene Klinge hindeutet, meinte ein Kollege, dass es sich um einen Dolch oder ein Jagdmesser gehandelt haben könnte. Vielleicht können Sie damit etwas anfangen.«

Ole, der mitgehört hatte, schüttelte ungläubig den Kopf.

»Dann muss doch mit dem Messer vorher eine Katze verletzt worden sein.«

»Anders kann ich mir das auch nicht vorstellen«, sagte Maike und blickte aus dem Seitenfenster. »Aber wie soll das abgelaufen sein? Wie verletzt man mit einem Messer eine Katze?«

»Das Messer wird jemandem aus der Hand gefallen sein«, meinte Ole. »Vermutlich schlich die Katze um die Beine herum, das Messer fiel in dem Moment nach unten und traf das Tier.«

»Und später ist Sontberg mit dem Messer umgebracht worden?«

»Auf jeden Fall muss es im Haus des Mörders eine Katze geben.«

»Muss es die Katze noch geben?«, fragte Maike. »Was ist, wenn sie bei dem Unfall starb?«

»Das kann natürlich auch sein.«

»Es ist sogar noch eine ganz andere Version möglich. Jemand hat das Tier umgebracht. Dann wurde das Messer zur Seite gelegt und vergessen. Vor einigen Tagen kam es wieder zum Einsatz.«

»Wie grausam.« Ole schüttelte sich. »Man bringt doch keine Katze um.«

»Bleiben wir mal bei dieser Variante. Du hast die Katze umgebracht …«

»Das würde ich nie machen.«

»Ole, das ist ein Gedankenexperiment. Was würdest du danach mit dem Messer machen?«

»Ich würde es reinigen, es ist ja voller Blut.«

»Was unser Katzenmörder nicht gemacht hat.«

»Ja, das hat er nicht gemacht. Aber warum?«

»Das frage ich mich auch.«

Um zehn Uhr war es soweit; Ole und Maike saßen im Verhörzimmer. Dann ging die Tür auf. Danuta und ihr Anwalt, der sich als Dr. Rosenboom vorstellte, setzten sich auf die andere Seite des Konferenztisches. Dann kam, etwas abgehetzt, Lommert ins Zimmer gestürmt.

»Entschuldigung«, nuschelte er, setzte sich neben Maike und schlug die Fallakte auf. Er blätterte vor und zurück und erläuterte, was Frau Nowack vorgeworfen wurde. Doch schon nach wenigen Sätzen wurde Lommert vom Anwalt unterbrochen.

»Herr Kriminalhauptkommissar, meine Mandantin hat niemanden betrogen. Sie wusste überhaupt nicht, dass die Diamanten vorher behandelt worden waren. Glauben Sie wirklich, sie wäre sonst zu einem Profi gegangen? Wohl kaum.«

»Woher haben Sie die Diamanten?«, fragte Maike und sah Danuta freundlich an.

Alle Blicke richteten sich auf sie. Sogar ihr Anwalt war an einer Antwort interessiert, worüber sich Maike wunderte. Denn eigentlich hatte sie erwartet, dass er Danuta zum Schweigen aufforderte.

»Die habe ich von Herrn Bockelsen.«

»Wer ist das?«, fragte ihr Anwalt.

»Ein Verleger, der auf Juist ein Anzeigenblatt herausbringt«, sagte Danuta.

»Warum hat er Ihnen die Diamanten gegeben?«

Maike war gespannt auf die Antwort. Danuta blickte starr auf die Wand neben der Eingangstür. Sie schien zu überlegen; dann kam die Antwort.

»Er wollte mich damit bestechen, ich sollte den Mund halten.«

»Ging es um den Mord?«, fragte Lommert.

»Mord? Was für ein Mord?«, fragte Dr. Rosenboom ganz aufgeregt.

Maike hatte es geahnt, der Anwalt wusste überhaupt nichts von den anderen Ermittlungen. Er dachte wirklich, es ging nur um den Betrug.

»So, Sie sagen nichts mehr.« Danuta nickte. »Trotzdem will ich natürlich wissen, was das für Zusammenhänge sein sollen.«

»Haben Sie nichts von dem Mord auf Juist gehört?«, fragte Maike.

»Natürlich habe ich das.« Er sah Danuta an. »Sind Sie etwa die Freundin des Toten gewesen?« Sie nickte und das Gesicht des Anwalts glühte. »Das habe ich nicht gewusst. Also eigentlich können Sie das Verhör beenden. Meine Mandantin macht von ihrem Schweigerecht Gebrauch.«

Lommert streckte seinen Oberkörper und legte ein freches Grinsen auf sein Gesicht.

»Herr Anwalt, natürlich kann Ihre Mandantin von Ihrem Schweigerecht Gebrauch machen, aber nur solange es um den Betrug mit den Diamanten geht. Da ist sie Beschuldigte. Im Fall des Mordes an Herrn Rudolf Sontberg ist sie hingegen Zeugin. Der mutmaßliche Täter sitzt bereits in U-Haft. Ich muss Sie doch nicht darauf hinweisen, dass Frau Nowack zu einer Aussage verpflichtet ist.«

»Ja, ja, natürlich.« Er zupfte sein Jackett zurecht. Es war ihm offensichtlich peinlich, von einem Polizeibeamten belehrt zu werden. »Was wollen Sie jetzt wissen?«

Was war der Anwalt auf einmal freundlich, dachte Maike und überließ Lommert die Antwort.

»Frau Nowack, haben Sie gesehen, wie Herr Bockelsen Herrn Sontberg umgebracht hat?«

»Nein, das nicht. Aber ich habe einen Haufen gebündelter Geldscheine und einen Berg Brillanten auf seinem Schreibtisch gesehen. Da war mir klar, dass er ihn umgebracht haben muss.«

»Wann war das?«

»Das war an dem Tag, an dem ich später das blutverschmierte Badezimmer vorfand. Vorher war ich in Bockelsens Büro gewesen, weil ich eine Anzeige für die nächste Ausgabe aufgeben wollte. Ich sollte schon vorgehen, er würde nachkommen. Da habe ich das Geld und die Diamanten unter einer Zeitungsseite liegen sehen.«

»Wusste er, dass Sie das gesehen hatten?«

»Natürlich. Ich stand ja neben dem Tisch. Von dort aus konnte man unter die Zeitungsseite blicken. Mir war sofort klar, dass er das wusste. Aber er tat so, als hätte er es nicht bemerkt. Natürlich wusste er in dem Moment, dass ich sein Geheimnis kannte.«

»Wann ist er auf Sie zugekommen und hat Ihnen diesen, nennen wir es mal Handel, vorgeschlagen?«, fragte jetzt Maike.

»Ein oder zwei Tage später rief er an. Wir trafen uns bei ihm. Er redete erst herum, kam dann aber zur Sache.«

»Was hat er Ihnen erzählt?«

»Ich sollte es für mich behalten, was ich auf seinem

Schreibtisch gesehen hatte. Aber er meinte auch, mit dem Mord hätte er nichts zu tun.«

»Mehr hat er nicht gesagt?«

»Nein.«

»Und da hat er Ihnen Diamanten angeboten.«

Danuta nickte.

»Wie viele?«

»Er sagte, ich könnte alle bekommen.«

»Frau Nowack, das ist doch sehr ungewöhnlich, finden Sie nicht auch? Ich hätte erwartet, dass er Ihnen vielleicht die Hälfte oder noch weniger anbietet«, meinte Maike.

»So habe ich das noch gar nicht gesehen ... Nein, nein. Ich konnte alle haben. Es war ja auch minderwertige Ware, das erklärt doch, warum er so großzügig war.«

»Und dabei handelte es sich ausschließlich um Brillanten?«

»Ja.«

»Wieviele waren es?«

»Ich habe sie nicht gezählt ... vielleicht zwei, drei Hände voll. Das war schon ein ziemlich großer Haufen.«

»Heftig ...«, meinte Ole und erntete für die Bemerkung von Lommert einen giftigen Blick.

»Wussten Sie zu dem Zeitpunkt, dass wir Ihren Bruder als Täter im Visier hatten?«

»Nein.«

»Aber warum sind Sie nicht zu uns gekommen, als feststand, dass wir ihn für den Tatverdächtigen halten?«

»Weil ich ihn eigentlich immer schon gehasst habe. Ich habe das nur nie so offen gezeigt. Er hat mich gequält, als wir noch Kinder waren. Er hat mein Spielzeug kaputt gemacht, er hat meine Freunde grundlos verprügelt. Er ist ein Tyrann, deshalb hält es niemand lange mit ihm aus. Außer diesem

Saufkopf Niels hat er doch keine Freunde. Ich dachte mir, verurteilt wird er sowieso nicht. Aber er sollte ruhig mal eine Zeit lang in U-Haft bleiben. Als Bestrafung für das, was er mir angetan hat.«

53

Nach dem Verhör blieben die Polizeibeamten noch sitzen. Lommert blätterte in seinen Unterlagen, Maike und Ole sahen ihm dabei zu.

»Und nun?«, fragte Lommert, nachdem er die Akte zugeklappt hatte. »Ich kriege mittlerweile Kopfschmerzen, wenn ich an diesen Fall denke. Bockelsen erzählt uns, Geld aus dem offenen Tresor genommen zu haben. Klar, irgendwie muss er ja erklären, wie er an das Geld gekommen ist. Und die Nowack kommt mit einer ganz anderen Geschichte. Sie erzählt uns von den Reichtümern, die sie auf seinem Schreibtisch gesehen haben will und dass sie von ihm bestochen wurde …«

Lommert starrte auf seine Akte, sekundenlang. Dann hatte er eine Idee.

»Willy Bockelsen ist doch im Haus. Wir müssen uns mit ihm unterhalten.«

Er ging zum Haustelefon, das auf einem kleinen Tisch neben der Tür stand und sprach mit dem Staatsanwalt. Drei Minuten dauerte das Gespräch. Er legte den Hörer auf und meinte:

»Wir können mit ihm sprechen.«

Eine halbe Stunde später saß ein müder Verleger mit den drei Beamten an einem Tisch und hörte sich geduldig an, was Maike ihm erzählte. Danach hatte er Gelegenheit, seine Sicht der Dinge vorzutragen.

»Die Frau war nicht bei mir, das schwöre ich. Sie hat eine Anzeige aufgegeben, das stimmt schon. Sie suchte einen Umzugshelfer. Die Anzeige ist auch erschienen. Aber das hat sie telefonisch gemacht. Sie war nicht bei mir im Büro, wirklich nicht. Sie kann also kein Geld und keine Diamanten unter einer Zeitungsseite gesehen haben.« Er schüttelte genervt den Kopf. »Die Nowack hat wirklich eine blühende Fantasie. Das Geld habe ich aus Sontbergs Tresor. Das habe ich doch schon zugegeben. Dort lagen aber nur gebündelte Scheine, keine Diamanten. Das Geld habe ich erst im Haus versteckt und dann im Garten vergraben. Dort habt ihr es ja gefunden. Es hat nie in meinem Büro gelegen. Deshalb kann die Nowack es dort nicht gesehen haben. Die spinnt.« Willy machte eine Pause. »Jetzt weiß ich, warum die das erzählt. Die will mich in den Mordfall hineinziehen, ich soll Sontberg umgebracht haben.« Ein merkwürdiges, nervöses Lachen war zu hören. »Natürlich … Ich soll ihn gefoltert haben, damit er mir die Zahlen für den Safe verrät.« Wieder lachte er. Dann stellte er sich hin. »Ich habe ihn nicht gefoltert und ich habe ihn auch nicht umgebracht. Das müsst ihr mir glauben. Sehe ich so aus, als könnte ich einen Menschen umbringen?«

»Nun beruhige dich«, sagte Maike und gab ihm mit einer Handbewegung zu verstehen, sich wieder hinzusetzen, was er auch machte.

»Abgesehen von den Diamanten, die du am Strand ausgebuddelt hast, bist du nie mit Diamanten in Berührung gekommen?«

»So ist es. Das ist die Wahrheit.«

»Okay, dann sind Sie schon wieder entlassen«, sagte Lommert.

»Halt, noch eine Frage«, rief ihm Maike zu. »Hattest du mal eine Katze?«

»Ja, wieso?«

»Warum hast du die nicht mehr?«

»Die war auf einmal weg. Ein paar Tage später kam jemand bei mir vorbei. Sie lag tot in einem Plastikbeutel. Die hatten sie an der Ohrmarkierung erkannt, ich hatte sie nämlich registrieren lassen. Vermutlich war sie von einem Pferdefuhrwerk überfahren worden.«

»Danke.«

Lommert stand auf und klopfte gegen die Tür. Ein Beamter kam und führte Willy wieder in seine Zelle.

»Was war das eben für eine Frage?«

»Stimmt, das wissen Sie noch nicht. Ich habe heute Morgen einen Anruf von der Gerichtsmedizinerin bekommen. Die haben im Stichkanal der Leiche eingetrocknetes Katzenblut entdeckt. Wir vermuten, dass das Blut am Messer klebte.«

»Aha … Na gut, dann halten wir künftig nach Katzen Ausschau.«

»Wenn schon, dann nach einer toten Katze«, präzisierte Maike, »denn wir vermuten, dass das Tier den Kontakt mit dem Messer nicht überlebt hat.«

»Dann eben tote Katzen.«

Lommert grinste. Maike wunderte sich; irgendwie wollte oder konnte er den Sachverhalt nicht richtig einordnen. Dabei war das eine wichtige Information.

»Zurück zu den Gesprächen mit der Nowack und dem Verleger. Stützen unsere bisherigen Spuren eine der beiden Versionen?«

Lommert blickte zu Maike. Was sollte sie schon sagen?

»Wir müssen uns noch einmal ansehen, was die Kollegen an Spuren gesammelt haben. So aus dem Stegreif kann ich die Frage nicht beantworten. Aber mir ist auf der Hinfahrt etwas anderes durch den Kopf gegangen. Es geht um die Körperteile. Sontberg hatte nichts an, logisch. Die Kleidung hätte beim

Zerteilen nur gestört. Aber warum hatte er keine Strümpfe oder Socken an?«

Lommert stöhnte und blickte genervt zur Decke.

»Frau Hansen, wir wollen in dem Fall vorankommen. Aber Sie halten sich mit solchem Pillepalle auf.«

Doch sie ließ sich nicht aus dem Konzept bringen.

»Darf ich erzählen, was mir durch den Kopf gegangen ist?«

»Wenn Sie unbedingt wollen.«

»Wir vermuten, dass Sontberg festgebunden auf einem Stuhl saß, während er gefoltert wurde. An seinen Fußknöcheln war noch Klebeband. An den Armen aber nicht, da haben die Gerichtsmediziner nur Seilabdrücke entdeckt …«

»Frau Hansen, das ist alles bekannt.«

»Aber spätestens jetzt, wo wir nicht so richtig weiterkommen, sollten wir die vorhandenen Spuren noch einmal neu bewerten.«

»Okay, weiter«, sagte Lommert, zog geräuschvoll Luft ein und klatschte mehrmals nervös mit der flachen Hand gegen seine Faust.

»Warum hat man die Arme mit einem Seil fixiert, die Füße aber nicht? Und wieso konnte man die Seilabdrücke deutlich erkennen? Er hatte nichts an, das wissen wir. Er saß nackt auf dem Stuhl. Aber wie konnte es so weit kommen?«

Sie machte eine Kunstpause und sah Lommert erwartungsvoll an. Doch er sagte nichts.

»Ganz einfach«, fuhr sie fort, »er hat es freiwillig gemacht.«

»Das ist aber eine sehr mutige Schlussfolgerung«, sagte Lommert und zog einen Mundwinkel schief.

»So mutig ist die gar nicht. Passen Sie auf. Anfangs dachte ich, dass Sontberg mit Gewalt in diese Lage gebracht wurde. Aber das stimmte nicht. Abwehrverletzungen, blaue Flecke oder Druckstellen haben die Gerichtsmediziner nicht entdeckt. Er hat sich zumindest die Seile ohne Widerstand um die Arme wickeln lassen.«

»Wer soll das gemacht haben?«, fragte Lommert.

»Gute Frage. In welchem Zusammenhang setzt sich ein Mann freiwillig nackt auf einen Stuhl und lässt sich festbinden? Wer wird bei ihm gewesen sein?«

»Eine Frau«, meinte Ole mit großen Augen.

»Wobei ich eher auf zwei Frauen tippe, die vermutlich sehr spärlich bekleidet waren. Es wird um Sex gegangen sein, um Fesselspiele oder so etwas in der Richtung …«

»Was für ein schöner Tod«, unterbrach er Maike.

»Ole …« Sie schüttelte den Kopf. »Anders gesagt, Sontberg hat sich freiwillig in eine Lage gebracht, aus der er sich irgendwann nicht mehr befreien konnte. Ich vermute, als seine Arme fixiert waren, wurden seine Unterschenkel an den Stuhlbeinen mit Klebeband festgewickelt. Jetzt konnte er nicht mehr aufstehen, er konnte sich nicht mehr wehren. Erst jetzt wurden die Seile richtig fest verknotet. Aus dem vermeintlichen Spaß war Ernst geworden. Sein Ende war besiegelt.«

Lommert saß da und schwieg.

»Jetzt konnte er gefoltert werden«, stellte Ole fest.

Maike nickte.

»Das Vorspiel, wenn man das mal so nennen darf, hatte nur ein Ziel; der oder die Täter wollten an den Inhalt des Tresors. Freiwillig wollte Sontberg die Zahlenkombination nicht verraten, weshalb er mit glühenden Zigaretten gefoltert wurde. Erst als sein Widerstand gebrochen war und er die Zahlen genannt hatte, wurde der Safe geöffnet, der Inhalt entnommen. Was war drin? Diamanten und jede Menge Geld. Mindestens

150.000 Euro aus den Verkäufen; vielleicht sogar noch mehr.«

Lommert räusperte sich.

»Na ja … Das ist schon ein nicht ganz unwahrscheinlicher Ablauf. Aber nur weil Ihnen das so einfällt, muss sich das nicht so ereignet haben. Das ist Ihnen doch klar.«

»Es fehlen handfeste Beweise, das stimmt schon. Schön wäre es, wenn wir zum Beispiel endlich seine Kleidung finden würden oder die Seile und anderes Werkzeug.«

»Vielleicht haben wir bisher an den falschen Stellen gesucht«, meinte Ole.

»Das glaube ich auch.«

Er strahlte und schob gleich noch einen Gedanken hinterher.

»Wenn es zwei Frauen waren, dann fallen mir eigentlich nur Danuta und ihre Freundin ein …«

»Lena Jeschke«, ergänzte Maike. »Sie wohnt in einem großen Haus. Wir waren zwar schon dort, aber wir haben es noch nicht auf den Kopf gestellt. Vielleicht sollten wir …«

»Ich weiß, was jetzt kommt. Das können Sie vergessen.« Lommert schlug mit der Hand auf den Tisch. »Nie und nimmer werde ich einen Durchsuchungsbeschluss für das Haus dieser Frau beantragen.«

Er hatte recht, sie dachte an eine Durchsuchung.

»Warum wollen Sie es nicht probieren?«

»Weil ich mich nicht lächerlich mache. Obendrein haben wir den Täter schon.«

»Habe ich von einem Täter gesprochen? Es geht um das Hilfspersonal.«

»Durchsuchungsbeschluss …« Lommert klang verzweifelt. »Sie wollen meine Karriere ruinieren. Geben Sie es doch wenigstens zu. Wenn das der Polizeipräsident mitbekommt …«

»Das würde ich nicht klammheimlich machen. Spannen Sie ihn ein. Wissen Sie, was ich glaube? Er wird begeistert sein. Er wird den Beschluss mittragen. Da gehe ich jede Wette ein. Ich habe doch mit ihm vor ein paar Tagen zusammengearbeitet. Er ist mutiger, als Sie glauben.«

Lommert sah Maike lange mit einem bohrenden Blick an. Doch ihre Worte schienen zu wirken. Denn auf einmal stand er auf und ging zum Telefon.

»Verbinden Sie mich mit dem Polizeipräsidenten.«

54

Am folgenden Tag um halb neun, waren in der Juister Polizeiwache alle versammelt, die in einer halben Stunde das Haus von Lena Jeschke durchsuchen würden – Maike, Ole und die Leiterin der Kriminaltechnik, Gerda Pohlstrasser. Vor einer viertel Stunde war sie mit einem Helikopter gelandet und hatte den Durchsuchungsbeschluss mitgebracht. Die Juister Beamten waren bereits gestern am späten Abend mit einem Wassertaxi wieder auf die Insel gekommen.

Maike hatte heute Morgen von der Sekretärin des Polizeipräsidenten erfahren, dass es keine Probleme gegeben hatte. Wie sie schon gehofft hatte, unterstützte Bauerfeind die Durchsuchung. Er war sogar bei dem Gespräch mit dem zuständigen Richter dabei, um die Wichtigkeit zu unterstreichen. Woraufhin Lommert, so hatte es die Sekretärin mitbekommen, Maikes Idee als seine eigene ausgab. Sie nahm es mit einem Schulterzucken zur Kenntnis.

Um zehn vor neun machten sich die Beamten auf den Weg nach Loog. Maike und die Kriminaltechnikerin nahmen das Auto und packten die Ausrüstung auf die Ladefläche. Ole fuhr mit dem Rad hinterher.

Lena öffnete die Tür und sie war – Maike hatte nichts anderes erwartet – sehr erstaunt. Sie las den Durchsuchungsbeschluss und reichte ihn mit blassem Gesicht zurück.

»Das ist falsch, was da steht. Ich habe nichts mit dem Mord zu tun.«

»Das steht da auch nicht. Aber wir vermuten, dass Sie zum Unterstützerteam gehören. Mit dem Mord selbst müssen Sie nichts zu tun haben, da haben Sie schon recht.«

»Ich würde mich gerne im Garten umsehen«, sagte Maike. »Wollen Sie mich begleiten? Dann kann ich Ihre Fragen beantworten, sollten Sie welche haben.«

»Dann kommen Sie mit«, sagte Lena.

Auf der Terrasse stand ein Tisch, der für zwei Personen gedeckt war. Nur die Nahrungsmittel fehlten noch.

»Sie erwarten Besuch?«

»Ich habe mich mit einer Freundin verabredet. Deshalb passt es mir überhaupt nicht, dass Sie so einen Wirbel veranstalten. Wie lange dauert das?«

Maike hob ihre Arme ein wenig hoch.

»Das kann ich Ihnen nicht sagen. Eine Stunde, zwei Stunden … Ich werde mich mal ein wenig hier umsehen.«

Der Garten bestand eigentlich nur aus einer Rasenfläche. Ganz hinten, kurz vorm Deich, war ein Grillplatz, um den Holzbänke gruppiert waren. Den hatte sie bei ihrem ersten Besuch gar nicht bemerkt. Als sie einige Schritte Richtung Deich gegangen war, drehte sie sich um. Lena stand auf der Terrasse und beobachtete sie. Warum deckte sie den Tisch nicht weiter? Befürchtete Lena etwa, dass sie etwas entdecken könnte? Maike drehte sich wieder um und ging weiter. Vor dem Grill blieb sie stehen. Es war ein einfacher Rundgrill mit einem Grillrost. Dort, wo normalerweise die Holzkohle glimmte, lag etwas Verkohltes. Das war keine Grillkohle. Sie hob den Rost hoch. In der Wanne lag verkohlte Kleidung. Sie nahm eine Zange, die neben dem Grill lag, und hob die Stofffetzen hoch. Ganz oben lagen die Reste einer Jeans, darunter entdeckte sie einen Hemdkragen. Lena stand immer noch auf der Terrasse und beobachtete sie. Maike nahm ihr Handy.

»Könnten Sie mal in den Garten kommen? Und bringen Sie

mehrere große Asservatenbeutel mit. Ich glaube, ich bin auf etwas Interessantes gestoßen.«

Gerda Pohlstrasser kam über den Rasen gelaufen.

»Sehen Sie sich das an … Ich würde mich nicht wundern, wenn das die kläglichen Überreste der Kleidung von Rudolf Sontberg sind. Glauben Sie, dass Sie uns die Frage beantworten können?«

Pohlstrasser hob die Jeansfetzen hoch, betrachtete sie und ließ sie in einem Asservatenbeutel verschwinden, ebenso den Hemdkragen.

»Wenn wir auch nur eine Hautschuppe finden, können wir sagen, ob er die angehabt hat.« Unter der Asche entdeckte sie noch eine halb verbrannte Socke. »Ich liebe Socken. Durch das Laufen bleiben besonders viele Hautzellen im Stoff hängen. Da finden wir immer etwas.«

»Sie kommen alleine zurecht … Ich muss mich um die Jeschke kümmern.«

Maike lief zum Haus. An der Terrassentür blieb sie stehen.

»Frau Jeschke? Können Sie bitte kommen?«, rief sie.

»Was ist?«

Lena kam aus der Küche und hatte eine Kaffeekanne in der Hand.

»Ich habe ein paar Fragen. Aber stellen Sie erst die Kanne auf den Tisch. So viel Zeit haben wir.« Sie setzten sich an den Terrassentisch. »In der Grillschale haben wir verkohlte Kleidungsstücke gefunden.«

»Ach ja? Davon weiß ich nichts. Ich bin so selten da hinten. Was macht denn Ihre Kollegin?«

»Die Reste werden kriminaltechnisch untersucht. Sie wissen nicht, dass dort ein Feuer gemacht wurde?«

»Nein. In den Garten kann jeder. Das wird in meiner Abwesenheit gemacht worden sein. Wollen Sie auch einen Kaffee?«

»Nein, danke.«

Was sollte sie machen? Es stimmte, das Gelände war nicht eingezäunt. Bis vor wenigen Jahren hatte man auf der Insel nicht mal die Haustüren abgeschlossen. Alles kam jetzt auf die Kriminaltechnik an.

»Ich bringe die Beutel weg. Dann sehe ich mich weiter im Haus um«, sagte die Kriminaltechnikerin.

Maike blickte zum Grillplatz. Wenn sich herausstellen sollte, dass das die Kleidung von Sontberg war, dann würde Lena die Sachen verbrannt haben. Es wäre ein weiterer Hinweis, dass sie mit ihrer Vermutung richtig lag. Kurz vor seinem Tod musste Sontberg die Aussicht auf ein amouröses Abenteuer vorgegaukelt worden sein. Maike stand auf; sie wollte noch einmal zum Grillplatz. Aber schon nach wenigen Schritten blieb sie stehen. Sie drehte sich um, denn aus dem Wohnzimmer kamen Geräusche. Es war Ole, der mit einer Frau auf sie zukam. Maike entglitten die Gesichtszüge.

»Was machen Sie denn hier?«

55

»Sie hatte sich hinter dem Wäscheschrank im Keller versteckt.«

»Ich habe mich nicht versteckt«, sagte Sonja Sontberg und drückte selbstbewusst ihren Rücken durch. »Ich habe es nicht nötig, mich zu verstecken.«

»Wie auch immer. Sind Sie zu Besuch hier?«, fragte Maike.

»Natürlich«, kam es von der Terrasse. »Frau Sontberg ist mein Gast.«

»Gibt es einen konkreten Anlass für Ihren Besuch?«

»Ich will bei der Beerdigung von Rudolf dabei sein.«

»Beerdigung? Die Leiche ist noch nicht freigegeben worden.«

»Aber lange wird das doch nicht mehr dauern.«

»Da wäre ich mir nicht so sicher. Es können durchaus noch zwei, drei Wochen vergehen.«

»Dann dauert es eben noch so lange. Wollen Sie mich deshalb verhören? Ich habe nichts verbrochen. Ihr Kollege behandelt mich, als sei ich ein Schwerverbrecher.«

»Sie können tun und lassen was Sie wollen.«

»Danke. Dann würde ich nämlich endlich frühstücken.«

»Sie hätten auch schon früher kommen können …«

Sonja ging auf die Terrasse, setzte sich zu Lena an den Tisch und schenkte sich eine Tasse Kaffee ein. Die Frauen lächelten sich gequält an.

»Was will die Polizei überhaupt bei dir?«, fragte Sonja in einer Lautstärke, als sei Lena schwerhörig.

»Die suchen nach irgendwelchen Beweisen im Zusammenhang mit dem Mord an deinem Ex.«

»Die wollen dich mit dem Mord in Verbindung bringen? Lächerlich. Wofür unsere Steuergelder so rausgeschmissen werden.«

Sie goss sich etwas Sahne in den Kaffee und nahm einen Schluck.

»Dauert das noch lange?«, fragte sie Maike.

»Meine hellseherischen Fähigkeiten halten sich in Grenzen«, bekam sie als Antwort.

Dann vibrierte ihr Handy; es war die Kriminaltechnikerin.

»Ich bin im Schlafzimmer, ich habe eine Kiste mit interessantem Inhalt entdeckt.«

»Wir haben etwas gefunden«, sagte Maike zu Lena. »Kommen Sie bitte mit. Ich möchte, dass wir uns das gemeinsam ansehen.« Vor dem Schlafzimmer blieben sie stehen. »Können wir reinkommen?«

»Keine Hemmungen, ich bin durch. Das ist der Karton.«
Pohlstrasser hatte ihn auf die Fensterbank gestellt.

»Eine Schere, Klebeband, Seile ... Wofür haben Sie das gebraucht?«, fragte Maike.

Lena sah in den Karton.

»Das kann ich Ihnen nicht sagen; der steht schon Ewigkeiten hier.«

»Sie wissen wirklich nicht, wozu Sie die Sachen gebraucht haben? Oder was Sie damit vorhatten?«

Lena schüttelte den Kopf. Sie schluckte mehrmals und strich sich seitlich übers Haar. Sie war nervös, ihre Hand zitterte.

»Kann ich weiter frühstücken?«, fragte sie.

»Natürlich, das war es schon.«

Maike wartete, bis Lena das Zimmer verlassen hatte.

»Ist das nicht das Klebeband, das am Fußknöchel der Leiche klebte?«

Die Kriminaltechnikerin sah sich die Rolle noch einmal an.

»Natürlich, ich erinnere mich. Das Band glänzte auch so silbern. Das wäre natürlich ein Ding. Dann würden wir einen Riesenschritt weiterkommen.«

»Wenn Sontberg mit diesem Klebeband und den Seilen an dem Stuhl fixiert wurde, dann wäre das eine Sensation. Wenn ihm auch noch die verkohlten Kleidungsreste zugeordnet werden könnten … Ich sehe Licht am Ende des Tunnels.« Maike holte tief Luft. »Oh, was wäre ich froh. Wann werden Sie abgeholt?«

»Ich hatte dreizehn Uhr mit dem Piloten ausgemacht.« Die Kriminaltechnikerin sah auf die Uhr. »Den Termin kann ich auch einhalten. Bringt mich jemand zum Hafen?«

»Das soll Ole machen. Sagen Sie ihm, dass ich hierbleibe und er mich abholen soll. Nur noch eine Frage … Können Sie uns schon morgen früh etwas sagen?«

»Zu den Fingerabdrücken werde ich sicherlich etwas sagen können. Die Analyse von DNA-Spuren geht nicht so schnell. Da werden Sie sich etwas gedulden müssen. Wir haben noch andere Aufträge vorliegen. Und die Kollegen drängeln ebenfalls. Aber mal sehen, wir tun, was wir können.«

Nachdem Ole Richtung Hafen losgefahren war, kam Lena auf Maike zu.

»Warum sind Sie noch da?«

»Ich würde mich gerne mit Ihnen noch einmal über den Inhalt des Kartons unterhalten. Ist Ihnen mittlerweile eingefallen, was Sie mit dem Klebeband und den Seilen machen wollten oder gemacht haben?«

»Nein.«

Sie blieb also dabei.

»Sie wissen, dass ihre Freundin Danuta in Haft ist?«

»Natürlich weiß ich das.«

»Wissen Sie, wie sie an die Diamanten gekommen ist?«

»Äh … also …«

Sie druckste herum. Interessant, mit der Frage hatte sie nicht gerechnet, dachte Maike. Aber die Wahrheit wollte sie auch nicht sagen, obwohl sie die mit Sicherheit kannte.

»Ihre Freundin ist an Diamanten oder genauer gesagt an Brillanten im Wert von mehreren hunderttausend Euro gekommen. Da wird sie Ihnen doch gesagt haben, woher sie die hat.«

»Sie hatte den Namen des Verlegers erwähnt.«

Konkreter wurde Lena nicht.

»Sie hat also gesagt, dass sie die Brillanten von ihm hat.«

Lena überlegte einen Moment, dann nickte sie unsicher. »Aber warum hat Herr Bockelsen ihr die gegeben?«

Wieder dauerte es auffällig lange, bis sie reagierte. Doch diesmal war es nur ein kurzes Schulterzucken. Sie wollte nichts sagen.

»Sie haben Ihre Freundin nicht gefragt?«

»Nein.«

Lena stand da, unbeweglich und starr.

»Wissen Sie, was ich glaube?«, fragte Maike. »Sie lügen. Ich kann Ihnen auch sagen, warum. Sie wissen nämlich nicht, was uns Frau Nowack gestern in Aurich erzählt hat. Denn Sie hat uns ebenfalls angelogen. Und diese Lüge kennen Sie nicht, deshalb eiern Sie so herum. Sie konnten sich nicht mit ihr abstimmen. Das rächt sich jetzt. Aber ich kann Ihnen verraten, was uns Frau Nowack für eine Geschichte aufgetischt hat. Hören Sie zu. Sie hat uns erzählt, dass Willy Bockelsen sie mit den Brillanten bestochen hätte. Aber wenn das nicht stimmt, dann ist auch alles andere gelogen, was sie uns erzählt hat. Frau Jeschke, wollen Sie Ihr Gewissen nicht erleichtern und uns erzählen, wie es wirklich gewesen ist? Sagen Sie uns die Wahrheit.«

56

In der Wache setzten sich Maike und Ole an ihre Schreibtische und ließen ihren Gedanken freien Lauf.

»Die Jeschke war doch nur merkwürdig«, meinte Ole.

»Merkwürdig? Ich war kurz davor, sie festzunehmen«, sagte Maike. »Dass sie etwas mit dem Mord zu tun hat, ist für mich keine Frage mehr. Aber mit einem Haftbefehl wären wir nicht durchgekommen. Sie wollte nichts sagen, was aus ihrer Sicht die einzig richtige Reaktion war. Ein paar Seile, Klebeband und die Textilreste aus der Grillschale … Ohne Ergebnisse aus der Kriminaltechnik kommen wir keinen Schritt weiter. Deshalb habe ich mir die vorläufige Festnahme auch geschenkt. Das wäre die falsche Reihenfolge gewesen. Wir hätten sie noch auf die Katze ansprechen sollen … Ärgerlich, das haben wir vergessen.«

»Das können wir immer noch machen, sollten wir wirklich nicht weiterkommen«, meinte Ole. »Dann würde ich mich auch bei den Nachbarn umhören … Und was hältst du von der Sontberg? Glaubst du wirklich, dass sie gekommen ist, um bei der Beerdigung ihres Ex-Mannes dabei zu sein?«

Maike schüttelte den Kopf.

»Nein. Alle drei sind in diesen Mordfall verwickelt. Anfangs war es nur eine Vermutung, aber jetzt ist es für mich eine Tatsache. Die Frage ist nur noch, ob unter ihnen der Mörder ist …«

»Willy oder Stanislav kommen nicht mehr in Frage?«

Maike antwortete nicht.

»Mir geht gerade etwas anderes durch den Kopf. Ich war doch in der Wohnung von Sonja Sontberg … Da standen

Fotos, drei, vier Katzenfotos, so gerahmte. Eine Katze lief nicht herum. Es kann natürlich sein, dass die geschlafen hat. Die machen ja tagsüber nichts anderes.«

»Wenn man Katzenfotos aufstellt, und dann noch so viele, wird das einen Grund haben.«

»Das glaube ich auch … « Maike wurde plötzlich ganz still. Ole sagte auch nichts. Und dann meinte sie gedankenversonnen: »Ich muss wieder an die Lebensversicherung denken. Eine halbe Million Euro …«

»Meinst du etwa, sie hat ihren Ex-Mann umgebracht?«

Maike presste ihre Lippen zusammen. Sie stand auf und stellte sich vors Fenster.

»Weißt du, was du jetzt machst?«, sagte sie und drehte sich um. »Du telefonierst mit dem Flugplatz und fragst nach Passagierlisten. Wann ist Sonja Sontberg auf die Insel gekommen und wann ist sie wieder abgeflogen? Sagen wir die letzten sechs Wochen, das müsste reichen.«

»Und wenn sie das Schiff genommen hat?«

»Sie ist noch nie mit dem Schiff auf die Insel gekommen. Sie ist immer geflogen. Das hat sie mir erzählt, als ich bei ihr war. Und das glaube ich ihr sogar. Ich werde mich auch ans Telefon hängen und mich mit unserem lieben Herrn Lommert unterhalten.«

»Sicherlich nicht nur unterhalten.«

»Richtig, ich muss ihn überzeugen.«

»Jetzt mach es nicht so spannend.«

»Ich habe da so eine vage Idee …«

57

»Können Sie mich verstehen?«, fragte Maike.

»Ja, aber dafür sehe ich Sie jetzt nicht«, sagte Lommert.

»Sie können eben nicht alles haben«, lachte Maike.

»Wie soll ich denn das verstehen?«

»Na so, wie ich es gesagt habe. Warten Sie, ich probiere etwas anderes aus.«

Maike klickte und schob Programm-Regler hin und her.

»So ist es gut«, sagte Lommert. »Es flackert zwar noch ein bisschen. Aber ich sehe Sie.«

»Das freut mich. Jetzt muss die Verbindung nur noch stabil bleiben. So eine Videokonferenz ist nun mal kein Vergnügen. Das ist harte Arbeit.«

»Dann können wir doch anfangen«, drängelte Lommert.

»Können wir nicht, Frau Sontberg ist noch nicht da. Ole, also ich meine, Oberkommissar Meyer, holt sie gerade. Sie sind aber schon unterwegs. Wir haben übrigens Glück gehabt, sie wollte morgen wieder nach Hamburg fliegen.«

»Viel haben wir nicht in der Hand, das ist Ihnen doch klar.«

»Warten wir es ab, vielleicht bekommen wir gleich noch ein paar Ergebnisse von der Spurensicherung.«

Fünf Minuten später saßen Ole und Sonja Sontberg zusammen mit Maike vor einer Kamera. Lommert war auf einem großen Bildschirm zu sehen.

»Ich möchte die erste Frage stellen«, sagte Maike. »Frau Sontberg, Sie haben uns gesagt, dass Sie schon lange nicht mehr auf Juist gewesen sind. Das stimmt nicht. Sie sind drei Tage vor dem Tod Ihres Ex-Mannes nach Juist gekommen.

Zwei Tage nach seinem Ableben sind Sie wieder zurückgeflogen.«

»Ja, das war ein Fehler; das hätte ich Ihnen natürlich sagen müssen. Aber der Grund ist ein ganz einfacher. Ich wollte nicht mit dem Mord in Verbindung gebracht werden. Dass ich zum Todeszeitpunkt hier auf der Insel war, ist wirklich Zufall gewesen. Seien Sie ehrlich, hätten Sie mir das geglaubt?«

Maike ging auf die Frage nicht ein.

»Haben Sie eine Katze?«

»Was soll denn die Frage?«

»Ich warte auf die Antwort.«

»Ja, aber die ist schon lange tot.«

»In Ihrem Wohnzimmer habe ich Katzenfotos auf dem Sideboard gesehen. War sie das?«

Sie nickte.

»Und wie ist sie gestorben?«

»Altersschwäche, Krankheit … An was nun genau, konnte mir der Tierarzt auch nicht sagen.«

»Wie heißt der Tierarzt?«

»Das weiß ich doch jetzt nicht mehr.«

»Frau Sontberg, Sie werden uns doch den Namen nennen können. Sie dürfen gerne im Internet recherchieren, wenn Sie wollen.«

»Nein, ich habe den Namen vergessen.«

»Könnte es sein, dass wir von dem Arzt erfahren würden, dass das Tier nicht an Altersschwäche oder einer Krankheit verstorben ist, sondern an einer Messerverletzung?«

Sie atmete plötzlich schwer und laut. Maike bekam es schon mit der Angst zu tun.

»Ja, dieser Kerl war es. Er hat das Tier erstochen. Luna lebte noch, als ich beim Arzt war, aber der konnte nichts mehr machen. Luna ist auf dem Behandlungstisch gestorben. Sie hat mich ganz traurig angesehen, es war schlimm. Und dann hat sie die Augen geschlossen, für immer.«

Tränen liefen über ihre Wangen. Maike wollte warten, bis sie sich beruhigt hatte. Auf die paar Minuten kam es auch nicht mehr an. Aber sie hatte Lommert vergessen.

»Wen meinen Sie? Von welchem Kerl sprechen Sie?«

Mit roten Augen sah sie erst Maike an, dann blickte sie in die Kamera.

»Wen ich meine? Was für eine dämliche Frage. Meinen Ex-Mann natürlich.«

»Warum hat er das gemacht?«

»Weil er wütend war, Luna hatte ihn gekratzt und gebissen. Wie soll sich so ein Tier anders wehren, wenn es pausenlos geärgert wird?«

»Haben Sie das Messer noch?«, fragte Lommert.

»Natürlich, warum sollte ich das nicht mehr haben?«

Maike stand auf.

»Einen Moment, ich habe einen Anruf bekommen.«

Sie ging auf den Flur und schloss die Tür hinter sich. Es war Dr. Landberger, die Gerichtsmedizinerin.

»Da Sie anrufen, haben Sie sicherlich gute Nachrichten für uns.«

»So ist es. Ich fange mit den Seilen und dem Klebeband an. An den Seilen haben wir Hautabschürfungen gefunden. Wir machen zurzeit einen DNA-Abgleich. Da habe ich noch kein Ergebnis vorliegen, das kommt frühestens im Laufe der nächsten Stunden. Aber zum Klebeband kann ich etwas sagen. Es handelt sich nicht nur um genau das Material, das wir an den Fußknöcheln des Toten gefunden haben. Eine der

Schnittkanten passt haargenau zur Schnittkante der Rolle, die wir von Ihnen bekommen haben. Wir haben uns das unterm Mikroskop angesehen. Passgenauer geht es nicht.«

Nach dem Gespräch blieb Maike noch ein paar Augenblicke stehen; dann ging sie ins Büro. Sie blickte zur Kamera.

»Können wir endlich weitermachen?«, fragte Lommert.

»Nein«, sagte sie. »Wir beenden jetzt die Videokonferenz. Ich rufe Sie gleich an.«

Ohne auf seine Reaktion zu warten, drückte sie auf die Beenden-Taste.

»Warum denn das?«, fragte Ole, nachdem Lommert vom Bildschirm verschwunden war.

»Sag ich dir gleich.«

Dann ging sie wieder auf den Flur. Sie rief Lommert an und erzählte ihm, was sie von der Gerichtsmedizinerin erfahren hatte.

»Wir holen noch Lena Jeschke und dann machen wir weiter. Entweder kann sie uns endlich eine plausible Erklärung liefern, wie diese Sachen in ihr Schlafzimmer gekommen sind, oder sie wird wegen Mittäterschaft festgenommen.«

58

Zwei Stunden dauerte es, bis alle wieder im Büro der Juister Polizeiwache versammelt waren. Maike, Ole und per Video zugeschaltet, der Leiter der Mordkommission, Jan Lommert. Auf der anderen Seite des Tisches saßen Sonja Sontberg und Lena Jeschke. Als letzter hinzugestoßen war ein urlaubender Anwalt aus Düsseldorf, Dr. Martin Brindöpke, den ein Mitarbeiter der Kurverwaltung ausfindig gemacht hatte.

Maike fasste den Ermittlungsstand zusammen, was der Anwalt sehr hilfreich fand. Denn das, was er wusste, hatte er auch nur über die Medien erfahren. Und das war nicht viel. Doch kaum war sie fertig mit ihrem Vortrag, sagte der Anwalt an die beiden Frauen gewandt: »Sie sagen nichts. Sie müssen sich nicht selbst beschuldigen.«

Dann lehnte er sich gegen seinen Stuhl und sah vergnügt in die Runde.

»Da stimme ich Ihnen vollkommen zu«, sagte Maike. »Selbst beschuldigen muss sich niemand.«

Doch sie spürte, dass Lena viel zu aufgeregt war. Sie würde mit Sicherheit etwas erzählen. Maike musste sie nur ein wenig aus der Reserve locken.

»Frau Jeschke, Sie haben mitbekommen, was die Kriminaltechniker herausgefunden haben. Das sieht nun wirklich nicht gut für Sie aus …«

Dr. Brindöpke reckte seinen Oberkörper.

»Wie reden Sie mit meiner Mandantin? Wollen Sie sie etwa indirekt beschuldigen, einen Mord begangen zu haben?«

Das war das Stichwort, auf das Maike gewartet hatte und das Lena zum Reden brachte.

»Ich habe ihn nicht umgebracht«, schrie sie aufgebracht. »Wir haben ihn nur festgebunden. Erst die Arme, dann die Beine. Ja, das stimmt, die haben wir mit dem Band an den Stuhlbeinen festgeklebt.«

»Sie waren es also nicht alleine. Wer hat Ihnen geholfen?«, fragte Maike betont ruhig.

»Danuta. Aber sie ist genau so unschuldig wie ich.«

Unschuldig? Dazu wollte Maike lieber nichts sagen.

»Herr Sontberg hatte nichts an, vermute ich.«

Sie nickte.

»Wir hatten nur Schlüpfer an. Danuta und er hatten solche Fesselspiele schon häufiger gemacht. Das war nichts Ungewöhnliches für ihn. Deshalb ließ er alles mit sich machen. Er war so aufgeregt, diesmal waren es ja zwei Frauen … Aber wir haben ihn nicht umgebracht. Das schwöre ich.«

Das glaubte Maike ihr sogar.

»Als er am Stuhl fixiert war, was haben Sie dann gemacht?«

»Wir zogen uns wieder an und sind gegangen.«

»Aber er ist mit Zigaretten gefoltert worden.«

»Dazu kann ich nichts sagen, wirklich nicht.«

»Aber es muss doch jemand in der Wohnung gewesen sein.«

Zur Abwechslung meldete sich der Anwalt wieder.

»Sie haben doch gehört, was meine Mandantin sagt. Sie weiß nicht, was sich danach ereignet hat.«

»Ich würde jetzt die Videoschalte für eine Stunde unterbrechen«, sagte Lommert ganz unverhofft. »Frau Hansen, ich rufe Sie gleich an.«

Der Bildschirm wurde wieder schwarz.

»So lange sollen wir jetzt warten?«, empörte sich der Anwalt.

»Ja«, sagte Maike. »Gehen Sie auf dem Deich spazieren, der ist ganz in der Nähe. Seeluft beruhigt und macht den Kopf frei. Und in einer Stunde versammeln wir uns alle wieder hier. Frisch und munter und voller Energie.«

Der Anwalt stellte sich kopfschüttelnd ans Fenster. Maike ging vor die Wache. Es dauert nicht lange und sie hatte Lommert am Handy.

»Dann erzählen Sie mal«, sagte sie.

Er war angespannt, das war deutlich zu spüren.

»So kommen wir nicht weiter. Ich glaube, wenn wir den Verleger und die Nowack dazusetzen, könnte Bewegung hineinkommen. Wir wissen schon recht viel, aber noch längst nicht alles. Und dabei werden uns die beiden helfen.«

Maike war begeistert.

»Das ist ein super Vorschlag; so machen wir das.«

59

»Wir können anfangen«, sagte Kriminalhauptkommissar Lommert in die Kamera und schlug seine Akte auf.

Ihm gegenüber hatten Willy Bockelsen und Danuta Nowack Platz genommen. Etwas seitlich saß Dr. Rosenboom, Danutas Anwalt, der ausnahmsweise auch den Verleger vertrat.

»Wir sind auch bereit«, sagte Maike.

An der Sitzposition in der Juister Polizeiwache hatte sich nichts geändert. Lena Jeschke und Sonja Sontberg saßen ihr und Ole gegenüber. Der Anwalt hatte neben Lena Platz genommen.

Maike fasste noch einmal die wichtigsten Fakten zum Fall zusammen, damit alle Teilnehmer den gleichen Wissensstand hatten, und fragte dann:

»Frau Nowack, was haben Sie und Ihre Freundin gemacht, nachdem ihr Freund bewegungsunfähig war?«

»Nennen Sie ihn nicht meinen Freund, das war er schon lange nicht mehr ... Wir sind gegangen.«

»Was war mit seiner Kleidung?«

»Die haben wir mitgenommen.«

»Wer kam dann und hat ihn gefoltert?«

Die Frage stand im Raum, aber niemand gab eine Antwort.

»Willy, weißt du es?«, fragte Maike. »Du kannst es ja nicht gewesen sein.«

So richtig wusste sie nicht, warum sie das behauptete. Es war mal wieder einer ihrer Versuchsballons, den sie spontan steigen ließ. Sie lächelte in die Kamera.

»Willy, komm, jetzt raus mit den Namen.«

»Sie wissen, dass es unzulässig ist, meinen Mandanten so unter Druck zu setzen«, entrüstete sich Dr. Rosenboom standesgemäß. Danach versank er wieder auf seinem Stuhl. Er hatte vorerst genug getan für sein Geld.

»Ich wurde erpresst«, Willys Stimme überschlug sich. »Aber ich habe ihn nicht umgebracht.«

»Wer hat dich erpresst?«

»Ich bekam einen Anruf, die Stimme war verstellt. Ich sollte in Sontbergs Wohnung gehen. Im Bad würde ich ihn finden. Ich sollte ihn verschwinden lassen. Anfangs wusste ich erst gar nicht, wie das gemeint war. Ich bin hingegangen, die Wohnungstür war nur angelehnt. Ich ging ins Bad … Da saß er tatsächlich tot auf einem Stuhl, festgebunden. Jemand hatte ihm ins Herz gestochen, das konnte ich deutlich sehen. Ich habe mich hingesetzt. Mein Kopf war leer, so etwas hatte ich noch nie erlebt. Was sollte ich machen? Ich musste erst einmal meine Gedanken sortieren. Mindestens eine Stunde saß ich auf dem Rand der Badewanne, vielleicht sogar noch länger. Und dann dachte ich mir, für 150.000 Euro wirst du ihn entsorgen können. Den Betrag hatte der Unbekannte nämlich erwähnt und so viel Geld war ja im Safe gewesen. Damit war mir auch klar, was da für ein Spiel gespielt wurde und welche Aufgabe ich zu erfüllen hatte … Das war alles von langer Hand geplant. Ich dachte mir, wenn das der Preis sein sollte … Ich habe die Klebebänder durchgeschnitten. Aus der Küche habe ich dann mehrere Messer geholt und auch ein elektrisches Schneidemesser. Dann habe ich angefangen. Ich kam mir vor wie ein Schlachter. Am Anfang dachte ich, das kriegst du nie hin. Die Messer waren viel zu stumpf. Aber mit dem Elektrogerät klappte es. Mit jedem Körperteil wurde ich besser. Learning by doing eben.« Er lächelte traurig. »Die halbe

Nacht habe ich gebraucht. Es war eine Schweinerei, das kannst du dir gar nicht vorstellen. Ich hatte mir vorher noch ein Regencape übergezogen, das im Flur hing. Und dann musste ich die Teile ja noch verpacken.«

»Ahnst du, wer dich erpresst haben könnte?«

»Ich ahne es nicht nur, ich weiß es.«

»Du weißt es?«

Er nickte heftig und blickte zu Danuta. Die reagierte sofort und heftig.

»Du hast ja nicht mehr alle Tassen im Schrank.«

»So? Du hast mir gesagt, dass ich im Wohnzimmer warten soll. Dort sah ich die offen stehende Tresortür … Der Rest der Geschichte ist ja bekannt. Und weißt du, was ich glaube? Zu dem Zeitpunkt saß Sontberg schon tot im Bad. Zehn Minuten später hast du angerufen, ich könne wieder gehen. Sontberg hätte doch keine Zeit mehr für mich. Also bin ich wieder gegangen. Und dann kam wenig später dieser komische Anruf … Danuta, dahinter konntest nur du stecken. Niemand anders kam dafür infrage.«

»Er spinnt, er spinnt total.«

Sie wurde immer lauter.

»Beruhigen Sie sich bitte«, sagte Lommert und beugte sich zu ihr.

Jetzt weinte sie und vergrub ihr Gesicht in den Händen. Maike beobachtete sie. Die Frau hatte ihr vor ein paar Tagen eine reichlich unglaubwürdige Geschichte erzählt, wie sie an die Brillanten gekommen sein wollte, mit denen sie in Hamburg aufgeflogen war.

»Willy, noch eine andere Sache. Das Kokain, das wir bei dir im Klo gefunden haben, stammte von Sontbergs Yacht. Woher wusstest du, dass das dort versteckt war?«, fragte Maike.

»Das wusste ich nicht, das habe ich zufällig gefunden. Eigentlich war ich auf der Suche nach Diamanten. Sontberg hatte mal so eine Andeutung gemacht. Aber das waren wohl nur Hirngespinste oder ich habe sie nicht gefunden. Stattdessen fiel mir das Kokain in die Hände. Ich wusste, dass er ab und zu wilde Partys veranstaltet hat. Den Beutel habe ich halt mitgenommen. Ich hatte keine Ahnung, was ich damit eigentlich anfangen sollte. Ich nehme keine Drogen. Und ich hatte auch nie vor, als Drogenhändler zu arbeiten.«

»Gut, dann haben wir das auch geklärt«, sagte Maike. »Frau Nowack, ich habe noch eine Frage an Sie. Wissen Sie, wer den Safe geöffnet hat?«

Die Frage kam so unerwartet, dass sie erst nickte und dann schnell den Kopf schüttelte. Doch Maike war sich sicher, dass die erste spontane Reaktion die richtige war. Damit hatte Danuta die allerwichtigste Information preisgegeben.

»War es Frau Sontberg?«

»Was soll ich gemacht haben?«, schrie sie und stand auf.

»Setzen Sie sich bitte hin oder ich lege Ihnen Handfesseln an.« Der Satz wirkte. »Sie haben ihren Ex-Mann gefoltert, um an die Zahlenkombination für den Safe zu kommen, denn die kannten Sie nicht«, sagte Maike. »Er nannte Ihnen die Zahlen, sie öffneten den Safe und dann erstachen Sie ihn. Und zwar mit einem ganz besonderen Messer. Das hatten Sie extra mit nach Juist genommen, denn sie hatten es jahrelang wie eine Reliquie aufbewahrt. Ihnen ging es nicht nur um das Geld aus der Lebensversicherung. Sie wollten sich endlich an Ihrem Ex-Mann rächen. Es war das Messer, mit dem er Ihre geliebte Katze getötet hatte.«

60

Die Rotorblätter drehten sich schneller, immer schneller. Dann lösten sich die Kufen des Helikopters langsam vom Rasen. Immer höher schraubte sich die Maschine, drehte wie zum Gruß noch eine Runde über dem Hafen von Juist und steuerte aufs Festland zu.

Maike sah dem Polizeihubschrauber länger als üblich hinterher. Was nicht nur daran lag, dass niemand mehr auf der Insel war, der sich irgendwie an dem Mord beteiligt hatte. Sie spürte auf einmal, wie die ganze Anspannung der letzten Stunden und Tage von ihr abfiel. Sie fühlte sich so leicht und unbeschwert. Ole stand neben ihr. Auch er blickte dem Hubschrauber hinterher, bis er nicht mehr zu hören war.

»Lass uns zum Aussichtsturm gehen«, sagte Maike. »Ich brauche Bewegung.«

Ole hatte nichts dagegen. Auf den ersten Metern gingen sie schweigend nebeneinander her. Aber jeder war natürlich mit seinen Gedanken bei dem Mord. Vier Menschen waren daran beteiligt, in der einen oder anderen Weise. Das stand fest. Und jeder hatte andere Motive gehabt. Nach der letzten Videokonferenz, kurz vorm Abflug des Polizeihubschraubers, hatte Lommert Maike angerufen und sich bei ihr für das Engagement bedankt. Er fand sogar, darüber wunderte sie sich besonders, selbstkritische Worte. Mit Stanislav Nowack als Mörder hätte er sich einfach zu früh festgelegt. Da hätte er genauer hinsehen müssen.

»Hättest du Anfang der Woche geahnt, dass wir drei Tage später den Fall abschließen werden?«, fragte Ole.

Maike lachte.

»Sicherlich nicht.« Sie deutete mit dem Kopf auf eine Bank. »Von dort haben wir einen schönen Blick auf die Yachten.« Sie setzten sich. »Wer glaubst du, hatte eigentlich die Idee für diese unglaubliche Tat?«

Maike war gespannt auf Oles Antwort. Doch der zuckte nur mit den Schultern.

»Darüber habe ich mir noch keine Gedanken gemacht.«

»Seit klar ist, dass alle vier ihren Teil dazu beigetragen haben, geht mir nichts anderes durch den Kopf. Ohne einen ersten Anstoß wäre nichts passiert. Ich vermute, dass das auch vor Gericht eine wichtige Rolle spielen wird. Denn es geht auch um Strafzumessung. Wer war wichtig, wer war weniger wichtig? Also, wer könnte es gewesen sein?«

»Sonja Sontberg hat zugestochen, das steht fest«, sagt Ole. »Sie wird es auch gewesen sein, die vorsichtig bei Danuta nachgefragt hat. Die beiden Frauen hatten über die Jahre immer wieder Kontakt gehabt. Da werden sie sich über Rudolf unterhalten haben. Irgendwann waren sie sich einig, dass er vielleicht ein guter Liebhaber ist, aber trotzdem ein Ekelpaket, mit dem man es nicht lange aushält.«

Maike nickte zustimmend.

»Die beiden Frauen haben den Plan ausgebrütet«, sagte sie. »Aber die Idee für den Mord wird von Sonja stammen, das glaube ich auch. Die Wut auf ihren Ex-Mann war über die Jahre größer geworden, nicht kleiner. Sonst hätte sie ihn nicht mit dem Katzenmesser erstochen. Das war eine symbolisch aufgeladene Tat. Ihr wird die Idee kurz nach dem Tod der Katze gekommen sein. Vielleicht hat sie auch deshalb das Messer, das ihr Mann möglicherweise achtlos in den Müll geworfen hatte, wie ein Beweisstück aufgehoben. So, wie wir es auch machen, wenn wir eine Tatwaffe finden.«

»Erstaunlich ist nur, dass Danuta mitgemacht hat.«

»Sie musste sich ja nicht von heute auf morgen entscheiden. Sie wird das immer wieder mit Lena besprochen haben. Das wird sich über Monate hingezogen haben. Und mit der Zeit haben sie sich an diesen Gedanken gewöhnt. Je länger sie darüber nachdachten, desto leichter fiel es ihnen, ein Rädchen in diesem Mordkomplott zu sein. Vermutlich hat Sonja auch damit geworben, dass sie den tödlichen Stich setzen würde. Den anderen war es dann leichter gefallen, den Plan zu unterstützen. Immerhin konnten sie mit Brillanten im Wert von mehreren hunderttausend Euro rechnen.«

»Zum Schluss musste nur noch jemand für die Leichenentsorgung gefunden werden.«

»Da war Willy der Mann der Stunde«, sagte Maike lachend. »Einst ein erfolgreicher Anzeigenblatt-Verleger, jetzt ein armer Schlucker, der nicht weiter wusste. Es war nur noch die Frage zu klären, wie man ihn dazu bewegen konnte, solch eine scheußliche Arbeit zu übernehmen.«

»Sie haben ihn zum Dieb gemacht und dann erpresst.«

Maike stand auf.

»Erpresst, das war das richtige Stichwort. Wann warst du eigentlich das letzte Mal auf der Zitronenpresse?«

»Zitronenpresse?«, fragte Ole.

»Das Seezeichen, die Aussichtsplattform an der Hafeneinfahrt.«

»Ach so. Die Bezeichnung habe ich noch nie gehört.«

»Aber du wirst doch zugeben, irgendwie erinnert der Bau an eine Zitronenpresse.«

Ole wiegte seinen Kopf hin und her.

»Jo, da ist was dran.«

61

»Moin und Gratulation. Ist der Fall endlich abgeschlossen?«

Eiko schob seiner Tochter, die im Bademantel in die Küche gekommen war, das Tablet mit der Tageszeitung hin.

»Ach, hat die Pressestelle was an die Medien geschickt?«

»Natürlich. Du wirst sogar an einer Stelle erwähnt. Aber nur einmal. Stattdessen wird der Leiter der Mordkommission, Lommert, mehrmals genannt. Irgendwie kommst du in dem Bericht ein bisschen schlecht weg. Dabei hast du doch die Hauptarbeit gemacht, jedenfalls auf der Insel.«

Maike setzte sich an den Tisch und goss sich eine Tasse Kaffee ein.

»Soll ich mich darüber aufregen? Lohnt sich doch nicht. Mich hat gestern Abend noch der Polizeipräsident höchstpersönlich angerufen. Davon habe ich viel mehr, als von so einem Pressebericht. Und solange sie mich nicht völlig vergessen …« Sie nahm einen Schluck und rieb sich den Schlaf aus den Augen. »Eigentlich könnte ich noch ein Stündchen schlafen. Ich merke jetzt erst, wie der Fall mich körperlich mitgenommen hat.«

»Hast du den Sturm heute Nacht mitbekommen?«

»Es war gestern Abend recht windig. Aber einen Sturm … nein, ich habe tief und fest geschlafen.«

»Wir hatten sogar einen richtigen Tornado; hinten am Hundestrand ist er einmal von Nord nach Süd quer über die Insel gezogen. Es sind sogar etliche Strandkörbe durch die Luft gewirbelt worden. Sechzig Stück sind völlig kaputt gegangen. Haben sie jedenfalls im Radio erzählt. Einige sind sogar über die Dünen geflogen und bei den Goldfischteichen gelandet.«

»So was ist bei uns möglich?«

»Ein Meteorologe hat auch erklärt, wie das geht. Genau habe ich das nicht kapiert. Das hängt aber mit unterschiedlichen Windgeschwindigkeiten am Boden und in höheren Luftlagen zusammen. Und dann entsteht halt so ein rotierender Rüssel … sechzig Strandkörbe. Und die Holzhütte eines Strandkorbvermieters ist auch weggeweht worden.«

Maike trank den restlichen Kaffee und stand auf.

»Ich mache mich jetzt fertig und dann wecke ich den Kleinen.«

»Mach das.«

Auf dem Weg ins Bad klingelte ihr Handy. Sie zog es aus der Bademanteltasche. Es war Sebastian Kulle; ihr Herz schlug schneller.

»Ein Anruf zu so früher Stunde?«, fragte Maike.

»Habe ich dich etwa aus dem Bett geklingelt?«

»Fast. Ich bin noch im Bademantel. Ich lasse mir heute ein bisschen Zeit.«

»Nach deinem Erfolg kannst du das auch. Seit gestern Abend bist du das Hauptgesprächsthema bei uns. Lommert soll ziemlich alt ausgesehen haben.«

»Wie meinst du das?«

»Na ja, was soll ich sagen. Wer wollte, konnte Eure Videokonferenz mitverfolgen. Die Tür seines Büros war offen. Zeitweise standen mehrere Kollegen da und haben dich gehört und gesehen. Du sollst das Verhör souverän geleitet haben. Und das Ergebnis kann sich doch sehen lassen. Der Lommert soll nur dagesessen und ein wichtiges Gesicht gemacht haben. Der Kerl wird völlig überschätzt.«

»In der Pressemitteilung hört sich das aber ganz anders an.«

»Die hat er doch selbst geschrieben. Immerhin hat er dich erwähnt. Wann kann ich denn meine erfolgreiche Polizeihauptkommissarin mal in den Arm nehmen und ihr gratulieren?«

»Komm einfach auf die Insel.«

»Jetzt am Samstag?«

»Warum nicht? Und am Sonntag fährst du wieder. Ich würde mich freuen.«

+ + + E N D E + + +

Impressum

Die Inselpolizistin.
Blutdiamanten von Juist
Ostfrieslandkrimi

© Dörte Frerksen
Oranienburger Straße 69
Postbox 67396X
11516 Berlin

Lektorat und Korrektorat
Sabine Brettschneyder

Cover
Oberfrank-List | Shutterstock.com
Dörte Frerksen
(bearbeitet)

Printed by Amazon Italia Logistica S.r.l.
Torrazza Piemonte (TO), Italy

65507521R00150